NOVA

NOVA

Samuel R. Delany

TRADUÇÃO
Petê Rissatti

Aleph

Nova

TÍTULO ORIGINAL:
Nova

COPIDESQUE:
Marlon Magno

ILUSTRAÇÃO DE CAPA:
Marlon Amaro

REVISÃO:
Thaís Carvas
Michele Sudoh

CAPA E PROJETO GRÁFICO:
Giovanna Cianelli

DIAGRAMAÇÃO:
Desenho Editorial

COORDENAÇÃO:
Thaís Lima

DIREÇÃO EXECUTIVA:
Betty Fromer

DIREÇÃO EDITORIAL:
Adriano Fromer Piazzi

PUBLISHER:
Luara França

EDITORIAL:
Andréa Bergamaschi
Débora Dutra Vieira
Caíque Gomes
Juliana Brandt
Luiza Araujo

COMUNICAÇÃO:
Giovanna de Lima Cunha
Júlia Forbes
Maria Clara Villas

COMERCIAL:
Giovani das Graças
Gustavo Mendonça
Lidiana Pessoa
Roberta Saraiva

FINANCEIRO:
Adriana Martins
Helena Telesca

DADOS INTERNACIONAIS DE CATALOGAÇÃO NA PUBLICAÇÃO (CIP) DE ACORDO COM ISBD

D337n Delany, Samuel R.
Nova / Samuel R. Delany ; traduzido por Petê Rissatti. - São Paulo : Aleph, 2023.
296 p. ; 14cm x 21cm,

Tradução de: Nova
ISBN: 978-85-7657-550-4

1. Literatura americana. 2. Ficção. 3. Ficção científica.
I. Rissatti, Petê. II. Título.

COPYRIGHT © SAMUEL R. DELANY, 1968
COPYRIGHT © EDITORA ALEPH, 2023
PUBLICADO EM ACORDO COM O AUTOR, EM CONJUNTO COM BAROR INTERNATIONAL, INC., ARMONK, NEW YORK, U.S.A.

TODOS OS DIREITOS RESERVADOS. PROIBIDA A REPRODUÇÃO, NO TODO OU EM PARTE, ATRAVÉS DE QUAISQUER MEIOS SEM A DEVIDA AUTORIZAÇÃO.

2023-247
CDD 813
CDU 821.111(73)-3

ELABORADO POR VAGNER RODOLFO DA SILVA - CRB-8/9410
ÍNDICES PARA CATÁLOGO SISTEMÁTICO:
1. Literatura americana : Ficção 813
2. Literatura americana : Ficção 821.111(73)-3

Aleph

Rua Tabapuã, 81 – Conj. 134 – São Paulo/SP
CEP 04533-010 • TEL 11 3743-3202
www.editoraaleph.com.br

Para Bernard e Iva Kay

CAPÍTULO 1

Draco, Tritão, Inferno[3], 3172

– Ei, Rato! Toque algo pra gente – gritou um dos mecânicos lá do balcão.

– Ainda não foi recrutado para nenhuma nave? – perguntou o outro em tom de bronca. – O soquete da sua espinha vai enferrujar. Vamos lá, toque alguma pra gente.

O Rato parou de passar o dedo pela borda do copo. Querendo dizer "não", começou a falar um "sim". Então, franziu a testa.

Os mecânicos fizeram o mesmo.

Era um homem velho.

Era um homem forte.

Quando o Rato levou a mão para a beirada da mesa, o mendigo cambaleou para a frente. O quadril bateu no balcão. Os dedos compridos dos pés bateram na perna de uma cadeira, que dançou sobre os ladrilhos.

Velho. Forte. A terceira coisa que Rato percebeu: cego.

Ele balançou diante da mesa do Rato. Ergueu a mão, unhas amarelas atingiram a bochecha do Rato. (Patas de aranha?)

– Você, garoto...

O Rato encarou as pérolas por trás de pálpebras enrugadas que piscavam.

– Você, garoto. Sabe como era?

Deve ser cego, pensou o Rato. *Move-se como um. O pescoço fica estendido com a cabeça para a frente. E os olhos...*

O coroa esquisito estendeu a mão e pegou uma cadeira, puxando-a para perto de si, fazendo-a arrastar no chão antes que ele desabasse no assento.

– Sabe como era, com que parecia, como cheirava, sabe?

O Rato fez que não com a cabeça; os dedos tatearam a bochecha dele.

– Estávamos saindo, garoto, com os trezentos sóis das Plêiades cintilando como uma poça de leite com joias à esquerda, e toda a escuridão envolvente à direita. A nave era eu... Eu era a nave. Com estes soquetes... – ele bateu nos soquetes com os pulsos contra a mesa: tac – ... eu estava conectado ao meu propulsor de pás. Então... – a barba por fazer subia e descia com as palavras – ... centrado na escuridão, uma luz! Ela se estendia, atraiu nossos olhos enquanto estávamos deitados nas câmaras de projeção e não os soltou mais. Era como se o universo tivesse sido rasgado e o dia todo ficasse em estado de fúria. Não desliguei a entrada sensorial. Não desviei o olhar. Todas as cores que se podia imaginar estavam lá, manchando a noite. E, por fim, as ondas de choque: as paredes cantaram! A indutância magnética oscilou sobre nossa nave, quase nos despedaçou. Contudo, já era tarde demais. Fiquei cego. – Ele se recostou na cadeira. – Estou cego, garoto! Mas com um tipo engraçado de cegueira... pois consigo ver você. Sou surdo, mas, se você falasse comigo, eu poderia entender a maior parte do que disse. Terminações olfativas todas mortas, além das papilas gustativas da minha língua. – A mão tateou a bochecha do Rato. – Não consigo sentir a textura do seu rosto. A maioria das terminações nervosas táteis também morreu. Seu rosto é liso ou é eriçado e áspero como o meu? – Ele esgarçou um sorriso de dentes amarelados e gengivas vermelhas, bem vermelhas. – Dan é cego de um jeito engraçado. – A mão deslizou pelo colete do Rato, prendendo-se nos cordões. – É, de um jeito engraçado. A maioria das pessoas fica cega como se mergulhasse na escuridão. Já eu tenho fogo nos olhos. Levo todo aquele sol em colapso na minha cabeça, meu teto óptico em curto, totalmente aberto, pulando, saltando, brilhando. É como se a luz pusesse os bastonetes e cones da minha retina em estimulação constante, formado uma bola de arco-íris e enchido cada cavidade. É isso que vejo agora. Você: apenas um contorno aqui, destacado ali, um fantasma solarizado do outro lado do meu inferno. Quem é você?

– Pontichos – respondeu o Rato, rascando com sua voz rouca como se tivesse lã com areia na garganta. – Pontichos Provechi.

O rosto de Dan se contorceu.

– Seu nome é... O que você disse? Está bagunçando minha cabeça. Tem um coro dentro dos meus ouvidos, gritando no meu cérebro vinte e seis horas por dia. As terminações nervosas enviam estática, o estertor da morte do sol que está morrendo desde então. Acima desse ruído, consigo ouvir de leve sua voz, como o eco de algo gritado a cem metros de distância. – Dan tossiu e se recostou com força. – De onde você é? – Ele limpou a boca.

– Aqui de Draco – disse o Rato. – Terra.

– Terra? Onde? América? Vem de uma casinha branca em uma rua arborizada, com uma bicicleta na garagem?

Ah, sim, pensou o Rato. *Cego e surdo também.* A dicção do Rato era boa, mas ele nunca tentou corrigir seu sotaque.

– Eu... sou da Austrália. De uma casa branca. Morava nos arredores de Melbourne. Árvores. Eu tinha uma bicicleta. Mas isso faz muito tempo. Muito tempo, não é, garoto? Conhece a Austrália, na Terra?

– Passei por lá. – O Rato se contorceu na cadeira e imaginou como poderia escapar daquela conversa.

– Sim. Era assim. Mas você não sabe, garoto! Não vai saber como é cambalear pelo resto da vida com uma nova cravada no cérebro, lembrando de Melbourne, lembrando da bicicleta. Como disse que era seu nome?

Rato olhou para a janela à esquerda, ao lado da porta.

– Não consigo lembrar. O som daquele sol apaga tudo.

Os mecânicos, que estavam ouvindo até então, viraram-se para o balcão.

– Não me lembro de mais nada!

Em outra mesa, uma mulher de cabelos pretos voltou a jogar cartas com seu companheiro loiro.

– Ah, fui encaminhado aos médicos! Dizem que, se cortarem os nervos ópticos e auditivos, cortá-los no cérebro, o rugido, a luz... poderiam... parar! *Poderiam?* – Ele levou as mãos ao rosto. – E as sombras do mundo que entram parariam também. Seu nome? Qual é seu nome?

O Rato tinha as palavras na ponta da língua, junto com *desculpe, está bem? Tenho que ir.*

Mas o velho Dan tossiu, agarrando as orelhas dele.

– Ahhh! Essa foi uma viagem de porco, uma viagem de cão, uma viagem para moscas! A nave era a *Roc*, e fui um ciborgue acoplado do capitão Lorq Von Ray. Ele nos levou – Dan inclinou-se sobre a mesa – tão perto... – Seu polegar roçou o dedo indicador – ... perto *assim* do inferno. E nos trouxe de volta. Pode amaldiçoá-lo, amaldiçoar o ilírion por isso, garoto, seja você quem for. De onde for!

Dan soltou uma gargalhada, jogou a cabeça para trás... as mãos bateram na mesa.

O barman olhou para cima. Alguém fez sinal para pedir uma bebida. Os lábios do barman se apertaram, mas ele se afastou, balançando a cabeça.

– Dor... – o queixo de Dan desceu – ... depois que se vive com ela por tempo suficiente, não é mais dor. É outra coisa. Lorq Von Ray é louco! Ele nos conduziu até o mais perto possível da morte. Agora, me abandonou, nove décimos de um cadáver, aqui, nos confins do Sistema Solar. E aonde ele foi... – Dan respirou fundo. Algo fez tremer seus pulmões. – Aonde Dan, o cego, vai agora?

De repente, ele agarrou as bordas da mesa.

– Aonde o Dan vai?

O copo do Rato caiu e se estilhaçou no chão.

– Me diga!

Ele sacudiu a mesa de novo.

O barman estava se aproximando.

Dan se levantou, virando a cadeira, e esfregou os nós dos dedos nos olhos. Deu dois passos cambaleantes através dos raios solares que iluminavam o chão. Mais dois. O último deixou longas pegadas castanho-avermelhadas.

A mulher de cabelos pretos prendeu a respiração. O homem loiro fechou as cartas.

Um mecânico avançou, mas o outro tocou seu braço.

Os punhos de Dan bateram nas portas de vaivém. Ele se foi.

O Rato olhou ao redor. Mais vidro no chão, só que agora o som era mais suave. O barman tinha ligado o varredor de pulso, e a máquina sibilou sobre a sujeira e os fragmentos ensanguentados.

– Quer outra bebida?

– Não – sussurrou o Rato com sua laringe arruinada. – Não, eu já havia terminado. Quem era *aquele*?

– Costumava ser um ciborgue acoplado na *Roc*. Está causando confusão por aqui faz uma semana. Ele vive sendo expulso dos lugares assim que entra pela porta. Por que você está tendo tanta dificuldade em ser recrutado?

– Nunca estive em uma viagem estelar antes – respondeu o Rato em um sussurro áspero. – Recebi meu certificado faz dois anos. Desde então, estou ligado a uma pequena empresa de frete que trabalha dentro do Sistema Solar, no corredor triangular.

– Eu podia te dar muitos conselhos. – O barman desligou o varredor da tomada em seu pulso. – Mas vou me segurar. Que Ashton Clark acompanhe você.

Ele sorriu e voltou para trás do balcão.

O Rato sentiu-se desconfortável. Enganchou um polegar escurecido sob a alça de couro da bolsa pendurada no ombro e foi até a porta.

– Ei, Rato! Vamos lá! Toque alguma coisa para nós...

A porta fechou-se atrás dele.

O sol encolhido jazia em um dourado irregular nas montanhas. Netuno, enorme no céu, lançava uma luz difusa na planície. As naves estelares amontoavam-se nos fossos de reparos a uns oitocentos metros de distância.

O Rato caminhava pela fileira de bares, hotéis baratos e restaurantes. Desempregado e desanimado, conhecia a maioria deles, tocando por um prato de comida, dormindo no canto do quarto de alguém quando era chamado para se apresentar em uma festa a noite toda. Não era isso que seu certificado dizia que deveria fazer. Não era nisso que queria trabalhar.

Desceu o calçadão que margeava o Inferno[3].

Para tornar a superfície do satélite habitável, a Comissão Draco instalou fornalhas de ilírion para derreter o núcleo da lua. Com a temperatura da superfície no outono ameno, a atmosfera era gerada espontaneamente a partir das rochas. Uma ionosfera artificial a conservava dentro do planeta. As outras manifestações do núcleo recém-fundido eram os Infernos[1] a [55], fendas vulcânicas que se abriram na crosta da lua. Inferno[3] tinha quase cem metros de largura, duas vezes mais profundo (um verme flamejante fervilhava na sua base) e dez quilômetros de comprimento. O cânion tremeluzia e fumegava sob a noite pálida.

Enquanto o Rato caminhava ao lado do abismo, o ar quente acariciava seu rosto. Estava pensando em Dan, o cego. Pensando na noite além de Plutão, além das estrelas chamadas Draco. E tinha medo. Tocou a bolsa de couro que carregava ao lado do corpo.

Draco, Terra, Istambul, 3164

Quando tinha dez anos, o Rato roubou aquela bolsa. Continha o que mais amava.

Apavorado, fugiu das barracas de música sob abóbadas brancas, entre as cabines de camurça fedorentas. Apertou a bolsa contra a barriga, pulou uma caixa de cachimbos de espuma do mar* que havia se aberto e se espalhado sobre a pedra empoeirada, passou sob outro arco e, por vinte metros, disparou pela multidão que percorria o Beco Dourado, onde vitrines com cortinas aveludadas estavam cheias de luz e ouro. Desviou de um menino de sapatos de salto que balançava xícaras de chá e de café sobre uma bandeja de três alças. Quando o Rato passou, a bandeja subiu e desceu; chá e café balançaram, mas nenhuma gota foi derramada. O Rato fugiu.

Outra curva o fez passar por uma montanha de chinelos bordados.

A lama respingou assim que seus sapatos de lona bateram no piso quebrado novamente. Ele parou, ofegante, e olhou para cima.

Sem abóbadas. A chuva leve caía entre os prédios. Ele segurou a bolsa com mais força, esfregou o rosto úmido com as costas da mão e começou a subir a rua curva.

A Torre Queimada de Constantino, podre, preta e com nervuras, projetava-se do estacionamento quando chegou à rua principal; as pessoas corriam em volta dele, chapinhando na camada fina de água que cobria as pedras. O couro da bolsa ficava suado em contato com a pele.

Se o tempo estivesse bom? Teria corrido pelo atalho da rua de trás. Mas continuou seguindo o trajeto principal, aproveitando um pouco da proteção do monotrilho. Abriu caminho entre empresários, estudantes e porteiros.

Um trenó ressoou pela rua de pedras. O Rato arriscou e subiu no estribo amarelo. O condutor sorriu – uma lua

---

* *Meerschaum* (espuma do mar, em alemão), também conhecido como sepiolita, é um mineral de cor branca muito usado na fabricação de cachimbos por sua textura maleável. Pode ser encontrado flutuando nas águas do mar Negro, por isso seu nome. [N. de E.]

crescente salpicada de ouro em um rosto acastanhado – e o deixou ficar.

Dez minutos depois, com o coração ainda palpitando, o Rato saltou do trenó e adentrou o pátio da Nova Mesquita. Na garoa, alguns homens lavavam os pés nas tinas de pedra junto ao muro. Duas mulheres saíram pela porta vaivém na entrada, pegaram seus sapatos e desceram os degraus reluzentes, correndo na chuva.

Certa vez, o Rato perguntou a Leo exatamente quando a Nova Mesquita havia sido construída. O pescador da Federação das Plêiades – que sempre andava com um pé descalço – coçou o couro cabeludo enquanto olhava para as paredes esfumaçadas que subiam até as cúpulas e os minaretes pontiagudos.

– Cerca de mil anos atrás foi. Mas só um palpite é.

O Rato estava procurando por Leo agora.

Correu para fora do pátio e se esquivou entre os caminhões, carros, minivans e carrinhos que lotavam a entrada da ponte. Na faixa de pedestres, sob um poste de luz, passou por um portão de ferro e desceu correndo os degraus. Pequenos barcos chocavam-se no lodo. Além dos botes, a água mostarda do Chifre de Ouro se agitava sobre as estacas e docas dos aerobarcos. Além da boca do Chifre, do outro lado do Bósforo, as nuvens haviam se dissipado.

Raios de luz inclinaram-se e iluminaram o rastro de uma balsa que seguia em direção ao outro continente. O Rato parou nos degraus para olhar o estreito brilhante enquanto mais e mais luz caía.

Janelas na Ásia nebulosa brilhavam nas paredes cor de areia. Era o início do efeito que fizera os gregos, dois mil anos antes, chamar o lado asiático da cidade de Crisópolis, a Cidade de Ouro. Hoje, seu nome era Uskudar.

– Ei, Rato! – Leo o chamou do convés vermelho. Ele havia construído um toldo sobre seu barco, montado mesas de madeira e colocado barris ao redor para fazer as vezes de cadeiras. Óleo preto borbulhava em um tonel, aquecido por um gerador antigo coberto de graxa. Ao lado, sobre uma lona amarela, havia uma pilha de peixes. As brânquias tinham sido viradas ao redor das mandíbulas, de modo que cada peixe tinha uma flor carmesim na cabeça. – Ei, Rato, o que você conseguiu aí?

Com um clima mais ameno, pescadores, trabalhadores portuários e carregadores almoçavam por ali. O Rato subia no parapeito enquanto Leo jogava dois peixes no óleo, que irrompia em espuma amarela.

– Consegui aquilo... aquilo que você estava falando. Consegui... quero dizer, acho que é aquilo que você me contou. – As palavras saíam apressadas, ofegantes, hesitantes, ofegantes de novo.

Leo, cujos nome, cabelo e corpo volumoso herdara de avós alemães (e cujo padrão de fala havia sido adquirido na infância numa costa pesqueira de um mundo cujas noites continham dez vezes mais estrelas que as da Terra), parecia confuso. A confusão tornou-se maravilhamento quando Rato estendeu a bolsa de couro.

Leo pegou-a com as mãos sardentas.

– Certeza você tem? Onde você...

Dois trabalhadores entraram no barco. Leo viu a surpresa cruzar o rosto do Rato e começou a falar em grego, abandonando o turco.

– Onde isso encontrou?

O padrão das frases permanecia o mesmo em todas as línguas.

– Roubei.

Embora as palavras saíssem como rajadas de ar através das cordas vocais desencaixadas, aos dez anos, o órfão cigano falava meia dúzia de línguas que margeavam o Mediterrâneo com muito mais facilidade que pessoas como Leo, que aprenderam idiomas com um hipnoprofessor.

Os trabalhadores, sujos por suas picaretas elétricas (e, assim esperavam, limitados a compreender turco), sentaram-se à mesa, massageando os pulsos e esfregando os soquetes espinhais nas costas, onde grandes máquinas eram conectadas aos seus corpos, e pediram peixe.

Leo curvou-se e jogou os peixes no óleo. A luz prateada girou pelo ar, e o óleo estalou.

Em seguida, ele se encostou no parapeito e abriu o cordão da bolsa.

– Sim – falou devagar. – Nenhum na Terra, muito menos aqui, não sabia que existia. De onde é?

– Peguei no bazar – explicou o Rato. – Se existe na Terra, pode ser encontrado no Grande Bazar.

Ele citou o ditado que levava milhões e milhões de pessoas à Rainha das Cidades.

– Assim dizer ouvi – disse Leo. Então, em turco novamente: – A esses senhores o almoço deles você dá.

O Rato pegou a escumadeira e serviu o peixe em pratos de plástico. O que entrou prateado no óleo saiu dourado. Os homens tiraram pedaços de pão dos cestos debaixo da mesa e comeram com as mãos.

Ele tirou outros dois peixes do óleo e os levou para Leo, que ainda estava sentado na amurada, sorrindo para a bolsa.

– Uma imagem coerente dessa coisa consigo? Não sei. Desde que na pesca de lulas de metano nas Colônias Exteriores estive, um desses não peguei. Naquela época, tocar muito bem eu sabia. – A bolsa caiu, e Leo puxou o ar entre os dentes. – Bonito é!

Em seu colo, sobre o couro amassado, um objeto que podia ser uma harpa, podia ser um computador. Com superfícies de indutância como um teremim, com trastes como uma guitarra, de um lado havia chaves curtas como em um sitar. Do outro estavam chaves de baixo estendidas de uma guitarra. As peças de madeira eram esculpidas em jacarandá; as de metal, fundidas em aço inoxidável. Tinha detalhes em plástico preto e era acolchoado com pelúcia.

Leo virou-o.

As nuvens tinham se aberto ainda mais.

A luz do sol corria pelo grão polido, brilhando no aço.

Na mesa, os trabalhadores batucaram suas moedas, depois estreitaram os olhos. Leo aquiesceu com a cabeça para eles. Deixaram o dinheiro nas mesas engorduradas e, intrigados, deixaram a embarcação.

Leo fez alguma coisa com os controles. Emitiu um toque claro, o ar estremeceu, e, cortando o fedor de corda molhada e alcatrão veio um cheiro de... orquídeas? Muito tempo antes, talvez com cinco ou seis anos, o Rato sentira o perfume selvagem delas nos campos à beira de uma estrada. (À época, havia uma mulher grande com uma saia estampada que poderia ser a mãe dele, e três homens descalços e bigodudos, um dos quais lhe dissera para chamá-lo de papai, mas foi em algum outro país...) Sim, orquídeas.

A mão de Leo se moveu, o tremor se tornou cintilante. O brilho surgiu no ar, fundido em luz azul, cuja fonte estava em algum lugar entre eles. O odor úmido transformou-se em rosas.

– Funciona! – disse Rato com a voz roufenha.

Leo assentiu com a cabeça.

– Melhor que aquele que eu tinha. A bateria de ilírion quase nova está. Aquelas coisas que no barco eu costumava tocar, se ainda consigo tocar, imagino. – Franziu o rosto. – Muito bem não vai sair. Destreinado estou. – A vergonha rearranjou as feições de Leo em uma expressão que o Rato nunca tinha visto. A mão de Leo fechou-se no cabo de afinação.

Onde a luz havia enchido o ar, a iluminação a moldou, até que a mulher se virou e olhou para trás, observando-os.

O Rato piscou.

Era translúcida, ainda mais real pela concentração de que ele precisou para definir um queixo, um ombro, o pé, o rosto, até que ela girou, rindo, e jogou surpreendentes flores nele. Sob as pétalas, o Rato se abaixou e fechou os olhos.

Estivera respirando normalmente até então, mas, naquela inalação, ele simplesmente não parou. Abriu a boca para os odores, prolongando a respiração até que seu diafragma se esticou bruscamente na parte inferior das costelas. Então, a dor aumentou embaixo de seu esterno, e ele teve de soltar o ar. Rapidamente. E de novo, começou o lento retorno...

Ele abriu os olhos.

Óleo, a água amarela do Chifre, lama; mas o ar estava vazio de botões de flores. Leo, sua única bota encaixada na parte inferior da amurada, estava brincando com um botão.

Ela desapareceu.

– Mas... – O Rato deu um passo, parou, equilibrando-se na ponta dos pés, a garganta contraindo-se. – Como?

Leo olhou para cima.

– Enferrujado estou! Eu muito bom um dia já fui. Mas isso muito tempo faz. Muito tempo. Uma vez, lá atrás, eu de verdade essa coisa sabia tocar.

– Leo, você sabia? Quero dizer, você disse que sabia. Eu não sabia. Nem imaginava.

– O quê?

– Me ensina! Poderia... me ensinar?

Leo olhou para o perplexo garoto cigano com quem fizera amizade ali no cais com histórias de suas andanças pelos oceanos e portos de uma dúzia de mundos. Ficou intrigado.

Os dedos do Rato se contraíam.

– Me mostre, Leo! Agora vai ter que me mostrar! – A mente do Rato passou do árabe alexandrino para o árabe berbere e acabou no italiano enquanto procurava a palavra. – *Bellissimo*, Leo! *Bellissimo!*

– Bem...

Leo sentiu o que talvez fosse medo da avidez do menino, se Leo estivesse mais acostumado a temer algo.

O Rato olhou para a coisa roubada com espanto e terror.

– Pode me mostrar como tocar? – Então, fez algo corajoso. Ele a pegou, gentilmente, do colo de Leo. E o medo era uma emoção com que o Rato convivera durante toda a sua curta e destroçada vida.

No entanto, ao estender a mão, ele começou o intrincado processo de tornar-se ele mesmo. Maravilhado, o Rato girou várias vezes a siringe sensorial.

No início de uma rua lamacenta que serpenteava em uma colina atrás de um portão de ferro, o Rato tinha um trabalho noturno carregando bandejas de café e salepo* entre hordas de homens que perambulavam pelas estreitas portas de vidro, agachados para olhar as mulheres que passavam lá dentro.

Agora, o Rato chegava para trabalhar cada vez mais tarde. Ficava no barco o máximo de tempo que conseguia. As luzes do porto piscavam nas docas de mais de um quilômetro de comprimento, e a Ásia cintilava em meio ao nevoeiro enquanto Leo lhe mostrava onde cada cheiro, cor, forma, textura e movimento projetáveis se escondia na siringe polida. Os olhos e as mãos do Rato começaram a se abrir.

Dois anos depois, quando Leo anunciou que vendera seu barco e estava pensando em ir para o outro lado de Draco, talvez para Novo Marte, para pescar arraias-pó, o Rato já conseguia superar a ilusão de mau gosto que Leo lhe mostrara da primeira vez.

Após um mês, o próprio Rato deixou Istambul, esperando sob as pedras gotejantes do Edernakapi até que um caminhão lhe oferecesse uma carona em direção à cidade fronteiriça de Ipsala. Atravessou a fronteira para a Grécia, juntou-se a uma carroça vermelha cheia de ciganos e, durante a viagem, voltou ao romani, sua primeira língua. Estava na Turquia fazia três anos. Ao sair, tudo o que havia levado além

---

* Espécie de orquídea de onde é extraída fécula usada na produção de alimentos como a bebida de mesmo nome e o dondurma, tradicional sorvete da Turquia. [N. de E.]

das roupas que usava era um grosso anel-enigma*, grande demais para qualquer um de seus dedos, e a siringe.

Dois anos e meio depois, quando deixou a Grécia, ainda tinha o anel. Havia crescido um pouquinho, pouco menos de dois centímetros, assim como os outros garotos que trabalhavam nas ruas sujas atrás do mercado de pulgas de Monasteraiki, vendendo tapetes, bugigangas de latão ou qualquer coisa que os turistas comprassem, bem na borda da cúpula geodésica que cobria dois quilômetros quadrados do Mercado de Atenas. Ele levava a siringe.

O barco de cruzeiro no qual era marinheiro deixou o Pireu para Porto Said, navegou pelo canal e seguiu em direção ao seu porto de origem, em Melbourne.

Quando navegou de volta, desta vez para Bombaim, foi como animador na boate do navio: Pontichos Provechi, recriando grandes obras de arte, musicais e gráficas, para seu prazer, com acompanhamento perfumado. Em Bombaim, se demitiu, ficou muito bêbado (tinha dezesseis anos à época) e caminhou pelo píer sujo ao luar, trêmulo e passando mal. Jurou que nunca mais tocaria apenas por dinheiro ("Qual é, garoto? Faça os mosaicos no teto de San Sophia novamente antes de fazer o friso do Partenon – e faça-os dançar!"). Quando voltou à Austrália, foi como marinheiro. Desembarcou com o anel-enigma, unhas compridas e um brinco de ouro na orelha esquerda. Os marinheiros que cruzavam o equador no oceano Índico tinham direito a esse brinco havia mil e quinhentos anos. O comissário furou o lóbulo da orelha com gelo e uma agulha de lona. Ainda estava com a siringe.

De volta a Melbourne, ele tocava nas ruas. Passou muito tempo em um café frequentado por jovens da Academia de

---

* *Puzzle ring*, no original. O anel-enigma, também conhecido como aliança turca, é uma joia composta por três ou mais bandas que se unem para formar um anel único. [N. de E.]

Astronáutica Cooper. Uma garota de vinte anos com quem estava morando sugeriu que ele assistisse a algumas aulas.

– Vamos, pegue alguns plugues. Cedo ou tarde precisará deles e é melhor aprender a usá-los em algo melhor que não seja em um trabalho numa fábrica. Você gosta de viajar. É muito melhor viajar pelas estrelas do que dirigir um caminhão de lixo.

Quando finalmente terminou com a garota e deixou a Austrália, tinha seu certificado de ciborgue acoplado para qualquer navegação intergaláctica e de frete. Ainda tinha seu brinco de ouro, a unha longa do dedinho, o anel-enigma – e a siringe.

Mesmo com um certificado, era difícil entrar em uma viagem estelar diretamente da Terra. Por alguns anos, trabalhou em uma pequena linha comercial que percorria o Triângulo Mutante: Terra para Marte, Marte para Ganimedes, Ganimedes para a Terra. Mas agora seus olhos pretos brilhavam com as estrelas. Poucos dias depois de seu aniversário de dezoito anos (ou pelo menos era o dia em que ele e a garota concordaram que seria seu aniversário em Melbourne), o Rato pegou carona na maior lua de Netuno, de onde as grandes linhas comerciais enviavam naves para mundos em toda a Draco, para a Federação das Plêiades e até mesmo para as Colônias Exteriores.

O anel-enigma encaixava-se perfeitamente agora.

Draco, Tritão, Inferno[3], 3172

O Rato caminhava às margens de Inferno[3], o salto de sua bota estalando, o pé descalço silencioso (como Leo havia caminhado em outra cidade, em outro mundo). Aquela havia sido sua mais recente aquisição de viagem. Os que trabalhavam em queda livre nas naves que passavam entre planetas desenvolviam a agilidade de pelo menos manejar as coisas com os dedos de um dos pés, às vezes dos dois pés, a ponto de rivalizar com mãos desajeitadas de outros, e desde então mantinha esse pé livre. Os cargueiros comerciais interestelares tinham gravidade artificial, o que desencorajava tal desenvolvimento.

Ele caminhava embaixo de um plátano, e as folhas farfalhavam ao vento quente. Então seu ombro bateu em algo. O Rato cambaleou, parou e se virou.

– Seu desajeitado com cara de rato...

Sentiu a mão apertando seu ombro e o empurrando na distância de um braço. Então ergueu a cabeça e encontrou o olhar piscante de um homem.

Alguém tentara cortar o rosto do sujeito com uma faca. A cicatriz ziguezagueava do queixo, aproximava-se da cúspide dos lábios grossos, subia pelos músculos da bochecha – o olho castanho-claro estava milagrosamente vivo – e atravessava a sobrancelha esquerda, onde desaparecia nos cabelos ruivos crespos, em que uma chama de um amarelo mais liso brilhava. A carne saltava da cicatriz como cobre batido em um veio de bronze.

– Por que não presta atenção por onde anda, garoto?

– Desculpe...

O colete do homem trazia o disco dourado de um oficial.

– Acho que eu não estava olhando...

Os muitos músculos de sua testa se moveram. A parte de trás da mandíbula se dilatou. O ruído começou atrás do rosto e ressoou. Era uma risada, cheia e desdenhosa.

O Rato sorriu, odiando aquela situação.

– Acho que eu não estava olhando direito para onde ia.

– Acho que não.

A mão bateu duas vezes em seu ombro. O capitão balançou a cabeça e foi embora.

Envergonhado e alerta, o Rato retomou o caminho.

Então, parou e olhou para trás. O disco dourado no ombro esquerdo do colete do capitão tinha o nome Lorq Von Ray. A mão do Rato moveu-se dentro da bolsa pendurada no ombro.

Jogou para trás o cabelo preto que havia caído na testa, olhou em volta e em seguida subiu para a amurada. Enganchou a bota e o pé atrás do degrau inferior e tirou a siringe.

Seu colete estava meio amarrado, e ele apoiou o instrumento contra os músculos pequenos e definidos do peito. O Rato abaixou o rosto, os longos cílios se fecharam. A mão, com anéis e dedos unidos, caiu sobre as superfícies de indutância.

O ar foi preenchido por imagens trêmulas...

CAPÍTULO 2

Draco, Tritão, Inferno³, 3172

Longilíneo e brilhante, Katin perambulava em direção ao Inferno³, olhos no chão, pensamento nas luas altas.
— Ei, garoto!
— Hein?
O andarilho com a barba por fazer se apoiou na cerca, segurando o corrimão com mãos descamadas.
— De onde você vem? — Os olhos do andarilho eram embaçados.
— Luna — respondeu Katin.
— De uma casinha branca em uma rua arborizada, com uma bicicleta na garagem? Eu tinha uma bicicleta.
— Minha casa era verde — disse Katin. — E ficava sob uma cúpula inflável. Mas eu tinha uma bicicleta.
O andarilho balançou ao lado do corrimão.
— Você não sabe, garoto. Você não sabe.
É preciso ouvir os loucos, pensou Katin. *São cada vez mais raros.* E se lembrou de anotar.
— Faz tanto tempo... tanto tempo!
O velho foi embora.
Katin balançou a cabeça e voltou a andar.
Era desajeitado e absurdamente alto, com quase dois metros e dez. Espichou de repente, aos dezesseis anos. Dez anos depois, ainda sem acreditar na própria altura, tendia a curvar os ombros. As mãos enormes estavam enfiadas sob o cinto da bermuda. Andava a passos largos, com os cotovelos batendo.

E seus pensamentos se voltaram para as luas.

Katin, nascido na *Lua*, adorava luas. Sempre vivera nelas, exceto pelo tempo em que convenceu seus pais, estenógrafos da corte de Draco em Luna, a permitir que ele estudasse em uma universidade na Terra, naquele centro de aprendizado do misterioso e inescrutável Ocidente, Harvard, ainda um refúgio para ricos, excêntricos e brilhantes – e ele se encaixava nas duas últimas categorias.

Ele havia escutado sobre as mudanças que faziam variar a superfície de um planeta, das alturas do Himalaia até as suaves e escaldantes dunas do Saara. As congelantes florestas de líquens das calotas polares marcianas ou os furiosos rios de poeira no equador vermelho do planeta – ou a diferença entre noite mercuriana e o dia mercuriano –, esses ele só havia experimentado a partir de diários de viagem em psicorama.

Não eram o que Katin conhecia, o que Katin amava.

As luas?

Luas são pequenas. A beleza de uma lua está nas variações das semelhanças.

De Harvard, Katin voltou para Luna, e de lá foi para a Estação Fobos, onde se conectou a uma bateria de unidades de gravação, computadores de baixo custo e escâneres de exposição – um arquivista sofisticado. Nas folgas, de macacão com lentes polarizadas, ele explorava Fobos, enquanto Demos, uma massa rochosa e brilhante de dezesseis quilômetros, oscilava no horizonte em sua enervante proximidade. Por fim, conseguiu um grupo para pousar em Demos e explorou a pequena lua, do jeito que apenas um mundinho poderia ser explorado. Então, se mudou para as luas de Júpiter. Io, Europa, Ganimedes, Calisto giravam sob os olhos castanhos de Katin. As luas de Saturno, sob a iluminação difusa dos anéis, giravam diante de sua inspeção solitária enquanto ele se afastava dos complexos terrestres em que estava estacionado. Explorou as crateras e montanhas cinzentas, os vales e desfiladeiros durante dias e noites de intensidade ofuscante. Luas são todas iguais?

Se tivesse sido colocado em qualquer uma delas usando uma venda que subitamente fosse retirada, Katin teria imediatamente identificado a estrutura petrológica, a formação cristalina e a topografia geral. Katin era alto e estava acostumado a fazer distinções sutis na paisagem e nas personalidades. Ele conhecia as paixões que vêm com a diversidade de um mundo completo, ou de um homem inteiro, mas não gostava delas.

Lidava com essa antipatia de duas maneiras.

Para as manifestações internas, estava escrevendo um romance.

Carregava na cintura, preso a uma corrente, um gravador encrustado de joias que seus pais lhe deram quando ganhou a bolsa de estudos. Até aquele momento, continha algumas centenas de milhares de palavras em anotações. Não havia começado nem o primeiro capítulo.

Para as manifestações externas, escolheu essa vida isolada aquém de sua formação intelectual e até inadequada ao seu temperamento. Aos poucos, estava se afastando cada vez mais do foco da atividade humana, que para ele ainda era um mundo chamado Terra. Havia apenas um mês que concluíra o curso de ciborgue acoplado. E havia chegado àquela lua de Netuno – a última do Sistema Solar – pela manhã.

O cabelo castanho de Katin era sedoso, desgrenhado e longo o suficiente para ser puxado em uma briga (se a pessoa o alcançasse). As mãos, embaixo do cinto, massageavam a barriga chapada. Chegando à passarela, ele parou. Alguém estava sentado no parapeito tocando uma siringe sensorial.

Várias pessoas estavam assistindo.

As cores banhavam o ar em padrões fugazes enquanto uma forma incorporava a brisa e caía para criar novas formas, um esmeralda mais brilhante, um ametista mais opaco. O vento estava cheio de aromas como o de vinagre, neve, oceano, gengibre, papoulas, rum. Outono, oceano, gengibre, oceano, outono; oceano, oceano, a onda do oceano de novo, enquanto a luz espumava no azul esmaecido que iluminava o rosto do Rato de baixo para cima. Os arpejos elétricos de um neo-*raga** brilhavam no oceano.

Empoleirado no parapeito, o Rato olhava através das imagens, implosão após luminosa implosão, e para seus dedos acastanhados saltando nos trastes, enquanto a luz da máquina fluía pelas costas das mãos. Então seus dedos pararam. Imagens surgiam debaixo de suas palmas.

Pouco mais de vinte pessoas estavam reunidas ali. Piscavam, voltavam-se para olhar. A luz da ilusão vibrava no teto de suas órbitas oculares, fluía nas linhas ao redor da boca, preenchia as rugas que sulcavam as testas. Uma mulher coçou a orelha e tossiu; um homem enterrou as mãos nos bolsos.

Katin olhou sobre muitas cabeças. Alguém avançava, hesitante. Ainda tocando, o Rato olhou para cima. Dan, o cego, avançou, parou e cambaleou no fogo da siringe.

– Ei, vamos lá, saia daí...

– Vamos, meu velho, se manda...

– Não conseguimos ver o que o garoto está fazendo...

No meio da ilusão criada pelo Rato, Dan balançava, sacudindo a cabeça.

O Rato começou a rir; então, a mão morena se fechou sobre o cabo da projeção, e a luz, os sons e os cheiros murcharam em torno de um único e lindo demônio que parou diante de Dan, balindo, fazendo caretas, batendo asas escamosas que mudavam de cor a cada movimento. Uivava como uma trombeta, seu rosto retorcido imitando Dan, mas havia um terceiro olho giratório.

---

* *Ragas* são modos da música clássica indiana, um conjunto de variações melódicas que baseiam improvisações e composições, sem equivalência na música de tradição ocidental, e que podem variar de acordo com o sentimento que se deseja provocar na audiência. [N. de E.]

As pessoas começaram a rir.

O espectro saltou e se agachou sob os dedos do Rato. O cigano sorria de forma maldosa.

Dan cambaleou para a frente, com um braço se debatendo no ar.

Emitindo um grito agudo, o demônio virou de costas, curvando-se. Ouviu-se um ruído feito um ronco, e os espectadores – mais uma dúzia havia se aproximado – reclamaram do fedor.

Katin, encostado no corrimão ao lado do Rato, sentiu o calor do constrangimento subindo pelo pescoço.

O demônio deu um salto.

Então Katin se abaixou e pousou a palma da mão sobre o campo de indutância visual, fazendo a imagem ficar borrada.

O Rato ergueu a cabeça subitamente.

– Ei!

– Não precisa fazer isso – disse Katin, cobrindo o ombro do Rato com sua mão grande.

– Ele é cego – retrucou o Rato. – Além disso, não consegue ouvir, nem cheirar, não sabe o que está acontecendo. – As sobrancelhas pretas se franziram, mas ele parou de tocar.

Dan ficou sozinho no meio da multidão, alheio a tudo. De repente, gritou. E voltou a gritar. O som ressoava em seus pulmões. As pessoas recuaram. O Rato e Katin olharam na direção em que Dan apontava.

Em seu colete azul-escuro com um disco dourado, a cicatriz flamejando sob as chamas, o capitão Lorq Von Ray se destacou do grupo de espectadores.

Dan, apesar da cegueira, o havia reconhecido. Ele deu meia-volta, cambaleando para fora do círculo. Empurrou um homem para o lado, acertando o ombro de uma mulher com as costas da mão, e desapareceu na multidão.

Quando Dan se foi e a siringe se calou, a atenção se voltou para o capitão. Von Ray deu um tapa na coxa, fazendo a palma da mão em sua calça preta estalar como uma tábua.

– Parem! Parem de gritar!

A voz era poderosa.

– Estou aqui para selecionar um grupo de ciborgues acoplados para uma longa viagem, provavelmente ao longo do braço interno. – Seus olhos amarelos eram muito vivos. As feições ao redor da cicatriz em forma de corda, sob o cabelo crespo de ferrugem, eram as de um sorriso. Mas levou segundos para identificar a expressão na boca e na sobrancelha distorcidas. – Tudo bem, qual de vocês quer uma ajuda para chegar até a margem da noite? São marinheiros de pé na areia ou viajantes estrelares? Você! – Ele apontou para Rato, ainda sentado no parapeito. – Quer vir?

O Rato desceu.

– Eu?

– Você *e* seu realejo dos infernos! Se acha que consegue prestar atenção aonde está indo, gostaria de alguém que fizesse malabarismos com o ar diante dos meus olhos e cócegas nos lóbulos das minhas orelhas. Aceite o trabalho.

Um sorriso estranho se abriu nos lábios do Rato, arreganhando seus dentes.

– Claro. – E o sorriso desapareceu. – Eu vou. – As palavras saíram da boca do jovem cigano como um rouquejar de um velho embriagado de uísque. – Claro que vou, capitão. – O Rato assentiu com a cabeça, e seu brinco de ouro brilhou sobre a fenda vulcânica. Um vento quente soprou pela grade, fazendo cair mechas de seu cabelo preto.

– Gostaria de levar algum companheiro com você? Preciso de uma tripulação.

O Rato, que não gostava de ninguém em particular naquele porto, olhou para o jovem incrivelmente alto que o havia impedido de importunar Dan.

– O que acha do baixinho? – Para surpresa de Katin, o sujeito apontou o polegar para ele. – Não o conheço, mas como companheiro ele deve dar para o gasto.

– De acordo. Então... – O capitão Von Ray estreitou os olhos por um momento, avaliando os ombros caídos de Katin, o peitoral estreito, as bochechas altas e os olhos azuis pálidos flutuando atrás das lentes de contato – ... agora são dois.

As orelhas de Katin queimaram.

– Quem mais? Qual o problema? Estão com medo de deixar este pequeno poço de gravidade que se afunila para aquele sol de meia-tigela? – Ele estendeu o queixo em direção à silhueta das montanhas. – Quem vai conosco até onde noite significa para sempre e a manhã é apenas uma lembrança?

Um homem deu um passo à frente. Pele da cor de berinjela, cabeça longa e feições redondas.

– Eu vou. – Enquanto falava, os músculos de sua mandíbula e sob os cabelos crespos eram visíveis.

– Tem um companheiro?

Um segundo homem deu um passo à frente. A pele era translúcida como sabão. O cabelo parecia lã branca. A semelhança das feições não foi notada a princípio. Havia as mesmas linhas pontiagudas nos cantos dos lábios grossos, a mesma inclinação abaixo das narinas dilatadas, a mesma amplitude das maçãs do rosto: gêmeos. Quando o segundo homem virou a cabeça, o Rato viu olhos piscando, cobertos por cílios prateados.

O albino pousou a mão larga – um saco de juntas e unhas arruinadas presas ao antebraço por veias grossas e lívidas – no ombro do irmão.

– Navegamos juntos.

As vozes arrastadas pelo sotaque colonial eram idênticas.

– Alguém mais?

O capitão Von Ray olhou ao redor da multidão.

– Me levar quer, capitão?

Um homem se aproximou. Algo se debatia em seu ombro.

O cabelo loiro balançava com um vento que não soprava do abismo. Asas úmidas encolheram-se, se estenderam de novo, e eram como ônix e mica. O homem estendeu a mão onde garras pretas se fixavam como uma dragona ao seu ombro nodoso, e, com um polegar achatado, acariciou as almofadinhas grudentas das patas.

– Tem algum outro companheiro além da mascote?

Com a mão pequena na do homem, ela deu um passo à frente, seguindo-o à distância dos braços de ambos.

Ramo de salgueiro? Asa de pássaro? Vento em juncos de primavera? O Rato vasculhou seu repertório sensorial para comparar a gentileza daquele rosto. E fracassou.

Os olhos dela eram da cor do aço. Os seios pequenos subiam e desciam regularmente sob os cordões do colete. De repente, quando olhou ao redor, o aço cintilou. (*Ela é uma mulher forte*, pensou Katin, um homem capaz de perceber essas sutilezas.)

O capitão Von Ray cruzou os braços.

– Vocês dois e o animal no seu ombro?

– Seis bichinhos, capitão, nós temos – respondeu ela.

– Desde que saibam conviver em um navio, tudo bem. Mas jogarei no espaço o primeiro demônio voador que eu encontrar.

– Certo, capitão – disse o homem. Os olhos oblíquos no rosto corado enrugaram-se com um sorriso. Com a mão livre, apertou o bíceps do outro braço e deslizou os dedos pelos cabelos loiros do antebraço, no dorso de cada nó dos dedos, até que ambas as mãos seguraram a da mulher. Eles eram o casal que estava jogando cartas no bar, percebeu o Rato. – Quando a bordo nos quer?

– Uma hora antes do amanhecer. Minha nave segue ao encontro do sol. É a *Roc*, no Píer Dezessete. Como seus amigos chamam você?

– Sebastian.

O animal bateu as asas sobre o ombro dourado.

– Tyÿ.

A sombra do animal cruzou o rosto da mulher.

O capitão Von Ray inclinou a cabeça e encarou o homem, com olhos de tigre por baixo de sobrancelhas cor de ferrugem.

– E seus inimigos?

O homem riu.

— Maldito Sebastian e aqueles capangas de asas pretas.

Von Ray olhou para a mulher.

— E o seus?

— Tyÿ — falou suavemente. — Por enquanto.

— Vocês dois. — Von Ray virou-se para os gêmeos. — Seus nomes?

— Este é Idas... — disse o albino, e mais uma vez pôs a mão no braço do irmão.

— ... e ele é Lynceos.

— E o que seus inimigos diriam se eu perguntasse quem vocês são?

Idas deu de ombros.

— Só Lynceos...

— ... e Idas.

— Você? — Von Ray acenou com a cabeça em direção ao Rato.

— Pode me chamar de O Rato se for meu amigo. Se for meu inimigo, nunca saberá meu nome.

Von Ray estreitou os olhos, apontando as pupilas amareladas para o homem alto.

— Katin Crawford. — O próprio Katin ficou surpreso com a espontaneidade de sua resposta. — Quando meus inimigos me disserem como me chamam, eu avisarei ao senhor, capitão.

— Temos uma longa viagem pela frente — disse Von Ray. — E vocês encontrarão inimigos que nem sequer imaginavam ter. Vamos enfrentar Prince e Ruby Red. Voaremos com um cargueiro vazio e voltaremos, se os lemes funcionarem como esperado, com os porões cheios. Quero que saibam que já tentamos essa viagem duas vezes. Na primeira vez mal conseguimos zarpar. Na segunda, cheguei a avistar o destino. Mas a visão foi demais para alguns da minha tripulação. Agora pretendo zarpar, encher meu porão de carga e voltar.

— Aonde estamos indo? — perguntou Sebastian. O animal alado empoleirado no ombro alternava o peso de uma perna para outra, batendo as asas para manter o equilíbrio. A envergadura era de quase dois metros e meio. – O que lá fora, capitão, há?

Von Ray lançou a cabeça para trás como se pudesse ver seu destino. Então, abaixou os olhos lentamente.

– Lá fora...

O Rato sentiu a pele da nuca ficar esquisita, como se fosse feita de trapos e alguém tivesse puxado um fio solto e desfiado do tecido.

– Em algum lugar, lá fora – disse Von Ray –, há uma nova. Medo?

Por um momento, o Rato buscou as estrelas e encontrou o olho estragado de Dan.

E Katin refez o caminho entre as crateras de muitas luas, olhos esbugalhados sob a máscara protetora, enquanto, em algum lugar, implodindo, um sol entrava em colapso.

– Vamos atrás de uma nova.

Então isso é medo de verdade, pensou o Rato. *Algo além da mera vibração da fera batendo dentro do peito, sacudindo-se entre as costelas.*

É o início de um milhão de jornadas, refletiu Katin, *com os pés plantados no chão.*

– Temos que chegar até a borda flamejante daquele sol que está implodindo. Todo o *continuum* na área de uma nova é espaço distorcido. Temos que chegar até a beira do caos e trazer de volta um punhado de fogo, com o mínimo possível de paradas pelo caminho. Não existe lei aonde estamos indo.

– A que lei se refere? – perguntou Katin. – A do homem, ou as leis naturais da física, psíquicas e químicas?

Von Ray fez uma pausa.

– Todas elas.

O Rato puxou a alça de couro sobre o ombro e enfiou a siringe na bolsa.

– É uma corrida – disse Von Ray. – Eu lhes digo mais uma vez: Prince e Ruby Red são nossos rivais. Não há lei humana que se aplique a eles. E, à medida que nos aproximamos da nova, as demais leis vão se desfazer.

O Rato afastou o cabelo volumoso da testa.

– Será uma viagem movimentada, hein, capitão? – Os músculos do rosto moreno saltaram, estremeceram, fixando-se, por fim, em um sorriso para conter o tremor. A mão dentro da bolsa acariciou a incrustação na siringe. – Uma viagem muito agitada. – A voz algodoada sondou o perigo. – Suspeito que essa viagem me dará motivos para cantar. – E sondou novamente.

– Por falar nisso... esse punhado de fogo que vamos trazer conosco... – começou Lynceos.

– Uma carga completa – corrigiu Von Ray. – São sete toneladas. Sete contêineres de uma tonelada cada.

Idas começou a frase:

– Como não é possível carregar sete toneladas de fogo...

– ... o que vamos transportar, capitão? – terminou Lynceos.

A tripulação aguardou a resposta. Aqueles que estavam perto também esperavam.

Von Ray estendeu o braço e massageou o ombro direito.

– Ilírion – disse ele. – E vamos buscá-lo na fonte. – A mão abaixou. – Deem-me seus números de classificação. Agora, da próxima vez que nos virmos será na *Roc*, uma hora antes do amanhecer.

– Tome alguma coisa...

O Rato afastou a mão e continuou dançando. A música ressoava nos sinos de metal enquanto luzes vermelhas brilhavam ao redor do bar.

– Tome uma...

Os quadris do Rato estremeciam com a música. Tyÿ sacudia-se contra ele, balançando o cabelo escuro para trás de um ombro brilhante. Seus olhos estavam fechados, os lábios tremiam.

Alguém estava dizendo para outra pessoa:

– Não, não posso beber isso. Beba por mim.

Tyÿ sacudiu as mãos, seguindo em direção a ele. Então, o Rato piscou os olhos.

Tyÿ estava começando a cintilar.

O Rato piscou de novo.

Ele viu Lynceos segurando a siringe com as mãos brancas. Atrás dele, o irmão se inclinava; os dois riam. A verdadeira Tyÿ estava sentada a uma mesa de canto embaralhando suas cartas.

– Ei – disse o Rato, e correu em direção a eles. – Não brinquem com meu instrumento, por favor. Se souberem tocar, tudo bem. Mas me peçam primeiro.

– Sim – respondeu Lynceos. – Você era o único que conseguia ver...

– ... pois estava em um feixe direcional – disse Idas. – Desculpe.

– Tudo bem – respondeu o Rato, pegando a siringe de volta. Estava bêbado e cansado. Então, saiu do bar, serpenteou ao longo da borda brilhante de Inferno[3] e finalmente cruzou a ponte que levava ao Píer Dezessete. O céu estava escuro. Enquanto passava a mão ao longo do corrimão, uma luz alaranjada vinda de baixo iluminava seus dedos e o antebraço.

Alguém estava encostado no parapeito à sua frente.

Ele desacelerou.

Katin sonhava acordado olhando o outro lado do abismo, a luz do inferno pintando uma máscara diabólica em seu rosto.

A princípio, o Rato achou que o sujeito estava falando sozinho. Então viu o dispositivo cravejado de joias nas mãos dele.

– Dentro do cérebro humano – disse Katin ao seu gravador –, entre o telencéfalo e a medula espinhal, você encontrará uma rede de nervos que reproduz a figura humana, com apenas alguns centímetros de altura. Essa rede conecta impressões sensoriais que se originam fora do cérebro com abstrações cerebrais que se formam no interior. Equilibra a percepção do mundo externo com o conhecimento do mundo interno. Abre caminho pelo emaranhado de intrigas, aquela teia que liga um mundo a outro...

– Ei, Katin – disse o Rato.

Katin olhou para ele enquanto o ar quente saía da lava.

– ... liga galáxia a galáxia, o que mantém o setor Draco centrado no Sol, a Federação das Plêiades e as Colônias Exteriores separadas como uma entidade cada uma: você encontrará um turbilhão de diplomatas, funcionários eleitos ou autonomeados, honestos ou corruptos conforme a situação exige... em suma, a matriz governamental que toma a forma dos mundos que representa. Sua função é reagir às pressões sociais, econômicas e culturais que mudam e percorrem o império, e equilibrá-las.

"Se pudéssemos entrar diretamente em uma estrela, centrado no gás flamejante estaria um tronco de matéria nuclear pura, condensado e volátil, comprimido nesse estado pelo peso da matéria ao redor, esférico ou achatado, como a forma do próprio sol. Durante uma perturbação solar, o núcleo carrega vibrações desse fenômeno diretamente através da massa da estrela, para cancelar aquelas vibrações que seguem a mudança de maré na superfície do sol.

"De vez em quando, algo dá errado nos corpos minúsculos que equilibram as pressões perceptivas no cérebro humano.

"Muitas vezes, as matrizes governamentais e diplomáticas não conseguem lidar com as pressões dos mundos que elas mesmo governam.

"E, quando algo dá errado com o mecanismo de equilíbrio dentro de um sol, a dispersão do incrível poder estelar se desfaz nas forças titânicas que fazem um sol virar...

– Katin?

Ele desligou o gravador e olhou para o Rato.

– O que está fazendo?

– Anotações para o meu romance.
– Seu o quê?
– Uma forma de arte arcaica substituída pelo psicorama. Era capaz de sutilezas que infelizmente não existem mais, tanto espirituais quanto artísticas, que a forma mais imediata ainda não igualou. Sou um anacronismo, Rato. – Katin sorriu. – Obrigado por me arranjar um trabalho.

O Rato deu de ombros.

– Do que você está falando?
– Psicologia. – Katin colocou o gravador de volta no bolso. – Política e física... o famoso PPF.
– Psicologia? – perguntou o Rato. – Política?
– Sabe ler e escrever? – perguntou Katin.
– Em turco, grego e árabe. Mas não muito bem em inglês. As letras não têm nada a ver com os sons.

Katin concordou. Estava um pouco bêbado também.

– Profundo. É por isso que o inglês era uma língua tão boa para romances. Mas estou simplificando demais.
– Mas o que têm a psicologia e a política? Conheço a física.
– Em especial – disse Katin para a faixa de rocha molhada e brilhante que serpenteava duzentos metros abaixo –, a psicologia e a política de nosso capitão. Elas me intrigam.
– Intrigam como?
– Neste momento, a psicologia dele é apenas curiosa, porque não a conheço. Terei a oportunidade de observá-lo durante a travessia. Mas a política está repleta de possibilidades.
– É mesmo? E o que isso quer dizer?

Katin entrelaçou as mãos e pousou o queixo sobre uma junta dos dedos.

– Estudei em uma instituição de ensino superior nas ruínas de um país que já foi muito grande. Logo do outro lado da quadra havia um prédio chamado Laboratório de Psicociência Von Ray. Foi uma adição bastante recente. Acho que tem uns cento e quarenta anos de idade.

— *Capitão* Von Ray?

— O avô dele, imagino. Foi doado à universidade em homenagem ao trigésimo aniversário da concessão de soberania à Federação das Plêiades pelas Cortes de Draco.

— Von Ray é das Plêiades? Ele não fala como se fosse. Sebastian e Tyÿ me parecem ser de lá. Tem certeza?

— As propriedades da família estão lá, pelo menos. Ele provavelmente passou algum tempo viajando por todo o universo, no estilo que gostaríamos de estar acostumados. Quer apostar que ele é o dono daquele cargueiro?

— Ele não está trabalhando para um grupo de empresas?

— Não, a menos que a família seja a proprietária. Os Von Ray devem ser a família mais poderosa da Federação das Plêiades. Não sei se o capitão tem um primo de primeiro grau sortudo o bastante para ter o mesmo nome ou se ele é o herdeiro e descendente direto. Mas sei que esse nome está ligado ao controle e organização de toda a Federação das Plêiades. É o tipo de família com uma casa de verão nas Colônias Exteriores e uma ou duas casas na Terra.

— Então é um homem importante — disse o Rato com a voz rouca.

— Sim, ele é.

— E esse Prince e essa Ruby Red de quem ele estava falando...?

— Você é tonto ou apenas um produto da superespecialização do século 32? — perguntou Katin. — Às vezes, sonho com o retorno das grandes figuras renascentistas do século 20: Bertrand Russell, Susanne Langer, Pejt Davlin. — Ele olhou para o Rato. — Quem faz cada sistema de acionamento que você possa imaginar, interplanetário ou interestelar?

— Red-shift Transportes Ltda... — O Rato de repente estacou. — Ele quis dizer *esses* Red?

— Se ele não fosse um Von Ray, poderia até pensar que estava falando de alguma outra família. Como ele é, é quase certo que está se referindo precisamente a *esses* Red.

– Droga – disse o Rato. A Red-shift Transportes Ltda era uma marca que aparecia com tanta frequência que nem se notava. Criava os componentes para todas as unidades espaciais concebíveis, as ferramentas para desmontá-las, as máquinas para manutenção, peças de reposição.

– A Red é uma família industrial com raízes no alvorecer das viagens espaciais, encravada na Terra e em todo o sistema Draco em geral. Os Von Ray não são uma família tão antiga, mas são poderosos na Federação das Plêiades. E agora estão presos em uma corrida para conseguir sete toneladas de ilírion. O resultado possível não abala sua sensibilidade política?

– Por que deveria?

– Com certeza o artista preocupado com a autoexpressão e a projeção de seu mundo interior deve, acima de tudo, ser apolítico – disse Katin. – Mas Rato... *convenhamos*.

– Do que está *falando*, Katin?

– Rato, o que ilírion significa para você?

O Rato refletiu.

– Uma bateria de ilírion faz minha siringe tocar. Sei que é usada para manter aquecido o núcleo desta lua. Não tem algo a ver com viagens além da velocidade da luz?

Katin fechou os olhos.

– Você, como eu, é um ciborgue acoplado, testado e competente, certo? – Ao dizer "certo", seus olhos se abriram.

O Rato assentiu com a cabeça.

– Ah, pelo renascimento de um sistema educacional em que a compreensão era uma parte essencial do conhecimento – entoou Katin para a escuridão bruxuleante. – Onde conseguiu seu treinamento ciborgue, afinal? Na Austrália?

– Aham...

– Faz sentido. Rato, há visivelmente menos ilírion em sua bateria da siringe, por um fator de vinte ou vinte e cinco, do que há, digamos, rádio na tinta fluorescente dos numerais de um mostrador de relógio. Quanto tempo dura uma bateria?

– Supostamente cinquenta anos. Cara à beça.

– O ilírion necessário para manter o núcleo desta lua é medido em gramas. A quantidade necessária para impulsionar uma nave estelar é da mesma ordem. Para quantificar o montante extraído e livre no Universo, bastarão oito ou nove toneladas. E o capitão Von Ray vai trazer de volta *sete toneladas*!

– Acho que a Red-shift Transportes ficaria bastante interessada.

Katin assentiu com ênfase.

– Talvez.

– Katin, o que é ilírion? Costumava perguntar lá na Cooper, mas me disseram que era muito complicado para que eu entendesse.

– Disseram a mesma coisa para mim em Harvard – respondeu Katin. – Psicofísica 74 e 75. *Eu* fui à biblioteca. A melhor definição é a dada pelo professor Plovnievsky em seu artigo apresentado em Oxford perante a Sociedade de Física Teórica em 2338. Cito: "Basicamente, senhores, ilírion é outra coisa". Eu me pergunto se foi uma feliz coincidência por desconhecimento do idioma ou uma profunda compreensão da sutileza do inglês. A definição do dicionário, creio eu, é mais ou menos assim: "... nome que designa genericamente, e a partir do número trezentos, aqueles elementos com propriedades psicomórficas, heterotrópicos com muitos dos elementos comuns, bem como as séries imaginárias que existem entre 107 e 255 na tabela periódica". O que você sabe sobre física subatômica?

– Sou apenas um pobre ciborgue acoplado.

Katin ergueu uma sobrancelha trêmula.

– Você sabe que, à medida que monta o gráfico de números atômicos além de 98, os elementos se tornam cada vez menos estáveis, até chegarmos a piadas como einstêinio, califórnio, férmio, com períodos de desintegração de centésimos de segundo... e em escala ascendente, centésimos de milésimos de segundo. Quanto mais alto o lugar na tabela, mais instáveis são. Por isso, todas as séries entre 100 e 298 receberam o nome incorreto de elementos imaginários. São absolutamente reais. O que acontece é que têm uma vida muito curta. No entanto, começando por volta de 296 ou mais, a estabilidade começa a aumentar de novo. Em trezentos, voltamos a encontrar períodos de desintegração de décimos de segundo; cinco ou seis números depois, toda uma nova série de elementos começa com períodos de desintegração de milhões de anos. Esses elementos têm núcleos enormes e são muito raros. Mas, já em 1950, os híperons, partículas elementares maiores que prótons e nêutrons, haviam sido descobertos. São as partículas que carregam energias de ligação que mantêm unidos esses supernúcleos, assim como os mésons comuns aglutinam o núcleo em elementos mais familiares. Esse grupo de elementos superpesados e superestáveis está sob o rótulo geral de ilírion. E para citar mais uma vez o eminente Plovnievsky: "Basicamente, senhores, o ilírion é outra coisa". Como diz o *Dicionário Webster*, é psicomórfico e heterotrópico. Talvez seja uma maneira sofisticada de dizer que ilírion significa muitas coisas para muitos homens. – Katin virou as costas para a grade e cruzou os braços. – Gostaria de saber o que significa para o nosso capitão.

– O que é *heterotrópico*?

– Rato – disse Katin –, no final do século 20, a humanidade havia testemunhado a total fragmentação do que era então chamado de "ciência moderna". O *continuum* estava cheio de quasares e fontes de rádio não identificáveis. Havia mais partículas elementares que elementos a ser criados a partir delas. E compostos perfeitamente duráveis, que por anos foram considerados impossíveis, estavam sendo formados a torto e a direito, como KrI_4, H_4XeO_6, RrF_4; os gases nobres, afinal, não eram tão nobres. O conceito de energia incorporado na teoria quântica einsteiniana era tão correto e levava a tantas contradições quanto a teoria, trezentos anos antes, de que o fogo era um líquido liberado chamado flogisto. As ciências sociais – não é um nome encantador? –, foram ao delírio. As experiências iniciadas pelos psicodélicos estavam fazendo com que todos duvidassem de tudo, invariavelmente, e foram necessários cento e cinquenta anos até que essa bagunça se realocasse em algum tipo de ordem coerente por aqueles grandes nomes das ciências sintéticas e integrativas, familiares demais a nós dois para eu insultá-lo dando esses nomes. E você, que aprendeu qual botão apertar, você quer que eu, produto de um sistema educacional centenário fundado não apenas na transmissão de informações, mas também em uma complexa teoria de ajuste social, lhe explique em cinco minutos todo o desenvolvimento do conhecimento humano ao longo dos últimos dez séculos? Quer saber o que é um elemento heterotrópico?

– O capitão diz que temos de estar a bordo uma hora antes do amanhecer – arriscou o Rato.

– Não se preocupe, não se preocupe. Tenho um talento especial para esse tipo de síntese extemporânea. Vamos ver. Em primeiro lugar, temos o trabalho de De Blau na França, em 2000, quando apresentou a primeira escala desajeitada e seu método basicamente preciso para medir o deslocamento psíquico da energia...

– Isso não tem muita utilidade para mim – grunhiu o Rato. – O que quero saber é sobre Von Ray e o ilírion.

Asas plainaram no ar. Formas pretas surgiram. De mãos dadas, Sebastian e Tyÿ subiram a passarela. As mascotes corriam ao redor de seus pés, erguendo-se. Tyÿ empurrou uma delas para longe de seu braço, e o animalzinho voou. Dois lutavam sobre o ombro de Sebastian por espaço para se empoleirar. Um deles cedeu, e o animal satisfeito encolheu as asas, roçando a cabeça loira do homem com feições da Ásia terráquea.

– Ei! – rouquejou o Rato. – Vocês vão para a nave agora?

– Vamos.

– Um segundo. O que Von Ray significa para vocês? Conhecem esse nome?

Sebastian sorriu e Tyÿ o encarou com olhos cinzentos.

– Nós da Federação das Plêiades somos – respondeu Tyÿ. – Eu e esses pássaros sob a Finada Irmã Fúmea, rebanho e mestre, nascemos.

– Irmã Morta Escura?

– Nos tempos antigos, as Plêiades eram chamadas de Sete Irmãs, porque apenas sete delas podiam ser vistas da Terra – explicou Katin ao intrigado Rato. – Algumas centenas de anos antes de Cristo, uma das estrelas visíveis tornou-se nova e se extinguiu. Agora, existem cidades no interior de seus planetas carbonizados. Ainda está quente o bastante para manter as coisas habitáveis, mas praticamente nada mais.

– Uma nova? – perguntou o Rato. – E Von Ray?

Tyÿ fez um gesto bem amplo.

– Tudo. Ótima, boa família é.

– E esse capitão Von Ray em particular? Alguém o conhece? – perguntou Katin.

Tyÿ deu de ombros.

– E o ilírio? – indagou Rato. – O que vocês sabem sobre isso?

Sebastian agachou-se entre os pássaros. As asas se abriram, afastando-o. A mão peluda do homem passou suavemente de cabeça em cabeça.

– A Federação das Plêiades nada tem. O sistema de Draco também nada tem.

Ele franziu a testa.

– Von Ray pirata é, alguns dizem – arriscou Tyÿ.

Sebastian encarou-a com um olhar severo.

– Von Ray uma grande e boa família é! Von Ray bom é! Por isso com ele vamos.

Tyÿ, mais suave, amenizando o tom de voz por trás de seus traços delicados, continuou:

– Von Ray uma família esplêndida é.

O Rato viu Lynceos aproximando-se pela ponte. E, dez segundos depois, Idas.

– Vocês dois são das Colônias Exteriores?

Os gêmeos pararam lado a lado. Os olhos rosados piscavam mais que os castanhos.

– De Argos – disse o gêmeo pálido.

– Argos em Tubman B-12 – especificou o negro.

– As Colônias Mais Distantes – emendou Katin.

– O que sabem sobre o ilírion?

Idas apoiou-se no parapeito. Franziu a testa e então subiu no parapeito para se sentar.

– Ilírion? – Ele separou os joelhos e deixou cair as mãos nodosas entre eles. – Temos ilírion nas Colônias Exteriores.

Lynceos sentou-se ao lado do irmão.

– Tobias – disse ele. – Temos um irmão, Tobias. – Lynceos se moveu sobre a grade para se aproximar de Idas. – Temos um irmão nas Colônias Exteriores chamado Tobias. – Ele olhou para Idas, olhos cor de coral cobertos por cílios prateados. – Nas Colônias Exteriores, onde há ilírion. – Ele uniu os pulsos, mas com os dedos abertos, como pétalas de um lírio calejado.

– Os mundos das Colônias Exteriores? – disse Idas. – Balthus, com gelo, pântanos e ilírion. Cassandra, com desertos de vidro grandes como os oceanos da Terra, selvas de incontáveis plantas, todas azuis, com rios espumantes de galênio e ilírion. Salinus, entrecruzado por cavernas e cânions de mais de mil metros de altura, com um continente de musgo vermelho mortal e mares com cidades imponentes construídas com quartzo de maré no fundo do oceano, e ilírion...

– As Colônias Exteriores são mundos de estrelas bem mais jovens que as estrelas daqui, de Draco, muitas vezes mais jovens que as Plêiades – explicou Lynceos.

– Tobias está em... uma das minas ilíricas de Tubman – disse Idas.

A voz dos gêmeos ficou tensa; baixaram os olhos e trocaram olhares furtivos. Quando as mãos negras se abriam, as mãos brancas se fechavam.

– Idas, Lynceos e Tobias, nós crescemos nas rochas secas e equatoriais de Tubman, em Argos, sob três sóis e uma lua vermelha...

– ... e há ilírio em Argos também. Éramos selvagens. Eles nos chamavam de selvagens. Duas pérolas negras e uma branca, pulando e arranjando encrenca pelas ruas de Argos...

– ... Tobias, ele era negro como Idas. Eu era o único branco na cidade...

– ... mas não menos selvagem que Tobias, apesar de sua brancura. E dizem que, certa noite, bem, éramos como selvagens, disseram que éramos selvagens, levados pelo êxtase...

– ... aquele pó dourado que se acumula nas fendas das rochas; você o inala, os olhos brilham com cores sem nome, novas harmonias ressoam no oco do ouvido e a mente se abre...

– ... sob o efeito do êxtase, fizemos uma efígie do prefeito de Argos e a colocamos em um mecanismo voador para que pairasse pela praça da cidade, declamando versos satíricos sobre os principais personagens dali...

– ... por isso fomos banidos de Argos para os ermos de Tubman...

– ... e fora da cidade só há uma maneira de viver, que é ir ao fundo do mar e suportar o ostracismo trabalhando nas minas submarinas de ilírion...

– ... e nós três que, sob o efeito de êxtase, nunca fizemos nada além de pular e rir, nunca tiramos sarro de ninguém...

– ... nós, que éramos inocentes...

– ... nós entramos nas minas. Trabalhamos com máscaras de ar e roupas de mergulho nas minas submarinas de Argos, por um ano...

– ... um ano em Argos tem três meses a mais do que um ano na Terra, com seis estações em vez de quatro...

– ... e, no início do nosso segundo outono, tingido de algas, nos preparamos para partir. Mas Tobias não quis vir conosco. As mãos dele tomaram o ritmo das marés, o peso do minério virou um conforto em suas palmas...

– ... por isso deixamos nosso irmão nas minas de ilírion e subimos para as estrelas, temerosos...

– ... vejam vocês, temerosos enquanto nosso irmão, Tobias, encontrou algo que o separou de nós; então um de nós também pode encontrar algo que um dia separará os dois restantes...

– ... porque pensamos que nós três nunca conseguiríamos viver separados. – Idas olhou para o Rato. – E agora não estamos mais sob efeito do êxtase.

Lynceos piscou.

– Isso é o que ilírion significa para nós.

– Parafraseando – disse Katin do outro lado da calçada. – Nas Colônias Exteriores, compreendendo até hoje quarenta e dois mundos e cerca de sete bilhões de pessoas, praticamente toda a população vez ou outra tem algo a ver com a aquisição direta de ilírion; creio que aproximadamente um em cada três trabalhos em alguma faceta de seu desenvolvimento ou produção durante toda a sua vida.

– Essas são as estatísticas – disse Idas – para as Colônias Mais Distantes.

Asas pretas ergueram-se quando Sebastian se levantou e pegou a mão de Tyÿ.

O Rato coçou a cabeça.

– Bem, vamos cuspir neste rio e entrar na nave.

Os gêmeos desceram do parapeito. O Rato inclinou-se sobre a ravina quente e fez uma careta.

– O que você está *fazendo*?

– Cuspindo no Inferno[3]. Um cigano precisa cuspir três vezes em qualquer rio que cruzar – explicou o Rato a Katin. – Caso contrário, coisas ruins...

– Vivemos no século *32*. Que coisas ruins?

O Rato deu de ombros.

— Jamais cuspo em um rio – disse Katin.

— Talvez seja só para ciganos.

— Uma boa ideia acho – comentou Tyÿ, que se inclinou sobre o parapeito ao lado de Rato. Sebastian apareceu ao lado dela. Acima deles, um dos pássaros foi apanhado em uma rajada de ar quente e se perdeu no escuro.

— O que aquilo é? – Tyÿ franziu a testa de repente, apontando.

— Onde?

O Rato estreitou os olhos.

Ela apontou além dele para a parede do cânion.

— Ei! – disse Katin. – É o cego!

— Aquele que acabou com sua apresentação!

Lynceos colocou-se entre os dois.

— Está doente. – Seus olhos cor de sangue se estreitaram. – Esse homem está doente...

Apavorado com a cintilação, Dan desceu cambaleando pelos recifes em direção à lava.

— Ele vai derreter! – Katin se juntou a eles.

— Mas ele não consegue sentir o calor! – exclamou o Rato. – Todos os sentidos dele estão mortos! Não consegue ver, provavelmente nem sabe onde está!

Idas se afastou do parapeito e subiu a ponte, seguido por Lynceos.

— Vamos! – gritou o Rato, acompanhando os dois.

Sebastian e Tyÿ foram também, com Katin na retaguarda.

Dez metros abaixo da borda, Dan parou em uma pedra com os braços esticados, preparando-se para um mergulho infernal.

Ao chegarem ao extremo da ponte – os gêmeos já estavam subindo a amurada –, uma figura apareceu na borda do cânion acima do velho.

— Dan! – O rosto de Von Ray ardeu quando a luz o atingiu. Ele saltou em disparada. Desceu a ladeira íngreme, as sandálias levantando pedaços de ardósia que se quebraram diante dele. – Dan, não pul...

Dan se atirou.

O corpo, preso por um instante por um cume vinte metros abaixo, girou sobre si mesmo, tombou e caiu na torrente.

O Rato agarrou-se ao corrimão, ferindo o peito.

Um momento depois, Katin estava ao lado dele, inclinando-se ainda mais.

– Ahh! – sussurrou o Rato e se endireitou para não olhar.

Von Ray alcançou a rocha da qual Dan havia saltado. O capitão desabou sobre um joelho, os dois punhos no chão, olhando para longe. Formas caíram sobre ele (os pássaros de Sebastian) e se ergueram novamente, sem lançar sombras. Os gêmeos haviam parado várias plataformas de rocha acima.

O capitão Von Ray se levantou. Olhou para cima, respirando com dificuldade. Virou-se e começou a subir pela encosta.

– O que aconteceu? – perguntou Katin quando estavam todos na ponte novamente. – Por que ele...?

– Estávamos conversando havia apenas alguns minutos – explicou Von Ray. – Ele fez parte da minha tripulação anos atrás. Mas na última viagem ficou... ficou cego.

O grande capitão; o capitão marcado por cicatrizes. Quantos anos deveria ter, perguntou-se Rato. Antes, havia lhe dado quarenta e cinco, cinquenta anos. Mas essa confusão reduziu dez ou quinze anos. O capitão estava envelhecido, mas não era velho.

– Acabara de dizer a ele que tudo estava resolvido e poderia voltar para casa, na Austrália. Ele havia se virado para atravessar a ponte até o albergue onde eu havia lhe reservado um quarto. Virei a cabeça... e ele não estava na ponte. – O capitão olhou em volta, nos olhos de todos. – Vamos para a *Roc*.

– Acho que terá de relatar isso à Patrulha – disse Katin.

Von Ray os conduziu em direção ao portão até o campo de decolagem, onde Draco se contorcia para cima e para baixo em sua coluna de cem metros, na escuridão.

– Há um telefone bem aqui na cabeceira da ponte...

O olhar de Von Ray silenciou Katin.

– Quero sair desta rocha. Se ligarmos daqui vão nos obrigar a ficar para que cada um dê a sua versão três vezes.

– Acho que pode ligar da nave – sugeriu Katin – quando partirmos.

Por um instante, o Rato voltou a duvidar de seu julgamento sobre a idade do capitão.

– Não podemos fazer mais nada por aquele pobre coitado.

O Rato lançou um olhar desconfortável para o abismo, depois seguiu Katin.

Além das correntes de ar quente, a noite estava fria e a neblina pendurava coroas nas lanternas fluorescentes induzidas que modelavam o campo. Katin e o Rato estavam atrás do grupo.

– Imagino o que ilírion significa para aquele bom sujeito à frente – comentou o Rato em voz baixa.

Katin grunhiu e colocou as mãos sob o cinto. Depois de um momento, ele perguntou:

– O que você quis dizer sobre aquele velho quando falou que todos os sentidos dele estão mortos?

– A última vez que tentaram chegar à nova – disse o Rato –, ele olhou para a estrela por muito tempo pelas entradas sensoriais. Todas as suas terminações nervosas foram queimadas. Não morreram *de verdade*; viraram um emaranhado de estímulo constante. – Ele deu de ombros. – É igual. Ou quase.

– Ah – disse Katin, e olhou para a calçada.

Ao redor havia cargueiros estelares nos ancoradouros. Entre uns e outros, naves de cabotagem, bem menores, de cem metros de comprimento.

Depois de pensar um pouco, Katin disse:

– Rato, já lhe ocorreu o quanto você tem a perder nesta viagem?

– Sim.

– E não está com medo?

O Rato agarrou o antebraço de Katin com dedos finos.

– Estou com um medo dos diabos – murmurou. Ele lançou a cabeça para trás e encarou seu alto companheiro de viagem. – Quer saber mais? Não gosto de coisas como a que aconteceu com Dan. Estou com medo.

CAPÍTULO 3

Draco, Tritão, Inferno[3], 3172

Algum ciborgue pegou um giz de cera preto e rabiscou "Olga" na frente do projetor de pás.
 – Tudo bem – disse o Rato para a máquina. – Você é a Olga.
 A máquina ronronou e piscou: três luzes verdes, quatro vermelhas. O Rato começou a tediosa checagem da distribuição de pressão e leituras de fase.
 Para mover uma nave de uma estrela para outra mais rápido que a luz, tira-se vantagem das próprias torções no espaço, as distorções reais que a matéria cria no *continuum*. Falar sobre a velocidade da luz como a velocidade-limite de um objeto é como falar sobre 20 ou 21 quilômetros por hora como a velocidade máxima de um nadador no mar. Mas tão logo se começa a empregar as correntes da água, assim como o vento acima, como num veleiro, esse limite desaparece. A nave estelar tinha sete pás de energia agindo como velas. Seis propulsores controlados por computadores fazem a varredura das pás durante a noite. Cada ciborgue acoplado controla um computador; o capitão controla o sétimo. As pás de energia precisavam estar sintonizadas com as frequências variáveis das pressões estáticas, e a própria nave era silenciosamente arremessada desse plano do espaço pela energia do ilírion em seu núcleo. Era isso que Olga e suas primas faziam, mas era melhor confiar a um cérebro humano o controle da forma e do ângulo das pás. Esse era

o trabalho do Rato – sob as ordens do capitão, que também tinha controle geral de muitas das propriedades das subpás.

As paredes do cubículo eram cobertas com grafites de antigos membros da tripulação. Havia um beliche. O Rato ajustou a folga de indutância em uma fileira de bobinas de condensação de 70 microfarads, deslizou a bandeja na parede e se sentou.

Ele estendeu o braço para a parte inferior das costas por baixo do colete e sentiu o soquete. Havia sido enxertado na base de sua medula espinhal em Cooper. Pegou o primeiro cabo de reflexo que se enrolava no chão e desaparecia na frente do computador, mexeu nele até que os doze pinos deslizaram no soquete e travaram. Pegou o menor pedaço do plugue, o de seis pinos, e o enfiou no soquete na parte de dentro do pulso esquerdo; depois o outro no direito. Os dois nervos radiais estavam conectados a Olga. Atrás do pescoço havia mais um soquete. Deslizou a última parte – o cabo era pesado e repuxava um pouco o pescoço – e viu faíscas. Esse cabo enviava impulsos diretamente ao cérebro e podia desviar a audição e a visão. Um zumbido fraco começou. Ele estendeu a mão, ajustou um botão na frente de Olga, e o zumbido parou. O teto, as paredes e o piso eram cobertos de controles. O quarto era pequeno o bastante para que ele pudesse alcançar a maioria deles do beliche. Contudo, assim que a nave partisse, não tocaria em nenhum, controlaria a pá diretamente por meio de impulsos nervosos do corpo.

– Sempre sinto que estou me preparando para o Grande Retorno. – A voz de Katin soou no ouvido do Rato. Em seus cubículos pela nave, todos os ciborgues entravam em contato enquanto se conectavam. – A base da coluna sempre me pareceu um lugar antinatural para arrastar o cordão umbilical. Espero que ao menos seja um espetáculo interessante de marionetes. Você realmente sabe como fazer esta coisa funcionar?

– Se você ainda não souber – disse o Rato –, azar o seu.

Idas comentou:

— Esse espetáculo é dedicado ao ilírion...

Lynceos complementou:

— ... ao ilírion e a uma nova.

— Ei, o que está fazendo com seus bichinhos, Sebastian?

— Um pires de leite estou dando para eles.

— Com tranquilizantes — completou a voz suave de Tyÿ.

— Eles agora dormem.

E as luzes diminuíram.

O capitão fez contato. Os grafites, os rasgos nas paredes, desapareceram. Havia apenas luzes vermelhas perseguindo umas às outras no teto.

— Um jogo de *go* surpreendente — disse Katin — com pedras iridescentes.

O Rato empurrou seu estojo de siringe para baixo do sofá com o calcanhar e se deitou. Endireitou o cabo dorsal na lombar e na parte de trás do pescoço.

— Tudo pronto? — A voz de Von Ray ecoou pela nave. — Abram as pás dianteiras.

Os olhos do Rato começaram a piscar com a nova visão...

... o porto espacial: luzes sobre o campo, as fissuras da crosta escureceram, estremecimentos violeta na ponta do espectro. Mas, acima do horizonte, os "ventos" eram fortes.

— Abram a pá lateral a sete graus.

O Rato flexionou o que seria seu braço esquerdo. E a pá lateral abaixou como uma asa de mica.

— Ei, Katin — sussurrou o Rato. — Que maravilha! Olhe para isso...

O Rato estremeceu, agachado em um escudo de luz. Olga mantinha a respiração e o coração dele batendo enquanto as sinapses espinhais eram direcionadas para o funcionamento da nave.

— Pelo ilírion, para Prince e Ruby Red! — ressoou a voz de um dos gêmeos.

— Segure sua pá! — ordenou o capitão.

— Olha, Katin...

— Deite-se e relaxe, Rato — sussurrou Katin. — Farei exatamente isso e pensarei na minha vida passada.

O vazio zuniu.

— Você vai fazer isso mesmo, Katin?

— Com algum esforço, dá pra ficar entediado com qualquer coisa.

— Olhem para cima, vocês dois — disse Von Ray.

Eles olharam.

— Interromper os alternadores de estase.

Por um momento, as luzes de Olga feriram a visão deles e desapareceram. Ventos sopraram contra a nave. E eles saíram dando cambalhotas e se afastando do sol.

— Adeus, lua — sussurrou Katin.

E a lua entrou em Netuno. Netuno entrou no sol. E o sol começou a cair.

A noite explodiu diante deles.

Federação das Plêiades, Arca, Nova Arca, 3148

Quais foram os primeiros elementos?

Seu nome era Lorq Von Ray e ele morava no Extol Park, nº 12, na mansão da colina: Nova Arca (N.W. 73), Arca. Era o que se diria na rua se você se perdesse, e essa pessoa o ajudaria a encontrar seu lar. As ruas de Arca eram protegidas do vento por divisórias transparentes, e as noites dos meses de abril a iumbra eram atingidas pela fumaça colorida que se desgarrava, se soltava e volueava acima da cidade nos penhascos de Tong. Seu nome era Lorq Von Ray e ele vivia... Esses foram os elementos infantis, os que persistiam, os primeiros aprendidos. Arca era a maior cidade da Federação das Plêiades. A mãe e o pai eram pessoas importantes e muitas vezes se ausentavam. Quando estavam presentes, falavam de Draco, seu mundo capital, a Terra; falavam do realinhamento, da perspectiva de soberania para as Colônias Exteriores. Os convidados da casa eram o senador fulano, o deputado sicrano. Depois que o secretário Morgan se casou com a tia Cyana, eles compareceram a um jantar, e Morgan deu a ele um mapa holográfico da Federação das Plêiades, que era como um pedaço de papel comum, mas, quando visto sob o feixe tensor, era como olhar através de um janela noturna com pontos de luz piscando em diferentes distâncias e gases nebulosos rodopiando.

– Você mora em Arca, o segundo planeta a partir daquele sol – disse seu pai, apontando para baixo, sobre a mesa de pedra onde Lorq havia estendido o mapa ao lado da parede de vidro. Do lado de fora, finos arbustos de tilda se contorciam ao vento noturno.

– Onde está a Terra?

Seu pai riu alto e sozinho na sala de jantar.

– Não dá para vê-la neste mapa. É apenas da Federação das Plêiades.

Morgan pousou a mão no ombro do menino.

– Um mapa de Draco da próxima vez trarei.

O secretário, cujos olhos eram amendoados, sorriu.

Lorq virou-se para o pai.

– Quero ir para Draco! – E, então, de volta ao secretário Morgan: – Algum dia para Draco quero ir!

O secretário Morgan falava como muitas das pessoas em sua escola em Causby; como as pessoas na rua que o ajudaram a encontrar o caminho de casa quando se perdeu aos quatro anos (mas não como seu pai ou tia Cyana) e mamãe e papai ficaram terrivelmente chateados. ("Ficamos tão preocupados! Pensamos que tinha sido sequestrado. Mas não saia com aqueles jogadores de carta de rua, mesmo que o tenham trazido para casa!") Seus pais sorriam quando falava assim com eles, mas não sorririam agora, pois o secretário Morgan era seu convidado.

O pai resmungou.

– Um mapa de Draco! Era só o que faltava! Ah, sim, Draco!

Tia Cyana riu; então, a mãe e o secretário Morgan riram também.

Viviam em Arca, mas muitas vezes iam para outros mundos em grandes naves. Havia uma cabine onde era possível passar a mão diante de alguns painéis coloridos e comer o que quisesse a qualquer hora ou descer até o mirante de observação e ver os ventos do vazio se transformarem em padrões visíveis de luz sobre o teto translúcido, cores agitadas entre as estrelas que passavam – e sabiam que estavam indo cada vez mais rápido que qualquer outra coisa.

Às vezes, seus pais iam para Draco, para a Terra, para cidades chamadas Nova York e Pequim. Lorq perguntou-se quando eles o levariam.

No entanto, ano após ano, na última semana de saluário, eles iam em um dos grandes navios para outro mundo que também não estava no mapa. Chamava-se Nova Brasília, nas Colônias Exteriores. Ele também morava em Nova Brasília, na ilha de São Orini, porque seus pais tinham uma casa lá, perto da mina.

Colônias Exteriores, Nova Brasília, São Orini, 3149

A primeira vez que ouviu os nomes de Prince e Ruby Red foi na casa de São Orini. Ele estava deitado no escuro, gritando para alguém acender a luz.

Sua mãe finalmente chegou e empurrou o mosquiteiro (não era necessário, porque a casa tinha ondas ultrassônicas para afastar os bichinhos vermelhos que de vez em quando picavam lá fora e faziam com que se sentissem estranhos por algumas horas, mas a mãe gostava de se precaver). Ela o pegou no colo.

– Calma, calma. Está tudo bem. Não quer dormir? Amanhã é a festa. Prince e Ruby estarão aqui. Não quer brincar com eles?

Ela o carregou pelo quarto, parando para apertar o interruptor perto da porta. O teto começou a girar até que a vidraça polarizada ficou transparente. Através das folhas de palmeiras que escorriam pelo telhado, luas gêmeas salpicavam uma luz alaranjada. Ela o deitou novamente na cama e acariciou seu cabelo ruivo crespo. Depois de um tempo, ela se preparou para sair.

– Não desligue, mamãe!

A mão se afastou do interruptor. Ele sorriu para ela. Lorq sentiu-se seguro e se virou para olhar as luas através das folhas entrelaçadas e dos galhos.

Prince e Ruby Red vinham da Terra. Ele sabia que os pais de sua mãe estavam na Terra, em um país chamado Senegal. Os bisavós de seu pai também eram da Terra, da Noruega. Agora, por várias gerações, os Von Ray, loiros e barulhentos, especulavam nas Plêiades. Ele não tinha certeza o que especulavam, mas deve ter dado certo. Sua família era proprietária da mina de ilírion que operava logo além da ponta norte de São Orini. Seu pai às vezes brincava sobre fazer dele o pequeno capataz das minas. Isso é o que "especulação" provavelmente significava. E as luas foram se afastando; ele estava com sono.

Não se lembrava de ter sido apresentado ao menino de olhos azuis e cabelos pretos que tinha uma prótese no lugar do braço direito, nem a sua irmã magricela. Mas se lembrou dos três – ele, Prince e Ruby – brincando juntos no jardim na tarde seguinte.

Mostrou a eles o lugar atrás do bambuzal onde poderiam subir até as bocas esculpidas na pedra.

– O que é *isso*? – perguntou Prince.

– São os dragões – explicou Lorq.

– Dragões não existem – retrucou Ruby.

– São dragões. Isso é o que meu pai diz.

– Ah. – Prince pôs sua mão protética sobre o lábio inferior da boca esculpida e subiu nele. – Para que servem?

– Para subir. E depois para poder descer novamente. Meu pai diz que as pessoas que viveram aqui antes de nós os esculpiram.

— Quem morava aqui antes? — questionou Ruby. — E o que queriam com dragões? Me ajude a subir, Prince.

— Parecem todos bobos para mim. — Prince e Ruby estavam agora em pé acima dele, entre as presas de pedra. (Mais tarde, ele descobriria que "as pessoas que viveram aqui antes" eram uma raça extinta nas Colônias Exteriores vinte mil anos antes; suas esculturas haviam sobrevivido e, sobre as fundações arruinadas, Von Ray ergueu uma de suas mansões.)

Lorq pulou na mandíbula, agarrou o lábio inferior com os dedos e começou a se puxar para cima.

— Me dê a mão?

— Só um segundo — disse Prince.

Então, devagar, ele pisou nos dedos de Lorq e os esmagou.

Lorq arfou e caiu no chão, segurando a mão dolorida.

Ruby deu uma risadinha.

— Ei! — A indignação latejava, a confusão brotava. A dor pulsava em seus dedos.

— Você não devia tirar sarro da mão dele — disse Ruby. — Ele não gosta.

— Hein? — Lorq olhou diretamente para a garra de metal e plástico pela primeira vez. — Não tirei sarro.

— Tirou, sim — disse Prince com frieza. — Não gosto de pessoas que tiram sarro de mim.

— Mas eu...

A mente de sete anos de Lorq tentou compreender essa irracionalidade. Ele voltou a se levantar.

— O que tem de errado com sua mão?

Prince ajoelhou-se, estendeu a mão e deu um soco na cabeça de Lorq.

— Olha...!

Lorq saltou para trás. O membro mecânico se moveu tão rápido que o ar assobiou.

— Não fale mais da minha mão! Não tem nada de errado com ela! Nada mesmo!

— Se parar de zombar dele — comentou Ruby, olhando para as ranhuras no céu da boca de pedra —, ele vai ser seu amigo.

— Ok, tudo bem — disse Lorq com cautela.

Prince sorriu.

— Então, vamos ser amigos agora. — Ele tinha a pele muito pálida e seus dentes eram bem pequenos.

— Tudo bem — disse Lorq. Ele decidiu que não gostava de Prince.

— Se disser algo como "bate aqui" — disse Ruby —, ele vai bater em você. E ele consegue, mesmo que você seja maior.

Nem de Ruby.

— Venha — disse Prince.

Lorq subiu na boca ao lado das outras duas crianças.

— O que vamos fazer agora? — perguntou Ruby. — Descer?

— Dá para ver o jardim daqui — disse Lorq. — E assistir à festa.

— Quem quer ir a uma festa de velhos? — disse Ruby.

— Eu — disse Prince.

— Ah — respondeu Ruby. — Então tudo bem.

Atrás do bambuzal, os convidados caminhavam pelo jardim. Riam suavemente, conversavam sobre o último psicorama, discutiam política, bebiam em copos longos. O pai de Lorq, junto à fonte, discutia com várias pessoas suas impressões sobre a proposta de soberania das Colônias Exteriores — afinal, era seu lar e não podia deixar a situação passar. Foi o ano em que o secretário Morgan tinha sido assassinado. Embora Underwood tivesse sido pego, ainda pairavam várias teorias sobre qual facção seria responsável pelo ataque.

Uma mulher de cabelos grisalhos flertava com um jovem casal que viera com o embaixador Selvin, que era também seu primo. Aaron Red, um cavalheiro corpulento, imponente e formal, encurralara três moças e estava pontificando sobre a degeneração moral dos jovens. A mãe passava pelos convidados, a bainha do vestido vermelho roçando a grama, seguida pelo bufê barulhento. Parava aqui e ali para oferecer canapés, bebidas e sua opinião sobre a nova proposta de reorganização política. Agora, após um ano de sucesso popular fenomenal, a *intelligentsia* havia aceitado *tohu-bohus* como música legítima; os ritmos dissonantes rolavam pelo jardim. No canto, uma escultura de luz ondulava, tremeluzia, se iluminava ao ritmo da música.

Seu pai soltou uma risada estrondosa que chamou a atenção de todos.

– Escutem isso! Ouça o que Lusuna acabou de me dizer!

Ele estava com as mãos sobre os ombros de um universitário que viera com o jovem casal. A arrogância de Von Ray aparentemente levou o jovem a discutir. O pai fez um gesto para que ele repetisse.

– Eu só disse que vivemos em uma época em que as mudanças econômicas, políticas e tecnológicas destruíram todas as tradições culturais.

– Meu Deus – riu a mulher de cabelos grisalhos –, é *isso*?

– Não, não! – O pai acenou com a mão. – Temos que ouvir o que a geração mais jovem pensa. Vá em frente, senhor.

– Não há reserva de solidariedade nacional e mundial, nem mesmo na Terra, o centro de Draco. As últimas seis gerações testemunharam muitas migrações de povos, de um mundo para outro, por isso essa reserva inexiste. Esta sociedade pseudointerplanetária que substituiu qualquer tradição real, embora muito atraente, é totalmente vazia e mascara um incrível emaranhado de decadência, intrigas, corrupção...

– Realmente, Lusuna – disse a jovem esposa –, sua erudição está mais que aparente. – Ela acabara de tomar outro gole a pedido da mulher de cabelos grisalhos.

– ... e pirataria.

(Com a última palavra, e pelas expressões no rosto dos convidados, até as três crianças agachadas nas mandíbulas do sáurio esculpido perceberam que Lusuna tinha ido longe demais.)

A mãe atravessou o gramado, a parte inferior da bainha vermelha do vestido roçando nas unhas douradas. Ela estendeu as mãos para Lusuna, sorrindo.

– Venha, vamos continuar esta dissecação social durante o jantar. Temos uma *manga-bonguu* totalmente corrupta acompanhada por *loso ye mbiji a meza* não tradicional e *mpati a nsengo* perigosamente decadente. – Sua mãe sempre fazia os antigos pratos do Senegal para as festas. – E, se o forno cooperar, finalizaremos com *tiba yoka* flambada terrivelmente pseudointerplanetária.

O estudante olhou ao redor, percebeu que precisava sorrir e fez algo melhor: desatou a rir. Com o estudante a tiracolo, a mãe levou todos para o jantar...

– Ninguém me disse que você ganhou uma bolsa de estudos para a Universidade Draco em Centauri. Deve ser alguém brilhante. Pelo sotaque, deduzo que seja da Terra. Senegal? Claro! Eu também. De que cidade...?

E o pai, aliviado, jogou para trás os cabelos cor de carvalho e seguiu os demais até o pavilhão de jantar com venezianas.

Na língua de pedra de um dos dragões, Ruby disse ao irmão:

– Acho que você não deveria fazer isso.

– Por que não? – perguntou Prince.

Lorq olhou de volta para o irmão e a irmã. Prince pegou uma pedra da boca do dragão com a mão mecânica. Do outro lado do gramado estava o aviário de cacatuas brancas que a mãe de Lorq trouxera da Terra em sua última viagem.

Prince mirou. Metal e plástico se moveram formando um borrão.

A 12 metros de distância, os pássaros guincharam e se debateram na gaiola. Quando um deles caiu no chão, Lorq conseguiu ver, mesmo daquela distância, sangue nas penas.

– Foi naquele que mirei. – Prince sorriu.

– Ei – disse Lorq. – Minha mãe não vai... – Ele olhou novamente para o apêndice mecânico preso ao ombro de Prince acima do coto. – Diga, você atira melhor com...

– Cuidado com o que vai falar. – As sobrancelhas pretas de Prince sombrearam os cacos de vidro azul. – Eu disse para não tirar sarro da minha mão, não disse?

A mão recuou, e Lorq ouviu os motores – rummm, clec, rummm – no pulso e no cotovelo.

– Não é culpa dele ter nascido assim – disse Ruby. – É falta de educação fazer comentários sobre seus convidados. Se bem que Aaron diz que vocês são todos bárbaros aqui, não é, Prince?

– Claro que sim. – Prince baixou a mão.

Uma voz veio do alto-falante para o jardim.

– Crianças, onde vocês estão? Entrem e venham jantar. Rápido.

Eles desceram e atravessaram o bambuzal.

Lorq foi dormir ainda animado com a festa. Estava embaixo das sombras duplas das palmeiras acima do teto do quarto, transparente desde o dia anterior.

Um sussurro:

– Lorq!

E:

– Shhh. Não faça tanto barulho, Prince.

Mais baixo:

– Lorq?

Ele empurrou o mosquiteiro e se sentou na cama. Embutidos no piso de plástico, tigres, elefantes e macacos brilhavam.

– O que você quer?

– Nós ouvimos os adultos saindo pelo portão. – Prince, de bermuda, estava parado na porta. – Para onde foram?

– Também queremos ir – disse Ruby por trás dos ombros de seu irmão.

– Aonde eles foram? – perguntou Prince novamente.

– Para a cidade. – Lorq se levantou e caminhou pelo brilhante zoológico de brinquedos. – Mamãe e papai sempre levam seus amigos para a vila quando vêm passear.

— O que fazem lá? — Prince se inclinou contra o batente da porta.

— Eles vão... bem, estão indo para a cidade.

Onde havia ignorância, agora a curiosidade transbordava.

— Nós enganamos a babá — disse Ruby.

— Vocês não têm uma segurança boa, foi fácil. Tudo aqui é tão antiquado. Aaron diz que só os bárbaros das Plêiades poderiam achar charmoso viver aqui. Você vai nos levar para ver aonde eles foram?

— Bem, eu...

— Nós queremos ir — disse Ruby.

— Você não quer ver também?

— Tudo bem. — Ele pretendia recusar. — Tenho que calçar minhas sandálias.

Mas a curiosidade infantil de ver o que os adultos faziam quando as crianças não estavam por perto estava estabelecendo as bases sobre as quais a consciência adolescente e, mais tarde, adulta se firmaria.

O jardim sussurrava sobre o portão. Durante o dia, a fechadura sempre respondia à palma da mão de Lorq, mas ele ficou surpreso quando ela também abriu àquela hora.

A estrada serpenteava na noite úmida.

Além das rochas e do outro lado da água, uma lua baixa transformava o continente em uma língua de marfim que lambia o mar. E, através das árvores, as luzes da vila se apagavam e acendiam como um console de computador. Rochas, brancas como giz sob a lua alta e menor, margeavam o caminho. Um cacto erguia seus galhos cheios de espinhos para o céu.

Chegando ao primeiro café da vila, Lorq disse "olá" a um dos mineiros sentados a uma mesa do lado de fora da tenda.

— Senhorzinho. — O mineiro acenou de volta.

— Sabe onde estão meus pais? — perguntou Lorq.

– Passaram por aqui. – Ele deu de ombros – As senhoras com roupas finas, os homens em seus coletes e camisas escuras. Passaram por aqui, faz meia hora, uma hora...

– Que língua ele está falando? – perguntou Prince.

Ruby deu uma risadinha.

– Você *entende*?

Outra percepção ocorreu a Lorq: ele e seus pais conversavam com o povo de São Orini com palavras completamente diferentes das que falavam entre si e com seus convidados. Havia aprendido o dialeto arrastado do português sob as luzes piscantes de um hipnoprofessor em algum momento na névoa da primeira infância.

– Aonde eles foram? – perguntou ele de novo.

O nome do mineiro era Tavo. Ano passado, ao longo de um mês, quando a mina foi fechada, ele esteve ligado a uma das plantadeiras barulhentas que construíram o parque no fundo da casa. Adultos embotados e crianças brilhantes criam uma amizade particularmente tolerante. Tavo era sujo e estúpido; Lorq o aceitava como ele era. Mas sua mãe havia posto fim à relação quando, no ano anterior, ele voltou da vila e contou como tinha visto Tavo matar um homem que havia insultado a capacidade de beber do mineiro.

– Vamos lá, Tavo. Me fale aonde eles foram.

Tavo deu de ombros.

Bem acima da porta do refeitório, insetos batiam no letreiro iluminado.

Papel crepom que havia sobrado do Festival da Soberania esvoaçava nos postes que sustentavam a marquise. Era o aniversário da Soberania das Plêiades, mas os mineiros comemoravam aqui tanto a esperança pela própria soberania quanto da mãe e do pai de Lorq.

– Sabe aonde eles foram? – perguntou Prince.

Tavo estava bebendo leite azedo de uma tigela rachada junto com seu rum. Deu um tapinha no joelho, e Lorq, olhando para Prince e Ruby, se sentou.

Os irmãos se entreolharam meio hesitantes.
– Sentem-se vocês também – disse Lorq. – Nas cadeiras.
Eles obedeceram.
Tavo ofereceu a Lorq seu leite azedo. Lorq bebeu metade e depois passou para Prince.
– Quer um pouco?
Prince levou a xícara à boca, então sentiu o cheiro.
– Vocês bebem isso? – Fez uma careta e abaixou a xícara bruscamente.
Lorq pegou o copo de rum.
– Preferem...?
Mas Tavo tirou o copo de sua mão.
– Isso não é pra você, senhorzinho.
– Tavo, onde estão meus pais?
– Lá atrás da floresta, na Alonza.
– Leva a gente lá?
– Por quê?
– Queremos ver meus pais.
Tavo refletiu.
– A gente não pode ir a menos que tenha dinheiro. – Ele bagunçou o cabelo de Lorq. – Ei, senhorzinho, você tem dinheiro aí?
Lorq tirou algumas moedas do bolso.
– É pouco.
– Prince, você ou Ruby têm algum dinheiro?
Prince tinha duas libras @sg na bermuda.
– Entregue para Tavo.
– Por quê?
– Ele vai nos levar para ver nossos pais.
Tavo estendeu a mão sobre a mesa e pegou o dinheiro de Prince, erguendo a sobrancelhas ao ver a quantia.
– Ele vai me dar isso?
– Só se você nos levar – respondeu Lorq.
Tavo fez cócegas na barriga do menino. Os dois riram. Tavo dobrou uma das notas e a enfiou no bolso. Então pediu outro rum com leite azedo.

– O leite é pra você. Seus amigos vão querer um pouco?

– Anda, Tavo. Você disse que nos levaria.

– Fique quieto – disse o mineiro. – Estou pensando se devemos ir até lá. Sabe que tenho que trabalhar amanhã de manhã. – Ele deu um tapinha no soquete em um dos seus pulsos.

Lorq pôs sal e pimenta no leite e tomou um gole.

– Quero experimentar – disse Ruby.

– Tem um cheiro horrível – disse Prince – Você não devia beber. Ele vai nos levar?

Tavo fez um gesto para o dono do café.

– Tem muita gente na Alonza hoje?

– É sexta-feira à noite, não é? – respondeu o dono.

– O menino quer que eu leve ele até lá. – disse Tavo – Hoje à noite.

– Vai levar o filho de Von Ray até a Alonza?

A marca de nascença roxa do dono enrugou-se.

– Os pais dele estão lá. – Tavo deu de ombros. – O menino quer que eu leve eles lá. Me disse para levar eles lá, entende? E vai ser mais divertido do que ficar sentado aqui matando bichos-de-pé. – Ele se curvou, amarrou as tiras das sandálias descartadas e as pendurou no pescoço. – Vamos, senhorzinho. Diga para o menino de um braço só e a menina se comportarem.

Ao ouvir a referência ao braço de Prince, Lorq se levantou de um salto.

– Estamos indo agora.

Mas Prince e Ruby não entenderam.

– Estamos indo – explicou Lorq. – Para a Alonza.

– O que é Alonza?

– É como os lugares aonde Aaron sempre leva aquelas mulheres bonitas em Pequim?

– Não tem nada aqui que se pareça com Pequim – disse Prince. – Tonta. Eles nem têm nada que se pareça com Paris.

Tavo abaixou-se e pegou a mão de Lorq.

– Fique por perto. Fale para os seus amigos ficarem perto também.

A mão de Tavo estava toda suada e era calosa. Acima deles, a selva farfalhava e sibilava.

– Aonde vamos? – perguntou Prince.

– Ver a mamãe e o papai. – A voz de Lorq pareceu vacilar. – Na Alonza.

Tavo ouviu a palavra e assentiu. Apontou na direção das árvores, manchadas pela luz de duas luas.

– É longe, Tavo?

O homem apenas se limitou a dar tapinhas no pescoço de Lorq, então pegou a mão do menino de novo e continuou andando.

No topo da colina, havia uma clareira. A luz se infiltrava na borda de uma tenda. Um grupo de homens brincava e bebia com uma mulher gorda que tinha saído para tomar ar. Seu rosto e seus ombros estavam molhados. Os seios brilharam antes de cair sob a estampa laranja. Ela continuava girando sua trança.

– Fiquem aqui – sussurrou Tavo, empurrando as crianças para trás.

– Ei, por que...

– Temos que ficar aqui – traduziu Lorq para Prince, que deu um passo à frente seguindo o mineiro.

Prince olhou ao redor, depois voltou e ficou ao lado de Lorq e Ruby.

Juntando-se aos homens, Tavo interceptou a garrafa coberta de ráfia enquanto ela passava de mão em mão.

– Ei, Alonza, os senhores Von Ray...? – disse Tavo, apontando na direção da tenda.

– Às vezes, eles passam por aqui. Às vezes, trazem seus convidados com eles – respondeu Alonza. – Às vezes, gostam de ver...

– Mas eles estão aqui agora? – insistiu Tavo.

Ela pegou a garrafa e assentiu com a cabeça.

Tavo virou-se e acenou para as crianças.

Lorq, seguido pelos irmãos cautelosos, aproximou-se de Tavo. Os homens continuaram falando com vozes engasgadas que abafavam os gritos e risos vindos da tenda. A noite estava quente. A garrafa deu mais três voltas. Lorq e Ruby participaram da rodada. E, na última volta, Prince fez uma cara de nojo, mas bebeu também.

Finalmente, Tavo empurrou Lorq pelo ombro.

– Lá dentro.

Tavo precisou se abaixar para entrar. Lorq era o mais alto dos meninos, e sua cabeça roçou a lona.

Uma lanterna pendia do poste central: um clarão vinha do teto, uma luz forte na concha de uma orelha, nas bordas das narinas, nas linhas de rostos velhos. Uma cabeça caiu para trás na multidão, soltando risos e impropérios. Uma boca molhada brilhou quando se separou do gargalo de uma garrafa. Cabelos soltos e suados. Acima do barulho, alguém tocava um sino. Lorq sentiu a agitação formigando na palma das mãos.

As pessoas começaram a se abaixar. Tavo agachou-se. Prince e Ruby também. Lorq fez o mesmo, mas segurou o colarinho da camisa molhada de Tavo.

No fosso, um homem de botas altas andava de um lado para o outro, gesticulando para que a multidão se sentasse.

Do outro lado, atrás da grade, Lorq de repente reconheceu a mulher de cabelos grisalhos. Estava apoiada no ombro do estudante senegalês, Lusuna. Seu cabelo grudava na testa como facas confusas e retorcidas. A camisa do estudante estava aberta. Seu colete havia desaparecido.

No fosso, o homem puxou a corda do sino novamente. Uma plumagem havia caído sobre seu braço brilhante, e ainda estava grudada nele, apesar dos gestos e gritos que dava para a multidão; agora, batia insistentemente na parede de latão com seu punho acastanhado, pedindo silêncio.

O público colocou dinheiro entre as ripas da grade. Os apostadores amontoavam-se entre as placas. Olhando além da grade, Lorq avistou o jovem casal um pouco mais adiante. O rapaz estava inclinado para a frente, tentando fazer com que a parceira conseguisse ver alguma coisa.

O homem no fosso pisou na mistura de escamas e penas. Suas botas eram pretas e chegavam aos joelhos. Quando as pessoas já estavam quase em silêncio, ele foi para o lado mais próximo do fosso onde Lorq, curvado, não conseguia enxergar...

A porta da jaula se fechou. Com um grito, o homem deu um salto mortal sobre a cerca e se agarrou ao poste central. Os espectadores gritaram e se levantaram. Os que estavam agachados começaram a se levantar. Lorq tentou avançar.

Do outro lado do fosso, viu seu pai se levantar, o rosto escorrendo, retorcido, sob o cabelo loiro; Von Ray sacudia o punho em direção à arena. A mãe, com a mão no pescoço dele, se apertava contra o corpo do marido. O embaixador Selvin estava tentando empurrar dois mineiros que gritavam na grade.

– Olha o Aaron! – exclamou Ruby.

– Não! – disse Prince.

Mas agora havia tantas pessoas em pé que Lorq não conseguia ver mais nada. Tavo levantou-se e começou a gritar para as pessoas se sentarem, até que alguém lhe passou uma garrafa.

Lorq moveu-se para a esquerda para ver; depois para a direita, quando o outro lado foi bloqueado. Uma empolgação inexplicável fazia o coração palpitar no peito.

O homem do fosso estava empoleirado acima da multidão. Saltando, bateu na lanterna com o ombro de modo que sombras cambalearam sobre a lona. Apoiando-se no poste, franziu a testa para a luz oscilante e esfregou os braços fortes. Então, notou a penugem. Com cuidado, ele a tirou, em seguida começou a vasculhar o peito peludo e os ombros.

O barulho explodiu na beira do fosso, parou e então se transformou em um rugido. Alguém estava agitando um colete no ar.

O homem do fosso, não encontrando nada, se recostou ao poste de novo.

Animado e fascinado ao mesmo tempo, Lorq sentiu um pouco de enjoo com o rum e o fedor.

– Vem – gritou para Prince –, vamos subir para ver melhor!

– Não acho uma boa ideia – disse Ruby.

– Por que não? – Prince deu um passo à frente, mas parecia assustado.

Lorq abriu caminho.

Então, alguém o pegou pelo braço, e ele se virou.

– O que está *fazendo* aqui? – perguntou Von Ray, zangado e confuso, respirando com dificuldade. – Quem disse que podia trazer essas crianças aqui?

Lorq procurou Tavo, mas não o encontrou.

Aaron Red apareceu atrás de Von Ray.

– Eu *disse* que deveríamos ter deixado alguém com eles. Suas babás são tão antiquadas. Qualquer criança inteligente poderia fazer com elas o que quisesse!

Von Ray virou-se rapidamente.

– Ah, as crianças estão perfeitamente bem. Mas Lorq sabe que não deve sair à noite sozinho!

– Vou levá-los para casa – disse a mãe, aproximando-se. – Não fique chateado, Aaron. Eles estão bem. Realmente sinto muito. – Ela se virou para as crianças. – O que deu em vocês para virem até aqui?

Os mineiros reuniram-se para assistir à cena.

Ruby começou a chorar.

– Mas qual é o problema agora? – A mãe parecia preocupada.

– Não há problema algum – disse Aaron Red. – Ela sabe o que vai acontecer quando eu a levar para casa. Eles sabem o que acontece quando erram.

Ruby, que não tinha pensado no que aconteceria, começou a chorar de verdade.

– Por que não conversamos sobre isso amanhã de manhã? – A mãe lançou a Von Ray um olhar desesperado. Mas o pai estava chateado demais com as lágrimas de Ruby e desapontado demais com a presença de Lorq para responder.

— Sim, leve os três para casa, Dana. — Ele ergueu os olhos e percebeu que os mineiros acompanhavam tudo. — Leve-os para casa agora. Venha, Aaron, não precisa se preocupar.

— Aqui — disse a mãe. — Ruby, Prince, me deem a mão. Venha, Lorq, vamos direto para...

A mãe estendeu as mãos para as crianças.

Prince esticou o braço protético e deu um puxão. A mãe gritou, cambaleou para a frente, batendo no pulso dele com a mão livre. Dedos de metal e plástico se apertaram como uma pinça nos dela.

— Prince! — Aaron lançou-se contra ele, mas o garoto se esquivou, se abaixou e fugiu em zigue-zague para longe.

A mãe de Lorq caiu de joelhos no chão sujo, ofegante, soluçando baixinho. O pai gentilmente a tomou pelos ombros.

— Dana! O que ele fez? O que aconteceu?

A mãe balançou a cabeça.

Prince correu diretamente para Tavo.

— Peguem-no! — gritou o pai em português.

E Aaron rugiu:

— Prince!

Ao ouvir a voz de Aaron, o menino cedeu, caindo nos braços de Tavo com o rosto pálido.

A mãe se levantou, fazendo uma careta, apoiada no ombro do pai.

— ... e um dos meus pássaros brancos — Lorq a ouviu dizer.

— Prince, venha aqui! — ordenou Aaron.

Prince voltou, seus movimentos bruscos e elétricos.

— Agora — disse Aaron. — Você volta para a casa com Dana. Ela lamenta ter mencionado sua mão. Não quis ferir seus sentimentos.

A mãe e o pai olharam para Aaron, espantados. Aaron Red virou-se para eles. Era um homem pequeno. A única coisa que Lorq considerava que poderia justificar o vermelho em seu nome eram os cantos dos olhos.

– Vejam bem... – Aaron parecia cansado. – Nunca menciono a deformidade dele. Nunca. – Ele parecia aborrecido. – Não quero que se sinta inferior. Não deixo ninguém apontar para ele como alguém diferente. Nunca se deve falar sobre isso na frente dele, entendem? De jeito nenhum.

O pai começou a dizer alguma coisa, mas o embaraço inicial da noite havia sido dele.

Entre os dois homens, a mãe olhou para um e para o outro, depois para a sua mão. Estava aninhada na palma da outra mão, apalpando-a com cuidado.

– Crianças – disse ela. – Venham comigo.

– Dana, tem certeza de que está...

A mãe interrompeu-o com um olhar.

– Venham comigo, crianças – repetiu a mãe.

Eles saíram da tenda. Tavo estava lá fora.

– Vou com você, senhora. Levo vocês para casa, se quiser.

– Sim, Tavo – disse a mãe. – Obrigada.

Ela segurou a mão contra a cintura.

– Aquele menino com a mão de ferro. – Tavo balançou a cabeça. – E a menina, e seu filho. Eu trouxe eles para cá, senhora. Mas eles me pediram, entende? Disseram para trazer eles para cá.

– Entendi – respondeu a mãe.

Dessa vez não desceram pela selva. Pegaram a estrada mais larga que passava pela plataforma dos aquaturbos, que transportavam os trabalhadores para as minas submarinas. As formas altas balançavam na água, lançando sombras duplas nas ondas.

Quando chegaram ao portão do parque, Lorq ficou subitamente enjoado.

– Segure a cabeça dele, Tavo – instruiu a mãe. – Essa agitação não é boa para você, Lorq. E você andou bebendo aquele leite de novo. Está se sentindo melhor?

Ele não havia mencionado o rum. O cheiro da tenda, assim como o odor que pairava em torno de Tavo, ocultavam seu segredo. Prince e Ruby observaram-no em silêncio, olhando um para o outro.

No andar de cima, a mãe colocou a fechadura de segurança no lugar e levou Prince e Ruby para o quarto. Por fim, entrou no quarto de Lorq.

— Sua mão ainda dói, mamãe? — perguntou ele já na cama.

— Dói. Não quebrou nada, embora eu não saiba por quê. Assim que eu sair, vou chamar a unidade médica.

— Eles queriam ir! — desabafou Lorq. — Disseram que queriam ver aonde todos vocês tinham ido.

A mãe se sentou na cama e começou a esfregar as costas de Lorq com a mão boa.

— E você não queria ver também? Só um pouquinho?

— Queria — respondeu ele depois de um momento.

— Foi o que pensei. Como está seu estômago? Não me importo com o que dizem, não vejo como esse leite azedo pode ser bom para você.

Ele ainda não tinha mencionado o rum.

— Agora, vá dormir.

Ela foi até a porta do quarto.

Ele se lembrou dela tocando o interruptor.

Lembrou-se de uma lua escurecendo através do teto giratório.

Federação das Plêiades, Arca, Nova Arca, 3162

Lorq sempre associou Prince Red com o vaivém da luz.

Estava sentado nu no deque da piscina, estudando para seu exame de petrologia, quando folhas roxas na entrada da rocha tremeram. A claraboia zumbia com a ventania lá fora; as torres de Arca, que giravam com o vento, estavam distorcidas por trás da geada brilhante.

— Papai! — Lorq desligou o leitor e se levantou. — Ei, fiquei em terceiro lugar em matemática sênior. Terceiro!

Von Ray, vestindo uma parca com acabamento de pele, abriu caminho entre as folhas.

— Então é isso que você chama de estudar. Não seria mais fácil na biblioteca? Como pode se concentrar aqui, com toda essa distração?

— Petrologia — disse Lorq, erguendo seu gravador de notas. — Não preciso estudar para essa matéria, na verdade. Já tenho distinção nela.

Somente nos últimos anos, Lorq aprendeu a relaxar sob a exigência de perfeição de seus pais. Depois disso, descobrira que as exigências eram agora rituais e fáticas e davam lugar à comunicação se não lhes oferecesse resistência.

— Ah — disse o pai. — Está certo! — De repente, ele sorriu. A geada em seu cabelo se transformou em água quando ele desabotoou a parca. — Pelo menos está estudando em vez de ficar rastejando pelas entranhas da *Caliban*.

— O que me lembra de uma coisa, pai. Entrei para a Regata de Nova Arca. Você e mamãe vão ver a competição?

— Se conseguirmos. Sabe que sua mãe não tem se sentido muito bem faz algum tempo. Esta última viagem foi um pouco difícil. E você a preocupa com as corridas.

— Por quê? Não deixei que isso interferisse no meu desempenho escolar.

Von Ray deu de ombros.

— Ela acha que é perigoso. — Ele colocou a parca sobre uma rocha. — Soubemos do seu prêmio em Trantor no mês passado. Parabéns. Mesmo que se preocupe com você, Lorq, ela ficou orgulhosa como um pavão quando pôde dizer a todas aquelas mulheres do clube que você era filho dela.

— Gostaria que vocês estivessem lá.

— Queríamos ter ido. Mas não havia como interromper a viagem por um mês inteiro. Venha, tenho algo para mostrar.

Lorq seguiu o pai ao longo do regato que escorria da piscina. Von Ray colocou o braço no ombro do filho quando começaram a descer os degraus ao lado da cachoeira para dentro da casa. Sob o peso dos dois, a escada rolante começou a se mover.

– Fizemos uma escala na Terra nessa viagem. Passamos um dia com Aaron Red. Acho que você o conheceu há muito tempo. Red-shift Transportes Ltda?

– Em Nova Brasília – disse Lorq. – Na mina.

– Você tem lembranças de tanto tempo atrás? – Os degraus, transformados em esteiras, os levaram pela estufa. Cacatuas surgiram do mato, bateram contra a parede transparente onde a neve cobria o lado de fora das vidraças do chão, depois pousaram nas cássias, derrubando pétalas na areia. – Prince estava com ele. Um rapaz da sua idade, talvez um pouco mais velho.

Lorq estava vagamente ciente dos feitos de Prince ao longo dos anos como uma criança está ciente da atividade dos filhos dos amigos dos pais. Algum tempo atrás, Prince havia mudado de escola quatro vezes, muito rapidamente, e o boato que chegara às Plêiades era que apenas a fortuna da Red-shift Transportes Ltda impedia que as transferências fossem rotuladas abertamente como expulsão.

– Eu me lembro dele – disse Lorq. – Só tinha um braço.

– Agora usa uma luva preta até o ombro com uma pulseira de pedras preciosas por cima. É um jovem muito incomum. Disse que se lembrava de você. Naquela época, vocês dois fizeram uma travessura ou outra. Ele parece ter se acalmado um pouco.

Lorq deu de ombros e pisou nos tapetes brancos que se espalhavam pelo jardim de inverno.

– O que quer me mostrar?

O pai foi até uma das colunas de visualização. Era um cilindro transparente de pouco mais de um metro de espessura que sustentava o telhado claro com um capitel de vidro lapidado.

– Dana, quer mostrar a Lorq o que trouxe para ele?

– Um momento. – A figura de sua mãe formou-se na coluna. Estava sentada na cadeira Swan. Pegou uma toalha verde da mesa ao lado e abriu-a sobre o brocado acolchoado do vestido.

– São lindas! – disse Lorq. – Onde encontrou quartzo heptodino?

As pedras, em sua maioria de silício, haviam sido formadas sob pressões geológicas, e em cada cristal, quase do tamanho do punho de uma criança, a luz passava por linhas azuis refratadas em formas poliédricas.

– Eu as peguei quando paramos em Cygnus. Estávamos hospedados perto do Deserto Explosivo de Krall. Conseguíamos vê-lo relampejando da janela do nosso hotel além dos muros da cidade. Foi tão espetacular quanto descreveram. Uma tarde, quando seu pai estava em uma conferência, fiz a excursão. Quando as vi, pensei em sua coleção e comprei estas para você.

– Obrigado. – Lorq sorriu para a figura na coluna.

Nem ele nem o pai tinham visto sua mãe pessoalmente nos últimos quatro anos. Vítima de uma doença mental e física degenerativa que muitas vezes a isolava por completo, ela se confinou em sua suíte com um kit completo de remédios, computadores de diagnóstico, cosméticos, máquinas gravotérmicas e máquinas de leitura. Ela – ou mais frequentemente um dos androides programados de acordo com seus padrões gerais de resposta – aparecia nas colunas de visualização, apresentando uma réplica normal de sua aparência e personalidade. Da mesma forma, por meio de androides e comunicadores telerama, ela "acompanhava" Von Ray em suas viagens de negócios, enquanto sua presença física ficava confinada nas câmaras misteriosas e isoladas nas quais ninguém podia entrar, exceto o psicotécnico, que aparecia discretamente uma vez por mês.

– São lindas – repetiu ele, se aproximando.

– Vou deixá-las em seu quarto esta noite. – Ela pegou uma pedra com dedos sombreados e a virou. – Também acho fascinantes. Quase hipnóticas.

– Venha. – Von Ray virou-se para uma das outras colunas. – Tenho outra coisa para mostrar. Aaron aparentemente tinha ouvido falar do seu interesse em corridas e estava ciente de seus êxitos. – Alguma coisa estava se formando na segunda coluna. – Dois dos engenheiros dele tinham acabado de desenvolver um novo acoplador de íons. Disseram que era muito sensível para uso comercial e não seria lucrativo para fabricar em grande escala. Mas Aaron disse que o nível de resposta seria excelente para embarcações de corrida de pequena escala. Me ofereci para comprá-lo. Ele não aceitou e mandou de presente para você.

– É mesmo? – Lorq sentiu a empolgação superar a surpresa. – Onde está?

Na coluna havia um caixote no canto de uma plataforma de carregamento. A paliçada da Marina Nea Limani perdia-se na distância entre as torres de orientação.

– Lá no campo? – Lorq sentou-se na rede verde pendurada no teto. – Maravilhoso! Vou dar uma olhada quando for lá esta noite. Ainda tenho que conseguir uma equipe para a regata.

– Você precisa mesmo escolher sua equipe entre as pessoas que andam pelo espaçoporto? – A mãe balançou a cabeça. – Isso sempre me preocupa.

– Mãe, as pessoas que gostam de competições, os jovens que se interessam por embarcações de corrida, que sabem pilotar, ficam pelos estaleiros. De qualquer forma, conheço metade das pessoas em Nea Limani.

– Ainda preferiria que você escolhesse sua equipe entre seus amigos da escola ou pessoas desse tipo.

– O que de errado há com as pessoas que assim falam? – Ele sorriu levemente.

– Não falei absolutamente nada contra eles. Só quis dizer que você deveria escolher pessoas que conheça.

– O que pretende fazer com o restante de suas férias depois da regata? – interrompeu seu pai.

Lorq deu de ombros.

– Quer que eu seja capataz na mina de São Orini, como no ano passado?

As sobrancelhas do pai se separaram e então se crisparam sobre as rugas verticais acima do nariz.

– Depois do que aconteceu com a filha daquele mineiro? – As sobrancelhas dele relaxaram. – Você quer ir lá de novo?

Lorq deu de ombros mais uma vez.

– Já pensou em alguma coisa que gostaria de fazer? – perguntou a mãe.

– Ashton Clark vai me enviar alguma coisa. Agora tenho que escolher minha tripulação. – Ele se levantou da rede. – Mãe, obrigado pelas pedras. Falaremos das férias quando as aulas realmente acabarem.

Ele saiu para a ponte que arqueava sobre a água.

– Não volte muito tarde.

– Antes da meia-noite.

– Lorq. Mais uma coisa.

Ele parou no topo da ponte, apoiando-se no parapeito de alumínio.

– Prince vai dar uma festa e mandou um convite – disse o pai. – É na Terra, Paris, em Île Saint-Louis. Mas será apenas três dias depois da regata. Você não vai chegar a tempo...

– Chego à Terra com a *Caliban* em três dias.

Sua mãe protestou:

– *Não*, Lorq! Você não vai fazer essa longa jornada para a Terra naquela nave minúscula...

– Nunca fui a Paris. A última vez que estive na Terra foi quando você me levou; eu tinha quinze anos, e fomos para Pequim. Vai ser fácil chegar até Draco. – Enquanto saía, ele gritou de volta para os pais: – Se eu não conseguir minha equipe, nem vou voltar para a escola na próxima semana.

Ele desapareceu do outro lado da ponte.

Federação das Plêiades/Draco (*Caliban* em trânsito), 3162

Sua tripulação era composta por dois homens que se ofereceram para ajudá-lo a desembalar o acoplador de íons. Nenhum deles era da Federação das Plêiades.

Brian, um garoto da idade de Lorq que havia tirado um ano sabático da Universidade de Draco e voado para as Colônias Exteriores, agora estava voltando; havia comandado e se acoplado em corridas de iate, mas apenas no iate clube cooperativo patrocinado por sua escola. Com base no interesse comum em naves de corrida, a relação dos dois era de admiração mútua. Lorq tinha um respeito declarado pela forma como Brian havia navegado até o outro lado da galáxia e conseguido continuar viajando sem financiamento nem planejamento; por sua vez, Brian havia finalmente encontrado em Lorq um desses magnatas míticos, dono de uma nave e cujo nome era para ele, até então, uma mera abstração nas fitas esportivas: Lorq Von Ray, um dos mais jovens e mais espetaculares da nova geração de capitães de regata.

Dan, que havia completado a tripulação da pequena nave de três pás, era um homem na casa dos quarenta anos, nascido na Austrália, na Terra. Eles o conheceram no bar onde começou a contar uma série de histórias sobre seus tempos como acoplador comercial nos grandes cargueiros, bem como sobre os capitães de regata de cuja tripulação ocasionalmente fazia parte – embora nunca tenha sido capitão. Dan estava descalço, com uma corda servindo de cinto para a calça rasgada nos joelhos. Era muito mais típico dos acopladores que rondavam os becos aquecidos de Nea Limani. As altas cúpulas de vento cortavam as rajadas de furacão que rolavam de Tong e através da reluzente Arca – era o mês de iumbra, quando havia apenas três horas de luz em um dia de vinte e nove horas. Os mecânicos, oficiais e ciborgues acoplados bebiam até tarde, conversavam sobre corridas nos bares e saunas, nos gabinetes de registro e áreas comuns.

– Ótimo. Por que não? – Foi a reação de Brian à proposta de seguir até a Terra após a corrida. – Preciso estar em Draco a tempo para a escola de verão, de qualquer maneira.

Dan perguntou:

– Paris? Fica muito perto da Austrália, não é? Tenho um filho e duas esposas em Nova Sydney, e não estou tão ansioso para que me encontrem. Se não ficarmos tempo demais...

Quando passou pelo satélite de observação que circundava a Arca, a regata cruzou para a borda interna da constelação em direção à Finada Irmã Fúmea e voltou para Arca de novo, foi anunciado que a *Caliban* havia ficado em segundo lugar.

– Muito bem. Vamos sair daqui. Para a festa de Prince!

– Tenha cuidado... – A voz de sua mãe veio do alto-falante.

– Mande nossos cumprimentos a Aaron. E parabéns de novo, filho – disse o pai. – Se você destruir aquela borboleta de lata nessa viagem boba, não espere que eu compre uma nova.

– Até logo, pai.

A *Caliban* surgiu entre as naves agrupadas na estação de observação onde os espectadores se reuniram para assistir à conclusão da regata. Janelas de quinze metros brilhavam à luz das estrelas abaixo deles (atrás de uma delas, o pai e um androide de sua mãe estavam parados no parapeito, observando a nave se afastar) e, logo depois, estavam atravessando a Federação das Plêiades e partindo em direção a Sol.

No dia seguinte, perderam seis horas em uma nebulosa de redemoinho ("Se você tivesse uma nave de verdade em vez deste brinquedo aqui", reclamou Dan pelo interfone, "seria moleza sair dessa coisa." Lorq aumentou a frequência do escâner no acoplador de íons. "Ponto dois e cinco para baixo,

Brian. Então, ele arranca a toda velocidade – aí!"), mas recuperaram o tempo aproveitando a Maré Vazante.

Um dia depois, e o Sol era uma luz brilhante e crescente no cosmos furioso.

Draco, Terra, Paris, 3162

Com a forma do número oito de um escudo micênico, o Campo De Blau se inclinava quilômetros abaixo de enormes pás. Dali partiram os cargueiros costeiros para o grande astroporto de Tritão, a segunda lua de Netuno. As naves de passageiros de quinhentos metros cintilavam nas plataformas. A *Caliban* mergulhou em direção ao fundo do atracador de iates, descendo como uma pipa de três pontas. Lorq levantou-se do beliche no momento em que os feixes de luz os atingiram.

– Tudo bem, fantoches. Vamos cortas as cordas.

Um momento depois de aterrissar, ele desligou as entranhas ronronantes da *Caliban*. Luzes de orientação apagaram-se ao redor.

Brian pulou na cabine de controle, amarrando sua sandália esquerda. Dan, com a barba por fazer e o colete desamarrado, saiu de sua câmara de projeção.

– Parece que chegamos, capitão. – Ele se abaixou para limpar a sujeira entre os dedos dos pés. – Que festa é essa aonde vocês vão?

Lorq tocou no botão de aterrissagem e o piso começou a se inclinar. A prancha de placas deslizou para trás até que a borda inferior do piso atingiu o chão.

– Não sei muito bem – respondeu. – Acho que vamos descobrir quando chegarmos lá.

– *Aaah*, não – falou Dan devagar quando alcançaram a margem. – Não gosto dessas coisas de alta sociedade. – Começaram se afastar da sombra do casco. – Vou encontrar um bar e vocês me buscam na volta.

– Se vocês dois não quiserem ir – disse Lorq, olhando ao redor do campo –, vamos parar para comer alguma coisa e aí podem ficar aqui.

– Bem... eu meio que queria ir. – Brian pareceu decepcionado. – Essa é uma chance única de participar de uma festa de Prince Red.

Lorq olhou para Brian. O garoto atarracado de cabelos castanhos e olhos cor de café havia trocado seu colete de couro gasto por um limpo com flores iridescentes. Só agora Lorq começava a reconhecer o quanto aquele jovem, que viajara de carona pelo universo, ficava deslumbrado diante da riqueza, visível e implícita, que acompanhava um capitão de dezenove anos, dono de seu próprio iate e que poderia ir sem mais delongas a uma festa em Paris.

Lorq nem pensara em trocar de roupa para a ocasião.

– Então venha comigo – disse Lorq. – Na volta, buscamos Dan.

– Só não fiquem bêbados a ponto de não conseguirem *me* levar de volta a bordo.

Lorq e Dan riram.

Brian estava olhando para os outros iates na baía.

– Ei! Você já trabalhou em um Zephyr de três pás? – Ele tocou o braço de Lorq e apontou para um gracioso casco dourado. – Aposto que um desses gira de verdade.

– A aceleração é lenta nas frequências mais baixas. – Lorq voltou-se para Dan. – Não deixe de voltar a bordo na hora da decolagem amanhã. Não vou sair correndo por aí procurando você.

– Comigo tão perto da Austrália? Não se preocupe, capitão. A propósito, ficaria chateado se eu trouxesse uma moça a bordo?

Ele sorriu para Lorq, em seguida piscou.

– Olha só – disse Brian. – Como essas *Boris*-27 se comportam? Nosso clube estudantil estava tentando fazer uma troca com outro clube que tinha uma *Boris* de dez anos. Só que queriam dinheiro também na troca.

– Contanto que não deixe a nave com nada que ela não tenha trazido – disse Lorq a Dan. Ele se virou para Brian de novo. – Nunca estive em uma *Boris* com mais de três anos. Um amigo meu teve uma há alguns anos. Funcionava muito bem, mas não era páreo para a *Caliban*.

Atravessaram o portão do campo de pouso, desceram os degraus da rua e passaram pela sombra da coluna da serpente enrodilhada.

Paris ainda era uma cidade mais ou menos horizontal. As únicas estruturas que se elevavam um pouco acima do horizonte eram a Torre Eiffel à esquerda e a forma em espiral de Les Halles: sete andares de mercados fechados em painéis transparentes, incrustados com arabescos de metal; era o centro de alimentos e produtos para os vinte e três milhões de habitantes da cidade.

Desceram a Rue de Les Astronauts, seguindo por restaurantes e marquises de hotéis. Dan passou a mão por baixo da corda em volta da cintura para coçar a barriga, em seguida afastou o cabelo comprido da testa.

– Onde alguém consegue ficar bêbado aqui sendo apenas um ciborgue acoplado? – De repente, ele apontou para uma rua menor. – Lá!

Na curva da rua em forma de "L" havia um pequeno café-bar com uma rachadura na janela: Le Sideral. A porta estava se fechando atrás de duas mulheres.

– Ótimo! – murmurou Dan e correu na frente de Lorq e Brian.

– Às vezes, invejo pessoas como ele – disse Brian a Lorq, baixinho.

Lorq pareceu surpreso.

– Você realmente não se importa? – continuou Brian – Quero dizer, se ele levar uma mulher a bordo?

Lorq deu de ombros.

– Eu levaria.

– Ah! Você deve ter muita facilidade com as garotas, especialmente com uma nave de corrida.

– Acho que ajuda.

Brian mordeu a unha do polegar e assentiu.

– Seria legal. Às vezes, acho que as garotas esqueceram que existo. Provavelmente daria no mesmo, com ou sem nave. – Ele riu. – Já levou alguma garota para sua nave?

Por um momento, Lorq ficou em silêncio. Então disse:

– Tenho três filhos.

Agora Brian pareceu surpreso.

– Um menino e duas meninas – continuou Lorq. – As mães são mineiras em um pequeno mundo nas Colônias Exteriores: Nova Brasília.

– Ah, quer dizer que você...

Lorq encaixou a mão esquerda no ombro direito, a mão direita no ombro esquerdo.

– Levamos tipos de vida muito diferentes – disse Brian devagar –, você e eu.

– Foi o que eu estava pensando.

Então, Lorq sorriu. O sorriso de Brian voltou, incerto.

Atrás deles, alguém disse:

– Vocês aí! Esperem!

Eles se viraram.

– Lorq? Lorq Von Ray?

A luva preta que o pai de Lorq descrevera agora era prateada. A braçadeira, no alto do bíceps, era cravejada de diamantes.

– Prince?

Colete, calças e botas eram prateados.

– Você quase me escapou! – disse Prince, o rosto ossudo e animado sob o cabelo preto. – Pedi ao Campo para me avisar assim que você obtivesse autorização em Netuno. Iate de corrida, hein? Demorou um tempo, claro. Ah, antes que eu me esqueça. Aaron me disse que, se você viesse, eu deveria pedir para mandar lembranças à sua tia Cyana. Ela ficou conosco por um fim de semana na praia no Mundo de Chobe no mês passado.

– Agradeço. Darei, se a vir – disse Lorq. – Se ela estava com você no mês passado, você a viu há menos tempo que eu. Ela não tem passado muito tempo em Arca.

– Cyana... – começou Brian – ... Morgan? – terminou ele, espantado. Mas Prince já estava dizendo:

– Olhe, preciso chegar ao Monte Kenyuna e voltar antes da festa. – Ele deixou cair as mãos sobre os ombros do colete de couro de Lorq (que tentou detectar uma diferença de pressão entre os dedos enluvados e os sem luva). – Tenho todos os meios de transporte disponíveis para trazer pessoas de todos os lugares. Aaron não está cooperando. Não quer ter mais nenhuma relação com a festa; disse que está ficando fora de controle. Acho que, para conseguir o que precisava, andei ventilando o nome dele por aí em alguns lugares que ele não aprovaria. Mas ele está em algum lugar em Vega. Poderia me levar até o Himalaia?

– Tudo bem. – Lorq começou a sugerir que Prince ficasse com Brian. Mas talvez Prince, com aquele braço, não estivesse em condições de se conectar corretamente. – Ei, Dan! – gritou ele na rua. – Você ainda está trabalhando.

O australiano tinha acabado de abrir a porta. Nesse momento, ele se virou, balançou a cabeça e voltou.

– O que vamos fazer? – perguntou Lorq quando começaram a voltar para o campo.

– Conto no caminho.

Ao passarem pelo portão (e a coluna Draco cercada com a Serpente brilhando ao pôr do sol), Brian arriscou uma conversa com Prince.

– Seu traje é magnífico.

– Vai ter muita gente na Île – respondeu Prince. – Quero que todos consigam ver onde estou.

– Essa luva é alguma moda que estão usando aqui na Terra?

Lorq sentiu o estômago embrulhar. Ele olhou rapidamente para os dois rapazes.

— Esse tipo de coisa nunca chega até Centauri – continuou Brian –, só um mês depois que todo mundo parou de usar na Terra. De qualquer forma, faz dez meses que saí de Draco.

Prince olhou para o braço e virou a mão.

O crepúsculo tingiu o céu.

Então as luzes no topo da cerca se acenderam: a luz cobria as dobras da luva de Prince.

— Meu estilo pessoal. – Ele olhou para Brian. – Não tenho o braço direito. Este – ele crispou os dedos prateados, cerrando o punho – é todo de metal, plástico e mecanismos cheios de coisas. – Ele soltou um riso agudo. – Mas funciona para mim... tão bem quanto um de verdade.

— Ah. – O constrangimento tingiu a voz de Brian, deixando-a trêmula. – Não sabia.

— Às vezes quase me esqueço também. – Prince riu. – Às vezes. Onde está sua nave? – perguntou para Lorq.

— Lá.

Quando Lorq apontou, teve plena consciência dos doze anos que separavam este encontro do dia em que conheceu Prince.

Draco, Terra, Nepal, 3162

— Tudo conectado?

— Você está me pagando, capitão – rangeu a voz de Dan. – Dê a ordem e vamos embora.

— Pronto, capitão – disse Brian.

— Abra as pás inferiores...

Prince estava sentado atrás de Lorq, uma das mãos em seu ombro (a sua mão real).

— Todo mundo está vindo hoje. Você acabou de chegar, mas já faz uma semana que as pessoas estão chegando. Convidei umas cem pessoas. Há pelo menos trezentas a caminho. Só cresce, só cresce! – Quando o campo de inércia os alcançou, De Blau desceu, e o Sol, que havia se posto, se erguia no oeste e envolvia o mundo em fogo cada vez mais.

A borda azul queimava. – De qualquer forma, Che-ong apareceu com um bando de completos selvagens de algum lugar nos confins de Draco...

A voz de Brian veio do alto-falante:

– Che-ong, a estrela de psicorama?

– O estúdio deu uma semana de férias para ela, por isso resolveu vir à minha festa. Anteontem, decidiu escalar montanhas e voou para o Nepal.

O Sol passou sobre eles. Para viajar entre dois pontos em um planeta, bastava subir e descer no lugar certo. Em uma nave impulsionada por pás, era preciso subir, circum-navegar a Terra três ou quatro vezes e descer pairando. Levava os mesmos sete/oito minutos para ir de um lado da cidade ao outro como para chegar ao outro lado do mundo.

– Che me comunicou esta tarde pelo rádio que estavam presos a três quartos da subida do Monte Kenyuna. Há uma tempestade abaixo deles, então não conseguem chegar à estação de resgate em Katmandu para que um helicóptero vá buscá-los. Claro, a tempestade não a impede de dar a volta ao mundo para me contar seus problemas. De qualquer forma, prometi pensar em alguma saída.

– Caramba, como vamos tirá-los da montanha?

– *Você* voa a menos de seis metros da face da rocha e paira. Então *eu* desço e os trago para cima.

– Seis metros! – O mundo em um borrão deslizava abaixo deles. – Quer chegar vivo à sua festa?

– Você recebeu aquele acoplador de íons que Aaron enviou?

– Estou usando agora.

– Espera-se que seja sensível o suficiente para esse tipo de manobra. E você é um excelente capitão de regata. Não é?

– Vou tentar – disse Lorq com cautela. – Sou um idiota pior que você. – Então ele riu. – Vamos tentar, Prince!

Retículos de neve e rocha deslizavam lá embaixo. Lorq estabeleceu as coordenadas loran da montanha como Prince lhe informara.

Prince estendeu a mão sobre o braço de Lorq e sintonizou o rádio.

A voz de uma garota ressoou na cabine:

– ... Ah, vejam só! Acha que são eles? Prince! Prince querido, você veio nos resgatar? Estamos pendurados aqui com as mãos congeladas e muito infelizes. Prince...?

Havia música e um burburinho ao fundo.

– Espere, Che – pediu Prince ao microfone. – Eu disse que faríamos alguma coisa. – Ele se virou para Lorq. – Ali! Devem estar bem ali embaixo.

Lorq cortou o filtro de frequência até a *Caliban* deslizar pela distorção gravitacional da própria montanha. Os picos ergueram-se, cinzentos e cintilantes.

– Olhem lá, pessoal! Eu não *disse* que Prince não nos deixaria definhar aqui e perder a festa?

E ao fundo:

– Ah, Cecil. Não consigo fazer esse passo...

– Aumente a música mais um pouco...

– Mas eu não *gosto* de anchovas...

– Prince – gritou Che –, ande logo! Começou a nevar novamente. Sabe que isso nunca teria acontecido, Cecil, se não tivesse decidido fazer truques baratos com as estacas de montanha.

– Vamos, querida, vamos dançar!

– Já disse que não... Estamos muito perto da borda!

Abaixo dos pés de Lorq, na tela do assoalho que transmitia luz natural, gelo, cascalho e pedregulhos brilhavam ao luar enquanto a *Caliban* descia.

– Quantos são? – perguntou Lorq. – Esta nave não é tão grande.

– Vão ter que se espremer.

Na plataforma gelada que deslizava pela tela, alguns estavam sentados sobre um poncho verde com garrafas de vinho, queijos e cestas de comida. Alguns dançavam. Outros estavam sentados em cadeiras de lona. Um deles tinha subido até uma saliência mais alta e protegia os olhos, encarando a nave.

— Che — disse Prince —, estamos aqui. Arrume tudo. Não podemos esperar o dia todo.

— Minha nossa! É *você* aí em cima. Vamos, gente, estamos indo embora! Sim, é o Prince!

Houve uma explosão de movimento na plataforma. Os jovens começaram a correr, recolhendo as coisas e colocando tudo em mochilas; duas pessoas estavam dobrando o poncho.

— Edgar! Não jogue isso *fora*! É de 48, e você não encontra mais garrafas antigas assim em nenhum lugar. Sim, Hillary, você *pode* mudar a música. *Não!* Não desligue o aquecedor *ainda*! Ah, Cecil, você é *bobo*. Brrrr...! Bem, acho que partiremos em pouco tempo. Claro que vou dançar com você, meu amor. Só não tão perto da borda. Espere um segundo. Prince? Prince...!

— Che! — chamou Prince enquanto Lorq se aproximava ainda mais. — Tem alguma corda aí? — Ele cobriu o microfone com a mão. — Você a viu em *As Filhas de Mayham*, quando ela interpretou uma maluca de dezesseis anos, filha do botânico?

Lorq assentiu com a cabeça.

— Não foi *atuação*. — Ele tirou a mão do microfone novamente. — Che! Corda! Você tem alguma corda?

— Um montão! Edgar, onde estão as cordas? Mas nós subimos aqui usando *alguma coisa*! Aí está! E agora, o que devo fazer?

— Faça grandes nós a cada meio metro na corda. Quantos metros acima de você estamos?

— Doze metros? Nove metros? Edgar! Cecil! Jose! Vocês ouviram. Façam nós!

Na tela do assoalho, Lorq observou a sombra do iate deslizar sobre os icebergs; ele deixou a embarcação descer ainda mais.

— Lorq, abra a escotilha da sala de máquinas quando chegarmos...

– Estamos a cinco metros da plataforma – anunciou Lorq por cima do ombro. – É isso, Prince! – Ele estendeu o braço. – A escotilha está aberta.

– Ótimo.

Prince passou pela porta da sala de máquinas. O ar frio bateu nas costas de Lorq. Dan e Brian mantiveram a nave firme contra o vento.

Na tela do assoalho, Lorq viu um dos meninos arremessando a corda na nave. Prince estava em pé na escotilha aberta para pegá-la com sua luva prateada. Foram três tentativas. Então a voz de Prince veio carregada pelo vento:

– Certo! Está amarrado. Subam!

E um após o outro eles subiram pela corda com nós.

– Vamos lá. Atenção...

– Cara, está frio lá fora! Assim que vocês saírem do campo de aquecimento...

– Estou com vocês! Vamos entrando...

– Não achei que conseguiríamos. Ei, você quer um pouco de Chateauneuf du Pape, safra de 48? Che diz que você não pode...

As vozes encheram a sala de máquinas:

– Prince! Que maravilhoso que você tenha me resgatado. Vai ter alguma música turca do século 19 na sua festa? Não conseguimos captar nenhuma estação local, mas havia um programa educacional da Nova Zelândia. Fantástico! Edgar inventou um novo passo. Você fica de quatro no chão e balança para cima e para baixo. Joseph, não caia desta montanha estúpida de novo! Venha aqui agora, quero apresentá-lo a Prince Red. Ele é quem está dando a festa, e o pai dele tem muito mais milhões que o seu. Feche a escotilha e vamos sair da sala de máquinas. Todas essas máquinas e coisas estranhas não são para mim.

– Venha para dentro, Che, e trate de encher um pouco do saco do capitão também. Conhece Lorq Von Ray?

– Meu Deus, o garoto que está ganhando todas aquelas regatas...? Ora, ele *tem* mais dinheiro do que...

– Shhh! – disse Prince, em um sussurro teatral, quando entraram na cabine. – Não quero que *ele* saiba.

Lorq levou a nave para longe da montanha e então se virou.

– *Você* deve ser o que ganhou todos aqueles prêmios: tão bonito!

Che-ong usava um traje de frio completamente transparente.

– Esta é a sua nave? – Ela olhou ao redor da cabine, ainda ofegante por conta da subida pela corda. Seus mamilos vermelhos ficavam achatados pelo vinil a cada respiração.

– É adorável. Não ando em um iate faz dias.

E a multidão surgiu atrás dela:

– Ninguém quer um pouco desse 48...

– Não consigo colocar nenhuma música aqui. Por que não temos música? Cecil, tem mais desse pó de ouro?

– Estamos acima da ionosfera, idiotas. As ondas eletromagnéticas não são mais refletidas. Além disso, estamos indo muito...

Che-ong virou-se para todos eles.

– Ah, Cecil, onde foi parar aquele maravilhoso pó dourado? Prince e Lorq deviam experimentar. Cecil é filho de um prefeito...

– Governador...

– ... em um daqueles mundos minúsculos dos quais sempre ouvimos falar, muito distantes. Ele tinha esse pó de ouro que coletavam das fendas nas rochas. Ah, olha, ainda tem um montão!

O mundo começou a girar abaixo deles.

– Veja, Prince, você inspira, desse jeito... Ahhhh! Faz você ver as cores mais maravilhosas em tudo o que olha e ouvir os sons mais incríveis em tudo que ouve, e sua mente começa a acelerar e a preencher verdadeiros parágrafos entre cada palavra. Aqui, Lorq...

– Ei, devagar com isso! – Prince riu. – Ele precisa nos levar de volta a Paris!

– Ah! – exclamou Che-ong. – Não vai atrapalhar. Chegaremos lá um pouco mais rápido, só isso.

Atrás deles, os outros diziam:

– Onde ela disse que é essa maldita festa?

– Île Saint-Louis. É em Paris.

– Onde?

– Paris, querida, Paris. Vamos à uma festa em...

Draco, Terra, Paris, 3162

Em meados do século 4, o imperador bizantino Juliano, cansado do turbilhão social da Cité de Paris (cuja população, então com menos de mil habitantes, morava principalmente em cabanas de peles agrupadas em torno de um templo de pedra e madeira consagrado à Grande Mãe), se mudou para a ilha menor.

Na primeira metade do século 20, a rainha de uma indústria cosmética mundial, para escapar das pretensões da margem direita do rio Sena e dos excessos boêmios da margem esquerda, estabeleceu aqui sua *pied-à-terre* de Paris, cujas paredes eram forradas por uma fortuna em obras de arte (enquanto na outra margem uma catedral de duas torres substituiu o templo de madeira).

Em meados do século 32, com sua avenida central repleta de luzes, os becos laterais cheios de música, coleções de animais exóticos, bebidas e barracas de jogos, enquanto fogos de artifício explodiam à noite, a Île Saint-Louis realizava a festa de Prince Red.

– Por aqui! Passem para cá!

Marcharam sobre a ponte montada no cais. O Sena escuro cintilava. Do outro lado da água, a folhagem pingava das balaustradas de pedra. Os contrafortes esculpidos de Notre Dame, agora iluminados, se erguiam atrás das árvores do parque da Cité.

– Ninguém pode entrar na minha ilha sem máscara! – gritou Prince.

Quando chegaram ao centro da ponte, ele saltou para a balaustrada, agarrou uma das vigas e acenou para a multidão com a mão prateada.

– Vocês estão em uma festa! Estão na festa de Prince. E todo mundo tem que usar máscara!

Esferas de fogos de artifício, azuis e vermelhas, estouraram na escuridão atrás do rosto ossudo.

– Fantástico! – gritou Che-ong, correndo para a balaustrada. – Mas se eu usar uma máscara ninguém vai me reconhecer, Prince! O estúdio só me deu permissão para vir se houvesse publicidade!

Ele pulou, pegou a luva de vinil dela e a levou escada abaixo. Lá, em prateleiras, centenas de máscaras inteiriças brilhavam.

– Mas tenho uma especial para você, Che! – Ele pegou uma cabeça de rato transparente de sessenta centímetros, orelhas bordadas com pelo branco, sobrancelhas com lantejoulas, joias sacudindo na ponta de cada bigode de arame.

– Fantástico! – gritou Che enquanto Prince colocava a máscara sobre os ombros dela.

Pelo olhar transparente, seu rosto delicado de olhos verdes se contorceu em uma risada.

– Aqui está uma para você!

Uma cabeça de pantera com dentes de sabre para Cecil; uma águia com penas iridescentes para Edgar; o cabelo escuro de José desapareceu sob a cabeça de um lagarto.

Um leão para Dan (que protestou contra a insistência de todos, embora o tivessem esquecido no momento em que ele deu seu consentimento beligerante) e um grifo para Brian (que todos ignoraram até agora, embora ele os tivesse seguido avidamente).

– Também tenho uma especial para você! – Prince virou-se para Lorq. Rindo, alcançou a cabeça de um pirata, com tapa-olho, bandana, cicatriz na bochecha e segurando uma adaga com os dentes. Passou graciosamente sobre a cabeça de Lorq: estava olhando através das fendas de malha no pescoço da máscara.

Prince deu um tapa nas costas dele.

– Um pirata, só para Von Ray! – gritou Prince quando Lorq começou a atravessar a rua de paralelepípedos.

Mais risadas enquanto outros chegavam à ponte.

Acima da multidão, garotas com penteados empoados, imponentes, do século 23, pré-Ashton Clark, jogavam confete de uma sacada. Um homem estava subindo a rua com um urso. Lorq pensou que fosse alguém fantasiado até que a pele roçou seu ombro e ele sentiu o cheiro almiscarado. As garras estalavam pela rua. Ele foi levado pela multidão.

Lorq era todo ouvidos.

Lorq era todo olhos.

O êxtase polia a superfície receptiva de cada um dos sentidos até a lisura do vidro. De repente, a percepção voltou (como as pás de uma nave voltando a girar) enquanto ele caminhava pela rua de tijolos rejuntados por confete. Sentiu a presença do seu eu centrado. Seu mundo concentrou-se no agora das mãos e da língua. Vozes ao redor dele acariciavam sua consciência.

– Champanhe! Não é fantástico? – O rato de plástico transparente encurralou o grifo de colete florido na mesa de vinhos. – Não está se divertindo? Adoro tudo isso!

– Claro – respondeu Brian. – Mas nunca participei de uma festa como esta. Pessoas como Lorq, Prince, você... Você é o tipo de pessoa de quem eu só costumava ouvir falar. É difícil acreditar que é real.

– Cá entre nós, às vezes eu tinha o mesmo problema. É bom ter você aqui para nos lembrar. Agora, continue repetindo que...

Lorq juntou-se a outro grupo.

– ... festa fantástica. Perfeitamente incrível...

– ... claro, como escolhemos chegar em Perth, aquelas normas antiquadas estavam em vigor e precisamos *de fato* passar pela alfândega...

– ... no cruzeiro de Porto Said a Istambul, havia aquele pescador das Plêiades que tocava as coisas mais maravilhosas na siringe sensorial...

– ... e então tivemos que pegar carona até o Irã, porque o mono não estava funcionando. Realmente... acho que a Terra está desmoronando...

– ... festa adorável. Atmosfera perfeita...

Os muito jovens, pensou Lorq, *os muito ricos*; e ele imaginou quais limites de diferenças essas condições definiam.

Descalço, com um cinto de corda, o leão se recostou ao lado de uma porta, observando.

– Como vai, capitão?

Lorq ergueu a mão para Dan e continuou andando.

O agora, ilusório e cristalino, estava dentro dele. A música invadiu a máscara oca onde sua cabeça estava protegida pelo som da respiração. Em um tablado ao lado de um cravo, um homem tocava uma pavana de Byrd. Vozes em outro tom solapavam o som à medida que ele avançava; em uma plataforma do outro lado da rua, dois meninos e duas meninas, vestidos à moda do século 20, recriavam uma obra antifonal fluida do Mamas & The Papas. Descendo por uma rua lateral, Lorq se movia em meio a uma multidão que o empurrava adiante, até que finalmente deparou com o imponente banco de instrumentos eletrônicos que reproduziam os silêncios distorcidos e texturizados dos *tohu-bohus*. Reagindo com a nostalgia produzida pela música popular de dez anos antes, os convidados, com suas cabeças de papel machê e plástico, se separavam em grupos de dois, três, cinco e sete para dançar. A cabeça de um cisne balançou para a direita. À esquerda, a de um sapo sacudia sobre ombros de lantejoulas. Conforme avançava mais, seus ouvidos eram invadidos por modulações em terceira menor que ouvira no alto-falante da *Caliban*, pairando sobre o Himalaia.

Eles vieram correndo entre os dançarinos.

– Ele conseguiu! Prince não é maravilhoso? – Eles gritaram e pularam. – Ele conseguiu aquela música turca antiga!

Quadris, seios e ombros brilhando sob o vinil (o material tinha poros que se abriam no clima quente para deixar o traje transparente fresco como a seda). Che-ong virou-se, segurando suas orelhas peludas.

– Todo mundo no chão! Na posição de cachorrinho! Vamos mostrar a eles nosso novo passo! Assim: é só balançar...

Lorq virou-se sob a noite explosiva, um pouco cansado, um pouco agitado. Atravessou a rua que contornava a ilha e apoiou-se numa pedra próxima de um dos holofotes que iluminavam os prédios da Île. Do outro lado da água, no cais oposto, as pessoas passeavam, em duplas ou sozinhas, contemplando os fogos de artifício ou simplesmente observando o burburinho.

Atrás dele, uma garota ria alto. Lorq virou-se para ela – cabeça de ave-do-paraíso, penas azuis sobre olhos vermelhos de celofane, bico vermelho, pente vermelho ondulado – enquanto ela se afastava do grupo para se balançar na mureta baixa. A brisa agitava as fendas de seu vestido, puxando os alfinetes de latão trabalhados que o prendiam ao ombro, pulso e coxa. Ela descansou os quadris na pedra, a ponta da sandália tocando o chão, um pouquinho acima dele. Com braços compridos (as unhas eram carmesim), ela tirou a máscara. Assim que a colocou sobre a mureta, a brisa sacudiu seu cabelo preto, lançando-o sobre seus ombros, levantando-o. Sob a ponte, uma chuva de areia parecia cair sobre a superfície da água.

Lorq desviou os olhos. Então olhou de novo. Franziu a testa.

Existem dois tipos de beleza (o rosto dela despertava nele o pensamento, articulado e completo): no primeiro, os traços e as formas do corpo respondem a um cânone que não ofende ninguém; era a beleza de modelos e atrizes populares; era a beleza de Che-ong. O segundo era aquele: os olhos eram discos estriados de jade azul, as maçãs do rosto inclinadas sobre as cavidades brancas do rosto largo. Seu queixo era largo; a boca, fina, vermelha e mais larga. O nariz descia direto da testa e depois se alargava nas narinas (ela respirava ao vento – e, olhando para ela, Lorq percebeu o cheiro do rio, a noite parisiense, o vento da cidade); eram feições muito austeras e violentas no rosto de uma mulher tão jovem. Mas a autoridade com que se reuniam o faria olhar novamente, ele sabia, assim que desviasse o olhar; acompanharia seus pensamentos quando ele fosse embora. Era um rosto com aquele fascínio que causava inveja nas mulheres apenas bonitas.

Ela olhou para ele:

– Lorq Von Ray?

Ele fechou ainda mais a cara dentro da máscara.

Inclinou-se para a frente, na calçada que margeava o rio.

– Estão todos tão longe. – Ela apontou para as pessoas no cais. – Estão muito mais longe do que acreditamos ou eles acreditam. O que poderiam fazer na nossa festa?

Lorq tirou a máscara e colocou o pirata ao lado do pássaro com crista.

Ela se virou para olhar para ele.

– Ah, então você é assim. Você é bonito.

– Como sabia quem eu era?

Pensando que poderia de alguma forma tê-la perdido na multidão que havia atravessado a ponte pela primeira vez, Lorq esperava que ela dissesse algo sobre as fotos dele que ocasionalmente apareciam na galáxia quando ganhava uma regata.

– Reconheci pela máscara.

– Sério? – Ele sorriu. – Como assim?

As sobrancelhas dela arquearam-se. Houve alguns segundos de risadas, suaves demais e logo abafadas.

– Você. Quem é você? – perguntou Lorq.

– Sou Ruby Red.

Ela ainda era magra. Em algum momento, uma garotinha estivera diante dele de cima da bocarra de uma fera. Lorq teve que rir.

– O que havia na minha máscara que me denunciava?

– Prince estava se refestelando com a ideia de que você a usaria desde que enviou o convite pelo seu pai e houve a menor chance de você vir. Me diz uma coisa: é por cortesia que você tolera essa travessura?

– Todo mundo está de máscara. Achei uma ideia genial.

– Entendo. – A voz pairava acima do tom de afirmação geral. – Meu irmão me disse que nos conhecemos faz muito tempo. – Ela voltou ao tom anterior. – Eu... eu não teria reconhecido você. Mas me lembro de você.

– Eu me lembro de *você* também.

– E Prince também lembra. Ele tinha sete anos. Ou seja, eu tinha cinco.

– O que andou fazendo nos últimos doze anos?

– Envelhecendo graciosamente, enquanto você tem sido o *enfant terrible* nas pistas das Plêiades, ostentando os ganhos ilícitos de seus pais.

– Olhe! – Lorq apontou para as pessoas observando da margem oposta. Algumas aparentemente pensaram que ele estava acenando e acenaram de volta.

Ruby riu e acenou também.

– Será que vão perceber o quanto somos especiais? Esta noite estou me sentindo muito especial.

Ela levantou o rosto e fechou os olhos. Fogos de artifício azuis tingiram suas pálpebras.

– Essas pessoas estão longe demais para ver como você é bonita.

Ela se virou para olhar para Lorq.

– É verdade. Você é...

– Nós somos.

– ... muito bonita.

– Não parece perigoso dizer uma coisa dessas à sua anfitriã, capitão Von Ray?

– Não parece perigoso você dizer isso ao seu convidado?

– Somos únicos, jovem capitão. Se quisermos, podemos flertar com o peri...

Ao redor deles, os postes de luz foram apagados.

Ouviu-se um grito da rua lateral; as guirlandas de lâmpadas coloridas também haviam se apagado. No momento em que Lorq virou as costas para o cais, Ruby agarrou seu ombro.

Ao longo da Île, luzes e janelas piscaram duas vezes. Alguém gritou. Então, a luz voltou, e com ela o riso.

– Ah, meu irmão... – Ruby balançou a cabeça – Todo mundo disse que ele teria problemas com a energia, mas ele insistiu em ter toda a ilha conectada à eletricidade. Achava que a luz elétrica seria mais romântica que os tubos de fluorescência induzida em perfeitas condições que estavam aqui ontem... e terão que voltar amanhã por decreto municipal. Você deveria tê-lo visto tentando caçar um gerador. É uma linda peça de museu de seiscentos anos que ocupa uma sala inteira. Receio que Prince seja um romântico incurável...

Lorq pousou a mão sobre a dela.

Ruby parou de falar e olhou para ele. E retirou a mão.

– Tenho que ir agora. Prometi que o ajudaria. – Não havia felicidade em seu sorriso. A expressão penetrante ficou gravada nos sentidos aguçados de Lorq. – Não use mais a máscara de Prince. – Ela levantou a ave-do-paraíso da balaustrada. – Só porque ele escolheu insultar você, não precisa exibir esse insulto a todos aqui.

Lorq olhou para a cabeça do pirata, confuso.

Olhos de alumínio brilhavam na direção dele em meio às penas azuis.

– Além disso – a voz dela estava abafada agora –, você é bonito demais para se cobrir com algo tão vil e ordinário.

E assim ela atravessou a rua, desaparecendo no beco lotado.

Lorq olhou para os dois lados na calçada e não quis continuar ali.

Atravessou atrás dela, perdendo-se na mesma multidão, só percebendo no meio do quarteirão que a seguia.

Ela *era* bonita.
Não era uma projeção do êxtase.
Não era a emoção da festa.
Era seu rosto e a maneira como ele mudava e se transformava com suas palavras.

Era o vazio que ficara tão evidente nele agora, porque, momentos antes, em um diálogo breve e trivial, ele havia sido preenchido com o rosto e a voz dela.

– O problema disso tudo é que nos falta uma base cultural sólida. – (Lorq olhou para o lado onde o grifo falava com tatus, macacos e lontras com um semblante sério.) – É tanto movimento de um mundo para o outro que não temos mais arte real, apenas uma arte pseudointerplanetária.

Perto da porta, no chão, havia uma cabeça de leão e uma de rã. De volta à escuridão, Dan, com as costas suando de tanto dançar, acariciava a garota com ombros de lantejoulas.

E, na metade do quarteirão, Ruby estava subindo um lance de escadas atrás de um portão de ferro espiralado.

– Ruby!

Ele avançou, correndo.

– Ei, cuidado...

– Olha por onde anda! Onde acha...

– Vai com calma...

Ele virou no corrimão e subiu às pressas atrás dela.

– Ruby Red! – E entrou por uma porta, ainda chamando. – Ruby?

Tapeçarias grandes entre espelhos estreitos abafavam todo o eco de sua voz. A porta ao lado da mesa de mármore estava entreaberta. Lorq cruzou o corredor e a abriu.

Ruby acendeu a luz giratória.

Sob o piso, ondas coloridas fluíam pela sala, tremeluzindo nas pesadas pernas de cristal preto dos móveis da República de Vega. Sem fazer sombra, ela recuou.

– Lorq! O *que* está fazendo aqui?

Ela havia acabado de colocar sua máscara de pássaro em uma das prateleiras circulares que flutuavam em várias alturas ao redor da sala.

– Queria conversar com você mais um pouco.

Suas sobrancelhas formaram arcos escuros sobre os olhos.

– Desculpe. Prince planejou uma pantomima para o flutuador que desce na ilha à meia-noite. Preciso me trocar.

Uma das prateleiras aproximou-se dele. Antes que pudesse reagir à temperatura de seu corpo e flutuar para longe, Lorq pegou uma garrafa de bebida do painel de vidro com nervuras.

– Está com pressa? – Ele ergueu a garrafa. – Quero descobrir quem você é, o que faz, o que pensa. Quero te contar tudo sobre mim.

– Desculpe.

Ela se virou para o elevador em espiral que a levaria até a sacada.

A risada de Lorq a fez estacar. Virou-se lentamente para ver o que havia causado aquela reação.

– Ruby?

E continuou virando até que ela o encarou novamente.

Lorq atravessou o piso e pôs as mãos no tecido macio que caía sobre os ombros de Ruby. Seus dedos se fecharam nos braços dela.

– Ruby Red. – Sua inflexão trouxe perplexidade ao rosto dela. – Vamos embora daqui. Podemos ir para outra cidade, para outro mundo, sob outro sol. As constelações que vê aqui não são tediosas? Conheço um mundo onde as constelações são chamadas Cria da Porca Louca, Lince Maior e Menor, Olho de Vahdamin.

Ela pegou dois copos de uma prateleira que passava.

– Você está meio altinho, certo? – Então ela sorriu. – Não sei o que tomou, mas combina com você.

– Você vem?

– Não.

– Por que não? – Ele derramou o espumante âmbar em copos minúsculos.

Ela lhe entregou o copo enquanto ele deixava a garrafa em outra prateleira que passava.

– Primeiro porque seria terrivelmente grosseiro... não sei como vocês fazem isso em Arca... uma anfitriã sair correndo de sua festa antes da meia-noite.

– Depois da meia-noite, então?

Ela tomou um gole da bebida e torceu o nariz (ele ficou surpreso, chocado que sua pele tão lisa pudesse carregar algo tão humano quanto rugas).

– Segundo, Prince está planejando esta festa há meses, e não quero aborrecê-lo por não aparecer quando prometi que apareceria.

Lorq tocou a bochecha da moça com os dedos.

Os olhos dela saltaram da borda do copo para se fixar nos dele.

– Terceiro... Sou a filha de Aaron Red, e você é o filho moreno, de cabelos ruivos, alto e bonito – ela se virou – de um ladrão loiro!

Ela afastou o braço quente dos dedos dele, cujas pontas sentiram o ar frio.

Lorq pousou a palma da mão no rosto de Ruby e deslizou os dedos em seu cabelo. Ela afastou a mão e entrou no elevador em espiral. Ao subir, ela acrescentou:

– E lhe falta orgulho ao deixar Prince zombar de você do jeito que ele faz.

Lorq pulou na borda do elevador quando ele deu a volta. Ela deu um passo para trás, surpresa.

– O que significa, afinal, toda essa conversa de ladrões, pirataria e zombarias? – Ele mostrou certa irritação, não em relação a ela, mas por conta da confusão que ela causou. – Não entendo e não sei se que quero entender. Não sei como é na Terra, mas em Arca não se tira sarro de seus convidados.

Ruby olhou para seu copo, para os olhos de Lorq e de volta para seu copo.

– Sinto muito. – E voltou a olhar para os olhos dele. – Saia daqui, Lorq. Prince estará aqui em alguns minutos. Não deveria ter trocado uma única palavra com você...

– Por quê? – A sala girava, como se estivesse caindo. – Com quem você deve falar, com quem não deve? Não sei o que traz tudo isso à tona, mas você está falando como se fôssemos pessoas comuns. – Ele riu de novo, um som lento e baixo no peito, que subiu e sacudiu seus ombros. – Você não é Ruby Red? – Ele a pegou pelos ombros e a puxou para a frente. Por um momento, os olhos azuis dela faiscaram. – E leva a sério toda essa bobagem que as pessoas comuns dizem?

– Lorq, é melhor você...

– Eu sou Lorq Von Ray! E você é Ruby, Ruby, Ruby Red!

O elevador já havia passado pela primeira sacada.

– Lorq, por favor. Preciso ir...

– Você tem que vir comigo! Vai cruzar as fronteiras de Draco comigo, Ruby? Vai para Arca, onde você e seu irmão nunca estiveram? Ou venha comigo para São Orini. Há uma casa lá que você lembraria se a visse, bem na borda da galáxia. – Eles subiram pela segunda sacada, girando em direção à terceira. – Vamos brincar atrás do bambuzal, nas línguas dos lagartos de pedra...

Ela gritou, porque o vidro com nervuras atingiu o teto do elevador e se estilhaçou, fazendo chover fragmentos sobre eles.

– Prince!

Ela se afastou de Lorq e olhou para baixo, sobre a borda do elevador.

– FIQUE LONGE DELA! – A luva prateada arrancou outra prateleira do campo de indutância, fazendo-a flutuar pela sala, e a atirou na direção deles. – Seu maldito, seu... – A voz rouca silenciou em meio à sua raiva, em seguida falhou: – Saia *daqui*!

O segundo disco passou sibilando pelos ombros deles e estourou no fundo da sacada. Lorq ergueu o braço para afastar os cacos.

Prince correu até a escada que ficava ao lado esquerdo da câmara em camadas. Lorq correu do elevador pela sacada acarpetada até chegar ao topo da mesma escada, com Ruby atrás dele, e começou a descer.

Eles se encontraram na primeira sacada. Prince agarrou os dois corrimãos, ofegante de fúria.

– Prince, que diabos está acontecendo...?

Prince saltou para cima dele. A luva prateada bateu na grade onde Lorq havia parado. A barra de latão cedeu, o metal se partiu.

– Ladrão! Traidor! – sibilou Prince. – Assassino! Lixo...

– Do que você está falando...?

– ... filho da escória. Se tocar minha... – Seu braço atacou novamente.

– Não, Prince! – gritou Ruby.

Lorq saltou da sacada e caiu mais de três metros até o chão. Ele aterrissou, caindo de quatro em um foco de luz vermelha que desvaneceu e se tornou amarela, mudando de repente para um verde-pálido. Ruby gritou de novo:

– Lorq...!

Ele girou, rolando no multicroma. Viu Ruby perto do corrimão com as mãos sobre a boca, então, Prince pulou o corrimão, pairou no ar e caiu em cima de Lorq. Prince atingiu a cabeça de Lorq com seu punho de prata.

Crack!

Lorq cambaleou para trás e tentou recuperar o fôlego. Prince ainda estava no chão.

O multicroma se despedaçou com o golpe da luva. Rachaduras se abriram por um metro a partir do centro do impacto. O padrão havia congelado em um raio de sol.

– Você... – começou Lorq. As palavras falharam com seu suspiro. – Você e Ruby estão loucos...?

Prince caiu de joelhos. Fúria e dor fizeram seu rosto se contorcer, indignado. Seus lábios tremiam sobre os dentes pequenos, as pálpebras sobre os olhos turquesa.

– Seu palhaço, seu porco... Você vem para a Terra e se atreve a colocar as mãos... as *mãos* na minha...

– Prince, *por favor*! – A voz dela ficou tensa acima deles. Angustiada. Sua beleza violenta estilhaçou-se com um grito.

Prince ficou de pé, pegou outra prateleira flutuante. E a jogou, berrando.

Lorq gritou ao sofrer um corte no braço e se chocou contra as portas da varanda atrás de si.

O ar mais frio varreu a sala enquanto os painéis balançavam. Risos brotaram da rua.

– Vou te alcançar, vou te pegar e... – Prince correu na direção de Lorq. – E vou acabar com você!

Lorq virou-se, pulou para o portão de ferro forjado e se chocou contra a multidão.

Houve gritaria quando ele saiu correndo. Mãos bateram em seu rosto, empurraram seu peito, agarraram seus braços. Os gritos – e as risadas – aumentaram. Prince o seguiu.

– Quem são...? Ei, cuidado...

– Estão lutando! Olha, é o Prince...

– Segura! Segura! O que estão...?

Lorq separou-se da multidão e bateu na balaustrada. Por um momento, a ondulação do Sena e as rochas molhadas estavam a seus pés. Ele se afastou e se virou para olhar.

– Me *soltem*! – A voz de Prince sobressaiu feito um uivo entre a multidão. – Soltem minha mão! Minha *mão*, soltem minha mão!

Lembranças surgiram, sacudindo-o. O que antes era confusão agora era medo.

Ao lado dele, degraus de pedra levavam à margem do rio. Lorq fugiu para baixo e ouviu outros atrás dele quando chegou ao último degrau.

Em seguida, luzes foram projetadas sobre seus olhos. Lorq balançou a cabeça. A luz atravessava o calçamento molhado, a parede de pedra coberta de musgo ao lado dele... alguém tinha virado um holofote para observar a confusão.

– Soltem minha... – Ele ouviu a voz de Prince, mais alta que as outras. – Vou pegá-lo!

Prince desceu correndo os degraus, e reflexos vinham das rochas. Ele se equilibrou no último degrau, apertando os olhos pelo rio iluminado.

Seu colete tinha sido rasgado no ombro. Na briga, havia perdido a luva comprida.

Lorq recuou.

Prince ergueu o braço: malha de cobre e condensadores cravejados de pedras preciosas entrelaçadas em osso de metal preto, engrenagens zumbiam na estrutura transparente.

Lorq deu outro passo para trás.

Prince saltou.

Lorq esquivou-se para a parede; os corpos dos dois jovens giraram.

Os convidados lotaram a sacada, se acotovelando na balaustrada. Raposas e lagartos, águias e insetos disputavam espaço ombro a ombro para assistir à contenda. Alguém tropeçou no holofote e o reflexo invertido na água tremeu.

– Ladrão! – O peito estreito de Prince estremeceu em um espasmo. – Pirata! – Um foguete explodiu no alto. A explosão soou depois. – Você é um lixo, Lorq Von Ray! É menos que...

Nesse momento, Lorq atacou.

A raiva estalou no peito, nos olhos, nas mãos. Um punho atingiu a lateral da cabeça de Prince, outro acertou a barriga. Ele avançou, o orgulho explodindo, uma fúria provocada pela perplexidade, a humilhação palpável entrecortando sua respiração enquanto lutava sob os olhares de espectadores fantásticos. Ele atacou novamente, sem saber onde.

O braço protético de Prince ergueu-se violentamente.

Ele atingiu Lorq no queixo, os dedos brilhando. Esmagou pele, raspou osso, foi subindo, abrindo lábio e bochecha e testa. Gordura e músculo expostos.

Lorq gritou com a boca ensanguentada e desmaiou.

– Prince! – Ruby (que fora quem acendera a luz, lutando para ver a disputa entre os dois) estava encostada à parede. Seu vestido vermelho e os cabelos escuros balançavam ao vento do rio. – Prince, *não*!

Ofegante, Prince deu um passo atrás, depois outro. Lorq estava deitado, de bruços, um braço na água. Abaixo da cabeça, o sangue manchava a pedra.

Prince virou-se com ímpeto e subiu os degraus. Alguém virou o holofote de volta. As pessoas que observavam do cais do outro lado do Sena foram iluminadas por um momento. Então, a luz continuou a subir, fixando-se no prédio.

As pessoas se afastaram da balaustrada.

Alguém começou a descer os degraus, confrontando Prince. Depois de um segundo, se virou. O rosto de um rato de plástico se afastou da balaustrada. Alguém guiou seu ombro de vinil transparente para fora dali. Músicas de uma dúzia de eras soavam por toda a ilha.

A cabeça de Lorq balançava ao lado da água escura. O rio puxou seu braço.

De repente, um leão desceu pela parede e caiu descalço na pedra. Um grifo desceu correndo os degraus e caiu de joelhos ao lado de Lorq.

Dan arrancou a cabeça falsa e a jogou contra os degraus. Ela deu um estalo oco e rolou um pouco para longe. A cabeça do grifo se foi pelo mesmo caminho.

Brian virou o corpo de Lorq.

Dan se engasgou com a própria respiração e depois a soltou com um silvo.

– Parece que ele moeu você, hein, capitão?

– Dan, temos que chamar a patrulha ou algo assim. Eles não podem fazer uma coisa dessas!

As sobrancelhas desgrenhadas de Dan se arquearam.

– O que faz você pensar que não, hein, Brian? Trabalhei para desgraçados com bem menos dinheiro do que a Red--shift, e eles faziam pior.

Lorq gemeu.

– Uma unidade médica! – disse Brian. – Onde vamos conseguir uma unidade médica aqui?

– Ele não está morto – retrucou Dan. – Vamos levá-lo para a nave. Quando acordar, vou receber meu pagamento e sair deste maldito planeta! – Ele olhou para o rio das torres gêmeas de Notre-Dame até a margem oposta. – A Terra não é grande o suficiente para conter a mim e a Austrália ao mesmo tempo. Não vejo a hora de partir.

Ele colocou um braço sob os joelhos de Lorq, o outro embaixo dos ombros, e se levantou.

– Vai levá-lo sozinho?

– Você consegue pensar em outra maneira?

Dan virou-se para as escadas.

– Mas deve haver... – Brian seguiu. – Temos que...

Algo sibilou na água. Brian olhou para trás.

A proa de um barco raspou na margem.

– Para onde está levando o capitão Von Ray? – perguntou Ruby, no banco da frente da embarcação, agora usando uma capa escura.

– De volta ao iate, madame – disse Dan. – Parece que ele não é bem-vindo aqui.

– Traga-o para o barco.

– Acho que não devemos deixá-lo nas mãos de ninguém deste mundo.

– Você é da tripulação dele?

– Isso mesmo – disse Brian. – Está pensando em levá-lo ao médico?

– Eu ia levá-lo ao Campo de Blau. Vocês deveriam sair da Terra o mais rápido possível.

– Concordo plenamente – disse Dan.

– Coloque-o ali atrás. Tem um kit de primeiros socorros embaixo do assento. Veja se consegue parar o sangramento.

Brian subiu a bordo e enfiou a mão embaixo do assento entre os trapos e as correntes para retirar uma caixa de plástico. O barco afundou mais um pouco quando Dan subiu também. No banco da frente, Ruby pegou o fio de controle e o conectou ao pulso. Eles avançaram, sibilando. O pequeno barco ergueu-se sobre os borrifos dos hidrofólios e acelerou. Pont Saint-Michel, Pont Neuf e Pont des Arts projetavam suas sombras no barco. Paris brilhava às margens.

Minutos depois, as escoras da Torre Eiffel destacaram-se entre os prédios à esquerda, iluminadas pela noite. À direita, acima das pedras inclinadas e atrás dos sicômoros, os últimos notívagos caminhavam sob as lâmpadas ao longo da Allée des Cygnes.

Federação das Plêiades, Arca, Nova Arca, 3162

– Tudo bem – disse o pai dele. – Vou contar.

– Acho que devo fazer alguma coisa em relação a essa cicatriz – disse a imagem da mãe na coluna de visualização. – Já se passaram três dias, e quanto mais ele deixa a cicatriz...

– Se quiser sair por aí parecendo que foi atropelado por uma nave, o problema é dele – disse o pai. – Agora eu quero responder à pergunta que ele fez. – Então se virou para Lorq. – Mas, para isso – ele caminhou até o muro e contemplou a cidade –, tenho que falar um pouco de história. Não o que você aprendeu em Causby.

Era pleno verão em Arca.

O vento lançava nuvens cor de salmão no céu além das paredes de vidro. Quando uma rajada era muito forte, os veios azuis das íris na parede a barlavento se contraíam em mandalas brilhantes, depois se dilatavam quando os ventos de cento e trinta quilômetros por hora passavam.

Os dedos da mãe, escuros e cravejados de joias, se moviam na borda de sua xícara.

O pai botou as mãos para trás enquanto observava nuvens se desfazerem em farrapos e se afastarem de Tong.

Lorq recostou-se no espaldar da cadeira de mogno, esperando.

– O que lhe parece o fator mais importante na sociedade de hoje?

Lorq arriscou, depois de um momento:

– A falta de uma tradição cultural sólida...?

– Esqueça Causby. Esqueça as coisas que as pessoas balbuciam umas com as outras quando sentem que precisam dizer algo profundo. Você é um jovem que, um dia, poderá controlar uma das maiores fortunas da galáxia. Se eu lhe fizer uma pergunta, quero que se lembre de quem você é quando me responder. Esta é uma sociedade na qual metade de um produto, qualquer que seja, pode ser cultivado em um mundo, e a outra metade extraída a mil anos-luz de distância. Na Terra, dezessete das centenas de elementos possíveis compõem noventa por cento do planeta. Pegue qualquer outro mundo e você encontrará uma dúzia diferente de noventa a noventa e nove por cento. Existem duzentos e sessenta e cinco mundos e satélites habitados nos cento e dezessete sistemas solares que compõem Draco. – Aqui na Federação, temos três quartos da população de Draco espalhados por trezentos e doze mundos. Os quarenta e dois mundos povoados das Colônias Exteriores...

– Transporte – disse Lorq. – Transporte de um mundo para o outro. É isso que quer dizer?

Seu pai recostou-se à mesa de pedra.

– Na verdade, o *custo* do transporte. E, por muito tempo, o maior fator no custo do transporte foi o ilírion, a única maneira de obter energia suficiente para lançar naves entre mundos, entre as estrelas. Quando meu avô tinha a sua idade, o ilírion era fabricado artificialmente, alguns bilhões de átomos de cada vez, a um grande custo. Naquela época, outras estrelas foram descobertas, mais jovens, muito mais distantes do centro galáctico cujos planetas ainda possuíam quantidades diminutas de ilírion natural. E foi somente depois que você nasceu que as operações de mineração em grande escala foram viáveis nos planetas que agora compõem as Colônias Exteriores.

– Lorq sabe de tudo isso – disse sua mãe. – Acho que ele deveria...

– Sabe por que a Federação das Plêiades é uma entidade política separada de Draco? Sabe por que as Colônias Exteriores em breve serão uma entidade política separada de Draco ou das Plêiades?

Lorq olhou para o joelho, para o dedão, para o outro joelho.

– Você está me fazendo perguntas sem responder as minhas, pai.

Seu pai respirou fundo.

– Estou tentando! Antes que houvesse qualquer colonização nas Plêiades, a expansão por toda a Draco foi realizada por governos nacionais na Terra, ou por corporações, comparáveis à Red-shift Transportes, corporações e governos que podiam arcar com o custo inicial do transporte. As novas colônias foram subsidiadas, operadas pela Terra e são de propriedade do planeta. Tornaram-se parte da Terra, e a Terra se tornou o centro de Draco. Naquela época, um dos problemas técnicos que estavam sendo resolvidos pelos primeiros engenheiros da Red-shift Transportes era a construção de naves espaciais com faixas de frequência mais sensíveis que poderiam negociar as áreas comparativamente "empoeiradas" do espaço, como as nebulosas interestelares flutuantes, e em regiões de densa população estelar, como as Plêiades, onde havia uma concentração muito maior de matéria interestelar descartada. Uma nebulosa de redemoinho ainda causa problemas ao seu pequeno iate. Teria imobilizado completamente uma nave construída há duzentos e cinquenta anos. Quando a exploração estava apenas começando nas Plêiades, seu tataravô estava muito ciente do que acabei de lhe dizer: o custo do transporte é o fator mais importante em nossa sociedade. E dentro das próprias Plêiades, o custo do transporte é substancialmente menor do que em Draco.

Lorq franziu a testa.

– Você quer dizer que as distâncias...?

– O setor central das Plêiades tem apenas trinta anos-luz de diâmetro e oitenta e cinco de comprimento. Cerca de trezentos sóis estão amontoados nesse espaço, muitos deles com menos de um ano-luz de distância. Os sóis de Draco estão espalhados por um braço inteiro da galáxia, quase dezesseis mil anos-luz de ponta a ponta. Há uma grande diferença de custo quando você só precisa pular pequenas distâncias dentro do aglomerado das Plêiades em comparação com as enormes extensões de Draco. Então, um tipo diferente de pessoa estava entrando nas Plêiades: grupos comunitários de colonos, pequenas empresas que queriam prosperar e se movimentar com tudo que podiam, até mesmo cidadãos comuns, ricos, mas particulares mesmo assim. Seu tataravô veio aqui com três naves comerciais cheias de sucata, abrigos pré-fabricados para calor e frio, mineração descartada e equipamentos agrícolas para toda uma ampla variedade de climas. A maior parte ele recebeu para tirar de Draco. Dois cargueiros foram roubados, aliás. Ele também se apropriou de alguns canhões atômicos. Percorreu todas as novas colônias e ofereceu seus produtos. E todos compravam dele.

– Ele os obrigava a comprar ameaçando com canhões?

– Não. Também ofereceu um serviço gratuito que fazia valer a pena comprar a sucata dele. Veja bem, o fato de que os custos de transporte eram mais baixos não impediu que os governos e grandes corporações tentassem entrar. Qualquer nave que viesse com um nome multimilionário de Draco, qualquer emissário de algum monopólio de Draco tentando expandir para novos territórios, meu bisavô as explodia.

– Ele as saqueava também? – perguntou Lorq. – Recolhia os despojos?

– Ele nunca me contou. Só sei que teve uma visão, uma visão egoísta, mercenária e egocêntrica que implementava da maneira que fosse possível, à custa de qualquer um. Durante os anos de formação de sua existência, não permitiu que as Plêiades se tornassem uma extensão de Draco. Via na independência das Plêiades uma chance de se tornar o homem mais poderoso de uma entidade política que um dia poderia rivalizar com Draco. Antes de meu pai ter a sua idade, o bisavô havia conseguido.

– Ainda não entendo o que isso tem a ver com a Red-shift.

– A Red-shift foi uma das megaempresas que mais se esforçaram para entrar nas Plêiades. Tentou reivindicar direitos sobre as minas de tório que agora estão sendo exploradas pelo pai de seu colega, o doutor Setsumi. Tentaram produzir líquens de plástico em Círculo IV. Repetidamente vovô os explodia pelos ares. A Red-shift é transporte, e quando o custo do transporte cai em comparação com o número de naves fabricadas, ela se sente estrangulada.

– E por isso Prince Red pode nos chamar de piratas?

– Algumas vezes, Aaron Red I (o pai de Prince é Aaron Red III) enviou alguns de seus sobrinhos mais arrogantes para liderar as expedições às Plêiades. Três deles, creio. Nunca voltaram. Mesmo na época do meu pai, a rixa era praticamente uma questão pessoal. Houve retaliação, e foi muito além da declaração de soberania que a Federação das Plêiades fez no ano 26. Um dos meus projetos pessoais quando era jovem e tinha sua idade era acabar com isso. Meu pai deu muito dinheiro para Harvard na Terra, construiu um laboratório para eles e depois me mandou para a faculdade. Me casei com sua mãe, natural da Terra, e passei um bom tempo conversando com Aaron, o pai de Prince. Não foi muito difícil, uma vez que a soberania das Plêiades era um fato aceito há uma geração, e a Red-shift muito tempo antes havia parado de se sentir ameaçada por nós. Meu pai comprou a mina de ilírion em Nova Brasília quando as operações de mineração estavam apenas começando nas Colônias Exteriores, principalmente como uma desculpa para ter algum motivo para lidar formalmente com a Red-shift. Nunca mencionei essa disputa porque pensei que não havia necessidade.

– Então Prince é simplesmente louco, me atacando por uma rixa antiga que você e Aaron resolveram antes de nascermos.

– Não posso comentar sobre a sanidade de Prince. Mas uma coisa você deve ter em mente: qual é o maior fator que afeta o custo do transporte hoje?

– As minas de ilírion nas Colônias Exteriores.

– A Red-shift está se sentindo sufocada de novo – disse seu pai. – Entende?

– É óbvio que minerar ilírion é muito mais barato do que fabricá-lo.

– Mesmo que seja necessário conectar uma população de milhões e milhões. Mesmo que três dúzias de empresas concorrentes de Draco e das Plêiades tenham aberto minas em todas as Colônias Exteriores e subsidiado vastas migrações de mão de obra de toda a galáxia. O que lhe parece diferente na configuração das Colônias Exteriores em oposição a Draco e às Plêiades?

– Eles têm, comparativamente, todo o ilírion que querem ali mesmo.

– Sim. Mas tem algo mais: Draco foi desenvolvida pelas classes vastamente endinheiradas da Terra. Já as Plêiades foram povoadas por um movimento de classe média. Embora as Colônias Exteriores tenham sido motivadas por aqueles com dinheiro tanto nas Plêiades quanto em Draco, a população das colônias vem dos estratos econômicos mais baixos da galáxia. A combinação da diferença cultural... e não me importo com o que seus professores de estudos sociais em Causby digam... e da diferença no custo do transporte é o que garante a eventual soberania das Colônias Exteriores. E, de repente, a Red-shift vai atacar qualquer um que bote as mãos no ilírion de novo. – Ele apontou para o filho. – Você foi atacado.

– Mas só temos uma mina de ilírion. Nosso dinheiro vem do controle de dezenas de tipos diferentes de negócios em todas as Plêiades, alguns deles em Draco agora... a mina em São Orini é uma ninharia...

– Verdade. Mas já observou os negócios que *não* administramos?

– Como assim, pai?

– Temos muito pouco dinheiro investido em abrigos ou na produção de alimentos. Vendemos computadores, pequenos componentes técnicos; fazemos a carcaça para baterias de ilírion, plugues e soquetes; iniciamos importantes operações de mineração em outras áreas. A última vez que vi Aaron, numa viagem recente, eu disse a ele, de brincadeira, é claro: "Sabia que, se o preço do ilírion caísse para apenas metade do preço atual, em um ano eu poderia estar fabricando naves espaciais por *menos* da metade do preço que você as fabrica?" E sabe o que ele me disse, brincando?

Lorq fez que não com a cabeça.

– "Sei disso há dez anos."

A imagem de sua mãe deixou a xícara de lado.

– Acho que você *precisa* dar um jeito no seu rosto. Você é um menino tão bonito, Lorq, faz três dias desde que aquele australiano o trouxe de volta para casa. Essa cicatriz vai...

– Dana – interrompeu o pai. – Lorq, consegue pensar em alguma maneira de baixar o preço do ilírion pela metade?

Lorq franziu a testa.

– Por quê?

– Calculei que, no ritmo atual de expansão, em quinze anos, as Colônias Exteriores serão capazes de reduzir o custo de ilírion em quase um quarto. Durante esse período, a Red-shift vai tentar nos liquidar. – Ele fez uma pausa. – Vão tentar tirar todas as posses dos Von Ray e, por fim, destruir toda a Federação das Plêiades. É uma queda imensa. A única maneira de sobrevivermos é nos antecipando; e a única maneira de fazer isso é descobrir uma forma de reduzir o

preço do ilírion pela metade antes que caia três quartos... e começar a construir essas naves. – Seu pai cruzou os braços.
– Não queria te envolver nisso, Lorq. Pensei que esse assunto estivesse encerrado. Mas acontece que Prince assumiu a responsabilidade de dar o primeiro golpe em você. É justo que saiba o que está acontecendo.

Lorq estava olhando para as próprias mãos. Depois de um tempo, ele disse:

– Vou revidar.

– Não – disse sua mãe. – Essa não é a maneira de lidar com isso, Lorq. Você não pode se vingar de Prince. Não pode pensar em se vingar de...

– Não vou me vingar. – Ele se levantou e caminhou até as cortinas. – Mãe, pai, vou sair.

– Lorq – disse seu pai, descruzando os braços –, não quero preocupá-lo. Só queria que soubesse...

Lorq afastou as cortinas de brocado.

– Estou indo para a *Caliban*. Tchau.

A cortina balançou.

– Lorq...

Seu nome era Lorq Von Ray e ele morava no Extol Park, nº 12, em Arca, a capital da Federação das Plêiades. Caminhou ao lado da estrada. Através dos escudos de vento, os jardins de inverno da cidade floresciam. As pessoas olhavam para ele. Era por causa da cicatriz. Ele estava pensando no ilírion. As pessoas olhavam, depois desviavam o rosto quando o viam olhar de volta. Ali, na capital das Plêiades, ele era o centro das atenções, um foco. Certa vez, tentou calcular a quantidade de dinheiro que seus parentes mais próximos manejavam. Bilhões estavam concentrados nele, pensou enquanto caminhava pelos escudos transparentes das ruas cobertas de Arca, ouvindo os líquens lustrosos gemerem nos jardins de inverno. Uma em cada cinco pessoas na rua – como um dos contadores de seu pai os informou – recebia um salário, direta ou indiretamente, dos Von Ray. E a Red-shift estava se preparando para declarar guerra a toda a estrutura que era dos Von Ray, centrada em torno dele, como herdeiro da família. Em São Orini, animais semelhantes a lagartos com crinas de penas brancas vagavam e assobiavam nas selvas. Os mineiros os capturavam, deixavam famintos e depois jogavam no fosso para que os animais brigassem entre si e eles pudessem fazer apostas. Muitos milhões de anos antes, os ancestrais daqueles lagartos de um metro de altura eram enormes feras de cem metros, e a raça inteligente que habitava Nova Brasília os adorava, esculpindo cabeças de pedra em tamanho natural nas fundações de seus templos. Mas essa raça foi extinta. E os descendentes dos deuses daquela raça, diminuídos pela evolução, eram ridicularizados nas minas por mineiros bêbados enquanto se arranhavam, guinchavam e mordiam. E ele era Lorq Von Ray. E, de uma forma ou de outra, o preço do ilírion teria que ser reduzido pela metade. O mercado poderia ser inundado com o produto. Mas aonde deveria buscar o que talvez fosse a substância mais rara do universo? Impossível voar para o centro de um sol e coletá-lo daquela fornalha onde todas as substâncias da galáxia são derretidas em unidades de quatro a partir de matéria nuclear bruta. Ele captou seu reflexo em uma das colunas espelhadas e parou pouco antes do desvio para Nea Limani. A fissura deslocou suas feições, lábios cheios, olhos amarelos. Mas onde a cicatriz abria uma fenda na barba vermelha crespa, ele notou algo. O novo pelo que crescia era da mesma cor e textura do pai, macio e amarelo como uma chama.

Onde conseguir tanto ilírion? (Ele se afastou da coluna espelhada.) *Onde?*

– Você está me perguntando, capitão? – Da plataforma giratória no chão, Dan ergueu a caneca até o joelho de Lorq. – Se eu soubesse, não estaria vagando por este campo agora. – Ele estendeu a mão, pegou a alça da caneca que pendia dos dedos dos pés e bebeu metade. – Obrigado pela bebida. – Com o pulso, esfregou a boca, a barba por fazer, com um bigode de espuma. – Quando você vai dar um jeito nesse rosto...?

Mas Lorq estava recostado no banco, olhando através do teto. As luzes sobre o campo permitiam que apenas uma centena das estrelas mais brilhantes fossem vistas. No teto, a íris caleidoscópica do vento estava se fechando. Centrado entre as pás azuis, roxas e vermelhas havia uma estrela.

– Olha, capitão, se quiser subir para a sacada...

No segundo andar do bar, visível através da queda d'água, os oficiais do cargueiro e alguns tripulantes da nave se misturavam com esportistas que discutiam as condições cósmicas e as atuais. O andar inferior estava cheio de mecânicos e acopladores comerciais. Em um dos cantos, jogavam cartas.

– Tenho que arranjar um emprego, capitão. Me deixar dormir na câmara anterior da *Caliban* e depois me embebedar todas as noites não ajuda muito. Preciso libertar você.

O vento passou novamente; a íris estremeceu ao redor da estrela.

– Dan, você já notou que cada estrela, enquanto viajamos entre elas, é uma fornalha onde os próprios mundos do império são fundidos? – refletiu Lorq. – Cada elemento entre as centenas é fundido a partir de sua matéria nuclear central. Veja aquela ali... – Ele apontou para o teto transparente. – ... ou qualquer outra: ouro está se fundindo lá agora, rádio, nitrogênio, antimônio, em quantidades enormes, maiores que Arca, maiores que a Terra. E há ilírion lá também, Dan. – Ele riu. – Suponha que haja alguma maneira de mergulhar em uma dessas estrelas e extrair uma carga de qualquer coisa que eu queira. – Ele riu novamente; o som ficou preso em seu peito, onde a angústia, o desespero e a fúria se fundiram. – Suponha que pudéssemos ficar à beira de uma estrela que se transformou em nova e esperar que ela lance o que estamos procurando, e que pudéssemos pegá-lo em plena incandescência, no exato momento da explosão... mas uma nova é uma implosão, não uma explosão, não é, Dan?

Brincando, ele empurrou o ombro do acoplador. A bebida na caneca transbordou.

– Eu já estive em uma nova, capitão. – Dan lambeu as costas da mão.

– Sério? – Lorq pressionou a cabeça contra a almofada do banco. A estrela com auréola cintilou.

– Uma nave em que eu estava encontrou uma nova... talvez uns dez anos atrás.

– *Aposto* que ficou feliz por não ter estado lá.

– Fiquei. Além disso, nós saímos.

Lorq abaixou os olhos.

Dan sentou-se no banco verde, cotovelos pontudos sobre os joelhos; as mãos envolveram a caneca.

– Saíram?

– Sim. – Dan olhou para o ombro, onde o cordão quebrado do colete estava amarrado de qualquer maneira. – Caímos nela e saímos.

A perplexidade estava estampada no rosto de Lorq.

– Olha, capitão! Você está com uma cara assustadora, *viu*?

Já era a quinta vez que Lorq observara o rosto no espelho, pensando que tinha certa expressão, e descobrira que a cicatriz a convertia em algo totalmente espantoso.

– O que aconteceu, Dan?

O australiano olhou para sua caneca. Só havia espuma no fundo.

Lorq pressionou a placa de pedidos no braço da bancada. Mais duas canecas circularam em direção a eles com espuma se dissolvendo.

– Exatamente do que eu precisava, capitão. – Dan estendeu o pé. – Uma para você. Aqui está. E uma para mim.

Lorq tomou um gole de sua bebida e esticou os pés para descansar nos saltos da sandália. Nada se movia em seu rosto, nada se movia sob a superfície.

– Conhece o Instituto Alkane? – Dan aumentou a voz para se fazer ouvir entre aplausos e risos vindo da direção em que dois mecânicos começaram a lutar no trampolim. Os espectadores balançavam suas bebidas. - Vorpis, em Draco, tinha um grande museu com laboratórios e tudo mais, e lá estudam coisas como novas.

- Minha tia é uma das curadoras. - A voz de Lorq era profunda, as palavras rompiam os gritos.

- Sério? Bem, eles enviam pessoas toda vez que recebem relatórios de que uma estrela está mudando...

- Olha! Ela ganhando está!

- Não! Ele do braço dela puxa, olha!

- Ei, Von Ray, quem o homem ou a mulher que vai ganhar você acha?

Um grupo de oficiais desceu a rampa para assistir à partida. Um deles deu um tapinha no ombro de Lorq, depois virou a mão. Na palma da mão, havia uma nota de dez libras @sg.

- Esta noite apostas não farei. - Lorq afastou a mão convidativa.

- Lorq, eu o valor na mulher dobro...

- Amanhã seu dinheiro vou pegar - disse Lorq. - Agora você vai.

O jovem oficial deu um muxoxo e passou o dedo pelo rosto, olhando para os companheiros e baixando a cabeça.

Mas Lorq estava esperando que Dan continuasse a história.

Dan parou de olhar para a luta.

- Parece que um cargueiro se perdeu na maré e notou algo estranho acontecendo com as linhas espectrais de alguma estrela a alguns solares de distância. As estrelas são quase hidrogênio puro, claro, mas houve um grande acúmulo de substâncias pesadas nos gases da superfície; isso significa que algo estranho estava acontecendo. Quando finalmente encontraram o rumo, relataram a condição da estrela à sociedade cartográfica do Alkane, que adivinhou o que era: a formação de uma nova. Como a composição de uma estrela não muda em uma nova, não é possível estudá-la por meio de espectroanálise ou algo semelhante. O Alkane enviou uma equipe para observar a estrela. Estudaram umas vinte ou trinta nos últimos cinquenta anos. Colocaram anéis de estações de controle remoto tão perto da estrela quanto Mercúrio está do Sol; eles enviam imagens televisionadas da superfície da estrela. Essas estações queimam no segundo em que o sol se põe. Colocam anéis de estações cada vez mais distantes que enviam relatórios de tudo a cada segundo. Depois de uma semana-luz, as primeiras estações controladas por homens já estão funcionando; elas também são abandonadas por outras mais distantes assim que a nova se torna ativa. Seja como for, eu estava em uma nave que deveria trazer suprimentos para uma dessas estações tripuladas que estavam esperando o sol explodir. Você sabe que o tempo real que leva para o sol ir de seu brilho normal para a magnitude máxima vinte ou trinta mil vezes mais brilhante é apenas cerca de duas ou três horas.

Lorq assentiu com a cabeça.

– Eles ainda não conseguem determinar exatamente quando uma nova que estão observando vai desaparecer. Agora, não entendo exatamente, mas de alguma forma o sol para o qual estávamos indo subiu pouco antes de chegarmos à nossa estação de parada. Talvez tenha sido uma reviravolta no próprio espaço, ou uma falha de instrumentos, mas ultrapassamos a estação e fomos diretamente para o sol, durante a primeira hora de implosão.

Dan abaixou a cabeça para sugar a espuma.

– Tudo bem – disse Lorq. – Pelo calor, você deveria ter sido atomizado antes de estar tão perto da estrela quanto Plutão está do Sol. Deveria ter sido esmagado pelo impacto físico real. As marés gravitacionais deveriam tê-lo deixado em pedaços. A quantidade de radiação à qual a nave foi exposta deveria ter, primeiro, destruído todos os compostos orgânicos da nave e, segundo, fissionado cada átomo em hidrogênio ionizado...

– Capitão, posso facilmente pensar em mais sete coisas. As frequências de ionização teriam que... – Dan parou. – Enfim, mas nada disso aconteceu. Nossa nave foi desviada diretamente para o centro do sol... e *saiu* do outro lado. Duas semanas-luz depois, fomos devolvidos sãos e salvos. O capitão, assim que percebeu o que estava acontecendo, botou a cabeça na cabine e desligou todos os nossos escâneres de entrada sensorial, de modo que ficamos cegos. Uma hora depois, ele espiou e ficou muito surpreso ao descobrir que ainda estávamos vivos... ponto final. Mas os instrumentos registraram nosso caminho. Tínhamos atravessado a nova de ponta a ponta. – Dan terminou sua bebida e olhou de soslaio para Lorq. – Capitão, você está com uma cara assustadora de novo.

– Qual é a explicação?

Dan deu de ombros.

– Levantaram muitas hipóteses quando o Alkane nos recolheu. Eles falaram dessas bolhas que explodem na superfície de qualquer sol, duas a três vezes maiores que planetas de tamanho médio, onde a temperatura vai ao mínimo de oitocentos ou mil graus. Esse tipo de temperatura não consegue destruir uma nave. Talvez tenhamos sido pegos em uma dessas e levados pelo sol. Alguém sugeriu que talvez as frequências de energia de uma nova sejam todas polarizadas em uma direção, enquanto algo fez com que as energias da nave se polarizassem em outra, de modo que elas meio que passaram uma pela outra sem se tocar. Mas outras pessoas inventaram diversas teorias para derrubar essas. O que parece mais provável é que, quando o tempo e o espaço são submetidos a tensões tão violentas como as de uma nova, as leis que governam a maquinaria natural da física e os acontecimentos físicos como os conhecemos simplesmente não funcionam direito. – Dan deu de ombros novamente. – Nunca conseguiram desvendar o que de fato aconteceu.

— Olha! Olha, ele ela derrubou!
— Um, dois... não, ela de novo puxa...
— Não! Ele ela pegou! Ele ela pegou!

No trampolim, o mecânico sorridente cambaleou sobre a oponente. Meia dúzia de bebidas já haviam sido trazidas para ele; por costume, ele tinha que beber o máximo que pudesse e o perdedor tomaria o que sobrasse. Outros oficiais desceram para parabenizá-lo e fazer apostas para a próxima partida.

— Eu me pergunto... — Lorq franziu a testa.

— Capitão, sei que não consegue evitar, mas não *deveria* ficar com essa aparência.

— ... me pergunto se o Alkane tem algum registro dessa viagem, Dan.

— Acho que sim. Como disse, já faz uns dez anos.

Mas Lorq estava olhando para o teto. A íris havia se fechado sob o vento que arruinava a noite de Arca. A mandala cobriu completamente a estrela.

Lorq levou as mãos ao rosto. Os lábios retraíram-se enquanto procurava as raízes da ideia que atravessava sua mente. A carne fissurada transformou sua expressão em uma careta de tortura beatífica.

Dan começou a falar novamente. Ele então se afastou, seu rosto barbudo cheio de perplexidade.

Seu nome era Lorq Von Ray. Ele precisava repetir essa frase em silêncio, convencer-se disso pela repetição; porque uma ideia tinha acabado de atravessá-lo. Ao sentar-se, olhando para cima, se sentiu totalmente abalado. Algo vital se abrira tão violentamente quanto o punho de Prince que partiu seu rosto. Ele piscou para ver as estrelas com mais clareza. *Seu nome era...*

Draco (*Roc* em trânsito), 3172

— Sim, capitão Von Ray?

— Recolham as pás laterais.

O Rato as recolheu.

– Estamos atingindo o fluxo constante, pás laterais recolhidas. Lynceos e Idas, façam o primeiro turno de vigilância. O restante de vocês pode ir descansar. – A voz de Lorq retumbou sobre os sons do espaço.

Afastando-se da torrente vermelha na qual pendiam as estrelas carbonizadas, o Rato piscou e olhou ao redor da cabine mais uma vez.

Olga piscou.

O Rato se sentou no sofá para se desconectar.

– Vejo vocês na sala comunal – continuou o capitão. – E, Rato, traga a sua...

CAPÍTULO 4

Draco (*Roc* em trânsito), 3172

O Rato puxou a bolsa de couro de baixo do beliche e pendurou-a no ombro.

– ... sua siringe sensorial.

A porta deslizou para trás e o Rato parou no primeiro dos três degraus acima do carpete azul do salão comunal da *Roc*: uma escada espiralava em uma cortina de sombras; línguas de metal contorciam-se sob as luzes no teto que lançavam lampejos sobre a parede e as folhas dos filodendros diante do mosaico espelhado.

Katin já estava sentado diante do tabuleiro de xadrez 3D e arrumava as peças. Uma torre final estalou em seu canto, e a cadeira de bolhas, um globo de glicerina gelatinosa que se ajustava ao corpo, chacoalhou.

– Tudo bem, quem vai ser o primeiro a jogar comigo?

O capitão Von Ray estava no topo da escada em espiral. Quando começou a descer, uma imagem espelhada espremida se fragmentou pelo mosaico.

– Capitão? – Katin ergueu o queixo. – Rato? Quem aceita jogar primeiro?

Tyÿ e Sebastian entraram pela porta em arco e cruzaram a rampa sobre o laguinho com bordas calcárias que ocupava um terço da sala.

Uma brisa.

A água ondulou.

Sombras pairaram sobre eles.

– Para baixo! – veio a voz de Sebastian.

Seu braço se ergueu e os animais giraram nas alças de aço. As imensas mascotes caíram ao redor dele feito trapos largados.

– Sebastian? Tyÿ? Vocês jogam? – Katin virou-se para a rampa.

– Em outros tempos costumava ser uma paixão para mim, mas perdi o jeito. – Ele olhou para a escada, pegou a torre de novo e examinou o cristal de núcleo preto. – Me diga uma coisa, capitão, estas peças são originais?

Ao pé da escada, Von Ray ergueu as sobrancelhas ruivas.

– Não.

Katin sorriu.

– Ah.

– De que materiais são feitos? – Rato atravessou o tapete e olhou por cima do ombro de Katin. – Nunca tinha visto peças assim antes.

– Um estilo curioso de peças de xadrez – observou Katin. – República de Vega. Mas muitas vezes é visto em móveis e arquitetura.

– Onde fica a República de Vega? – O Rato ergueu um peão: dentro do cristal, um sistema solar, uma joia no centro, circundava um plano inclinado.

– Não fica mais em lugar nenhum. Houve uma insurreição em 2800, quando Vega tentou se separar de Draco. E falhou. A arte e a arquitetura desse período foram retomadas por nossos intelectuais mais artísticos. Suponho que havia algo heroico em todo esse negócio. Certamente se esforçaram ao máximo para ser a última defesa original da autonomia cultural e tudo mais. Mas virou uma espécie de jogo de salão amigável para rastrear influências. – Ele pegou outra peça. – Eu gosto. Não há como negar que havia três músicos de ouro e um poeta incrível. Embora apenas um dos músicos tivesse algo a ver com a insurreição. Mas a maioria das pessoas não sabe disso.

– Você está brincando? – disse o Rato. – Tudo bem. Vou jogar uma partida com você. – Ele deu a volta no tabuleiro de xadrez e sentou-se na bola de glicerina verde. – Qual lado você quer, preto ou amarelo?

Von Ray estendeu a mão por cima do ombro do Rato até o painel de controle que havia emergido no braço da cadeira e apertou um microinterruptor.

As luzes do tabuleiro de jogo se apagaram.

– Hum, por quê...? – O murmúrio rouco do Rato sumiu em um tom descontente.

– Pegue sua siringe, Rato. – Lorq caminhou até a pedra esculpida nos ladrilhos amarelos. – Se eu te pedisse para criar uma nova, Rato, o que você faria?

Sentou-se numa saliência na pedra.

– Não sei. Como assim? – O Rato tirou o instrumento da bolsa. Seu polegar correu a placa de teclas. Os dedos percorreram a placa de indutância; o mindinho balançou na unha manicurada.

– Estou mandando. Crie uma nova.

O Rato fez uma pausa. Então falou "Tudo bem", e sua mão saltou.

Um estrondo rugiu após o lampejo. As cores por trás da visão borrada da pós-imagem, rodopiando em uma esfera cada vez menor, desapareceram.

– Para baixo! – dizia Sebastian. – Para baixo, agora.

Lorq riu.

– Nada mau. Venha cá. Não, traga sua harpa dos infernos. – Ele abriu espaço na rocha. – Me mostre como funciona.

– Quer que lhe ensine como tocar a siringe?

– Isso.

Há expressões que se formam na superfície do rosto; há outras que surgem por dentro, com um tremor leve de lábios e pálpebras.

– Não costumo deixar que mexam na minha siringe.

Lábios e pálpebras tremeram.

– Me mostre.

A boca do Rato formou uma linha. Ele disse:

– Me dê sua mão. – Ao colocar os dedos do capitão na placa de ressonância, uma luz azul piscou diante deles. – Agora, olhe aqui embaixo. – O Rato apontou para a parte da frente da siringe. – Atrás desses três pinos lenticulares estão grades holográficas. Eles se concentram onde a luz azul está e fornecem uma imagem tridimensional. Brilho e intensidade você controla aqui. Mova a mão para a frente.

A luz aumentou...

– Agora para trás.

... e diminuiu.

– Como você consegue fazer uma imagem? – perguntou Lorq.

– Levei um ano para aprender, capitão. Agora, essas cordas controlam o som. Não são notas diferentes, são texturas sonoras diferentes. O tom é alterado movendo os dedos para mais perto ou mais longe. Assim... – Ele dedilhou uma corda de metal e vozes humanas fizeram um *glissando* em discórdia subsônica. – Quer sentir o cheiro do lugar? Volte aqui. Este pino controla a intensidade da imagem. Você pode tornar o conjunto altamente direcional...

– Suponha, Rato, que houvesse o rosto de uma garota que eu quisesse recriar, o som de sua voz dizendo meu nome, o cheiro dela. Agora que tenho sua siringe em minhas mãos... – Ele tirou o instrumento do colo do Rato. – ... o que devo fazer?

– Praticar. Capitão, olhe, de verdade, não gosto que outras pessoas mexam na minha siringe...

Ele estendeu a mão.

Lorq colocou-a fora do alcance do Rato. Em seguida, ele riu.

– Aqui está.

O Rato pegou a siringe e voltou correndo ao tabuleiro de xadrez. Sacudiu a bolsa para abri-la e guardou o instrumento.

– Prática – repetiu Lorq. – Não tenho tempo. Não se eu tiver que vencer Prince Red na corrida até aquele ilírion.

– Capitão Von Ray?

Lorq olhou para cima.

– Vai nos explicar o que está acontecendo?

– O que quer saber?

A mão de Katin estava pairando sobre o interruptor que reativaria o tabuleiro de xadrez.

– Aonde vamos? Como chegaremos lá? E por quê?

Depois de um momento, Lorq se levantou.

– O que você quer saber, Katin?

O tabuleiro de xadrez acendeu, iluminando o queixo de Katin.

– O senhor está em um jogo contra a Red-shift Transportes Ltda. Quais são as regras? Qual é o prêmio?

Lorq balançou sua cabeça.

– Tente novamente.

– Tudo bem. Como conseguiremos o ilírion?

– Sim, como conseguiremos? – A voz suave de Tyÿ os fez procurar ao redor. Ao pé da ponte de comando, ao lado de Sebastian, ela estava embaralhando o maço de cartas e parou quando eles olharam. – No sol escaldante mergulhar? – Ela fez que não com a cabeça. – Como, capitão?

As mãos de Lorq cobriram os joelhos pontudos.

– Lynceos? Idas?

De duas paredes opostas pendiam duas molduras douradas de um metro e oitenta. Na que estava logo acima da cabeça do Rato, Idas estava deitado de lado embaixo das luzes do computador. Do outro lado da sala, na outra moldura, com cabelos e cílios brilhando, o pálido Lynceos enrolava cabos.

– Fiquem atentos enquanto navegamos.

– Tudo bem, capitão – murmurou Idas, como se estivesse com sono.

Lorq levantou-se e juntou as mãos.

– Não faço essa pergunta há muitos anos. Quem me deu a resposta foi Dan.

– Dan, o cego? – questionou o Rato.

– Dan, aquele que pulou? – perguntou Katin.

Lorq assentiu com a cabeça.

– Em vez deste enorme cargueiro... – ele olhou para cima, onde havia estrelas falsas cravejadas no teto alto e escuro para lembrá-los de que, embora cercados por lagos, samambaias e figuras de pedras, eles navegavam entre mundos – ... eu tinha uma nave em que Dan estava acoplado. Fiquei fora até tarde em uma festa noturna em Paris, e Dan me levou para casa, em Arca. Me levou até lá sozinho. Meu outro ciborgue, um universitário, ficou com medo e fugiu. – Ele balançou a cabeça. – Melhor assim. Mas lá estava eu. Como conseguir ilírion o suficiente para derrubar a Red-shift Transportes antes que ela nos derrubasse? Quantas pessoas gostariam de saber a resposta? Comentei essa questão com Dan certa noite, quando estávamos bebendo às margens do ancoradouro de iates. Tirar do sol? Dan enfiou o polegar no cinto e olhou para uma das íris de vento que se dilatavam sobre o bar e disse: "Eu já estive em uma nova". – Lorq olhou ao redor da sala. – Isso me fez erguer o corpo na cadeira e ouvir.

– O que aconteceu com ele? – perguntou o Rato.

– Como ele durou o suficiente para entrar em outra é o que quero saber. – Katin devolveu a torre ao tabuleiro e recostou-se na poltrona gelatinosa. – Vamos lá, como Dan passou por todos esses fogos de artifício?

– Ele fazia parte da tripulação de uma nave que levava suprimentos para uma das estações de estudo do Instituto Alkane quando a estrela explodiu.

O Rato olhou para Tyÿ e Sebastian, que estavam ouvindo das escadas no final da rampa. Tyÿ havia voltado a embaralhar suas cartas.

– Depois de mil anos de estudos, de perto e de longe, é um pouco enlouquecedor perceber que sabemos tão pouco sobre o que acontece no centro da mais calamitosa das catástrofes estelares. A composição da estrela permanece a mesma, apenas a organização da matéria dentro dela é interrompida por um processo que ainda não é totalmente compreendido. Poderiam muito bem ser os harmônicos de marés. Poderia até ser como o demônio de Maxwell.* Os processos mais longos observados foram de um ano e meio, mas sempre capturados depois que estavam em andamento. O tempo real que uma nova leva para atingir seu pico de intensidade a partir do momento em que explode é de algumas horas. No caso de uma supernova – e há apenas duas registradas em nossa galáxia, uma no século 13, em Cassiopeia, e uma estrela sem nome em 2400, e nenhuma delas pôde ser estudada de perto –, a explosão leva talvez dois dias; em uma supernova, o brilho aumenta por um fator de várias centenas de milhares de vezes. A luz resultante e a perturbação de rádio de uma supernova é maior que a luz combinada de todas as estrelas da galáxia. O Instituto Alkane foi capaz de descobrir outras galáxias apenas porque uma supernova explodiu no meio delas, e a aniquilação de uma única estrela tornou visível uma galáxia inteira de vários bilhões de estrelas.

Tyÿ estava passando as cartas de uma mão para outra. Sebastian perguntou:

– O que com Dan aconteceu? – Ele puxou suas mascotes para mais perto dos joelhos.

– A nave deixou a estação para trás e passou pelo centro do sol na primeira hora da implosão, depois saiu pelo outro lado.

Olhos amarelos estavam fixos em Katin. Não era fácil decifrar as emoções de Lorq através de suas feições desfiguradas.

---

* O Demônio de Maxwell foi um experimento hipotético conduzido pelo filósofo escocês James Maxwell em 1867 com o intuito de desafiar a aplicação da segunda Lei da Termodinâmica, segundo a qual a direção natural do universo é ir sempre espontaneamente da menor para a maior entropia, ou seja, da ordem para a desordem, do quente para o frio, e não o contrário. [N. de E.]

Katin, acostumado a leituras difíceis, deixou os ombros caírem e tentou afundar na cadeira.

– Só tiveram um alerta segundos antes. Tudo que o capitão pôde fazer foi desligar todas as entradas sensoriais dos ciborgues acoplados.

– Às cegas eles voaram? – perguntou Sebastian.

Lorq assentiu.

– Foi a nova em que Dan entrou antes de conhecê-lo, a primeira – confirmou Katin.

– Isso mesmo.

– O que aconteceu na segunda?

– Só mais uma coisa sobre o que aconteceu na primeira. Fui ao Instituto Alkane e estudei o episódio. No casco da nave estavam as "cicatrizes" do bombardeio de matéria flutuante que ocorrera ao passar pelo centro da nova. A única matéria que poderia se desprender e cair na área de proteção ao redor da nave deve ter sido formada a partir da matéria nuclear quase sólida no centro do sol. Teria que ser formada por elementos com núcleos imensos, pelo menos três ou quatro vezes maiores que o do urânio.

– Quer dizer que a nave foi bombardeada com meteoros de ilírion? – quis saber o Rato.

– Uma das coisas que aconteceram na segunda nova... – Lorq olhou para Katin de novo – ... foi que, depois de nossa expedição ter sido organizada em completo sigilo (após uma outra nova ter sido localizada com a ajuda da minha tia, que trabalhava no Instituto Alkane, sem deixar ninguém saber por que queríamos ir para lá, depois que a expedição foi lançada e estava em andamento), fiquei tentando recriar as condições originais do primeiro acidente quando a nave de Dan caiu naquele sol, o mais próximo possível, voando às cegas durante toda a manobra. Ordenei que a tripulação mantivesse a entrada sensorial desligada em suas câmaras de percepção. Dan, contrariando as ordens, decidiu que queria dar uma olhada no que não tinha visto da última vez. – Lorq se levantou e virou de costas para a tripulação. – Nem estávamos em uma área perigosa. De repente, senti que uma das pás estava se debatendo. Então ouvi Dan gritar. – Ele se virou para encará-los. – Saímos e voltamos em frangalhos para Draco, pegamos a maré até o Sol e pousamos na Estação Tritão. O sigilo foi quebrado faz dois meses.

– Sigilo? – perguntou Katin.

O sorriso distorcido de Lorq elevou-se sobre os músculos do rosto.

– Não mais. Vim para a Estação Tritão, em Draco, em vez de me abrigar nas Plêiades. Dispensei toda a minha equipe com instruções para contar ao maior número de pessoas que pudessem tudo o que sabiam. Deixei aquele louco cambalear pelo porto, balbuciando, até que Inferno[3] o engolisse. Esperei. E esperei até que o que eu imaginava viesse. Daí apanhei vocês logo na passarela do porto. Disse o que faria. Para quem vocês contaram? Quantas pessoas ouviram o que eu disse? Para quantas pessoas vocês murmuraram, coçando a cabeça: "Uma coisa engraçada de se fazer, não?"

A mão de Lorq agarrou uma estaca de pedra.

– O que o senhor estava esperando?

– Uma mensagem de Prince.

– Ela chegou?

– Sim.

– O que dizia?

– Isso importa? – Lorq soltou um ruído próximo a um riso. Só que vinha do estômago. – Ainda não ouvi.

– Por que não? – questionou o Rato. – Não quer saber o que ele tem a dizer?

– Sei o que estou fazendo. Isso basta. Voltaremos ao Alkane e localizaremos outra nova. Meus matemáticos criaram uma porção de teorias que podem explicar o fenômeno que nos permite entrar no sol. Em todas elas, o efeito se reverteria no final daquelas primeiras horas durante as quais o brilho da estrela atingiu o pico de intensidade.

– Quanto tempo uma nova para morrer leva? – perguntou Sebastian.

– Algumas semanas, talvez dois meses. Uma supernova pode levar até dois anos para minguar.

– A mensagem – insistiu o Rato. – Não quer saber o que Prince diz?

– *Você* quer?

De repente, Katin se inclinou sobre o tabuleiro.

– Eu quero.

Lorq riu.

– Está bem. – Ele atravessou a sala a passos largos. Mais uma vez tocou no painel de controle na cadeira do Rato.

Na moldura maior, a fantasia luminosa desvaneceu-se no formato oval de dois metros de folhas douradas.

– Então é isso que você tem feito todos esses anos! – disse Prince.

O Rato observou o rosto encovado e sua mandíbula se fechou; seus olhos se ergueram para o cabelo fino e alto de Prince, e a testa do próprio Rato se crispou com a tensão. Moveu-se para a ponta da cadeira, torcendo os dedos para modelar, como em uma siringe, o nariz afilado, os poços azuis.

Os olhos de Katin se arregalaram. Os saltos de suas sandálias afundaram no tapete enquanto, involuntariamente, ele recuou.

– Não sei o que pretende alcançar. Não me importo. Mas...

– Esse o Prince é? – perguntou Tyÿ num sussurro.

– ... você vai falhar. Confie em mim. – Prince sorriu.

E o sussurro de Tyÿ se tornou um arquejo.

– Não, nem sei aonde você está indo. Mas atenção. Chegarei primeiro. Então... – ele levantou a mão enluvada... – ... você vai ver!

Ele estendeu a mão para que a palma enchesse a tela. Então, os dedos estalaram; houve um tilintar de vidro... Tyÿ soltou um gritinho. Prince bateu o dedo contra a lente da câmera de mensagens, quebrando-a.

O Rato olhou para Tyÿ; a mulher tinha deixado cair as cartas.

As mascotes esvoaçaram na coleira; o vento espalhou as cartas de Tyÿ no carpete.

– Espere – falou Katin –, vou pegá-las!

Ele se inclinou de seu assento e estendeu os braços desajeitados na direção do chão. Lorq começou a rir novamente.

Uma carta estava virada no tapete aos pés do Rato. Tridimensional dentro de metal laminado, um sol brilhava acima de um mar negro. Sobre o quebra-mar, o céu era uma chama viva. Na praia, duas crianças nuas estavam de mãos dadas. A de cabelos escuros apertava os olhos frente ao sol, seu rosto surpreso e iluminado. A de cabelos loiros olhou para as sombras na areia.

A risada de Lorq, como múltiplas explosões, ecoou pela sala.

– Prince aceitou o desafio. – Ele deu um tapinha na pedra. – Bom! Muito bom! Ei, e vocês acham que nos encontraremos sob o sol ardente? – Ele levantou a mão cerrada. – Posso sentir a garra de Prince. Ótimo! Sim, ótimo!

O Rato apanhou a carta rapidamente. Olhou do capitão para a tela de visualização, onde os tons variáveis do multicroma substituíram o rosto, a mão. (E ali, em paredes opostas, estavam Idas esmaecido e Lynceos pálido em suas molduras menores.) Os olhos do Rato voltaram-se para as duas crianças sob o sol em erupção.

Enquanto observava, seus dedos do pé esquerdo agarraram o carpete, os do direito agarraram a sola da bota; o medo arranhava as coxas por trás, emaranhado nos nervos ao longo de sua espinha dorsal. De repente, deslizou a carta na bolsa da siringe. Seus dedos se demoraram dentro do couro, ficaram suados ao roçar o laminado do instrumento. Escondida, a imagem era ainda mais assustadora. Tirou a mão e a enxugou no quadril, então olhou ao redor para ver se alguém estava observando.

Katin estava olhando as cartas que havia pegado.

– É com isso que está brincando, Tyÿ? Tarô? – Ele ergueu os olhos. – Você é um cigano, Rato. Aposto que já viu isso antes. – Ele ergueu as cartas para que o Rato pudesse ver.

Sem olhar, o Rato assentiu com a cabeça. Estava tentando manter a mão longe do quadril. (Havia uma mulher grande sentada atrás do fogo – com a saia suja estampada – e homens de bigode sentados embaixo da saliência bruxuleante da rocha, observando as cartas lampejando sem parar naquelas mãos gordinhas. Mas isso fora há...)

– Ei – falou Tyÿ. – Você para mim as cartas dá. – Ela estendeu a mão.

– Posso ver o baralho inteiro? – perguntou Katin.

O olhos cinzentos dela se arregalaram.

– Não. – Havia uma surpresa em sua voz.

– Desculpe... – começou a falar Katin, envergonhado. – Não quis...

Tyÿ pegou as cartas.

– Você... joga cartas? – Katin tentou evitar que seu rosto ficasse congelado.

Ela assentiu com a cabeça.

– A leitura de tarô é comum na Federação – disse Lorq. Estava sentado na escultura. – Sobre a mensagem de Prince, suas cartas alguma coisa a dizer têm? – Quando ele se virou, seus olhos brilharam como jaspe, como ouro. – Talvez suas cartas de Prince e de mim falarão?

O Rato ficou surpreso com a facilidade com que o capitão alternou para o dialeto das Plêiades. Por dentro, a expressão era de um breve sorriso.

Lorq afastou-se da pedra.

– O que as cartas sobre esse movimento na noite dizem?

Sebastian, olhando por baixo de grossas sobrancelhas loiras, puxou as formas escuras para mais perto.

– Quero as cartas ver. Isso. Onde Prince e eu nas cartas saímos?

Se ela lesse, ele teria a oportunidade de vê-las um pouco mais. Katin abriu um sorrisinho.

– Sim, Tyÿ. Dê-nos uma leitura sobre a expedição do capitão. O quanto ela as lê bem, Sebastian?

– Erros Tyÿ nunca comete.

– O rosto de Prince você só por alguns segundos viu. Nas linhas do rosto de um homem o destino traçado é. – Lorq apoiou os punhos nos quadris. – Na linha que o meu atravessa, você me dizer pode onde essas linhas meu destino vai tocar?

– Não, capitão... – Olhou para as mãos. As cartas pareciam grandes demais para aqueles dedos imóveis. – As cartas só em ordem coloco e as leio.

– Não vejo ninguém ler tarô desde que eu estava na faculdade. – Katin olhou de volta para o Rato. – Havia um homem das Plêiades no meu seminário de filosofia que conhecia as cartas. Acho que em algum momento eu poderia ter sido considerado um entusiasta amador do *Livro de Thoth*, como era erroneamente chamado no começo do século 20. Ou devo dizer... – e fez uma pausa para corroborar com Tyÿ – ... o *Livro do Graal*?

Tyÿ não corroborou com nada.

– Leia para mim, Tyÿ? – Lorq abaixou os punhos ao lado do corpo.

As pontas dos dedos de Tyÿ tocaram as costas douradas das cartas. De seu assento na parte inferior da rampa, com olhos cinza cortados pela metade pelos epicantos, ela olhou para o vazio entre Katin e Lorq e disse:

– Eu vou.

– Rato – chamou Katin –, venha e dê uma olhada nisso. Dê sua opinião sobre o desempenho...

O Rato se levantou, iluminado pela luz do tabuleiro do jogo.

– Ei!

Todos se viraram ao ouvir a voz rouca.

– *Vocês* acreditam nisso? – disse o Rato. Katin ergueu uma sobrancelha. – E *eu* que sou supersticioso por cuspir no rio? Vocês vão ler o futuro nas cartas! *Aaai!* – Este não foi realmente o som que ele fez. De qualquer forma, expressou desgosto. O brinco de ouro tremeu e brilhou.

Katin franziu a testa.

A mão de Tyÿ pairava sobre o maço de cartas.

O Rato avançou com postura desafiadora até o centro do tapete.

– Vocês realmente vão tentar ver o futuro nas cartas? É ridículo. É superstição!

– Não, Rato, não é – rebateu Katin. – Pensei que você, mais que ninguém...

O Rato acenou com a mão e soltou uma risada rascante.

– Você, Katin, e aquelas cartas. Essa é boa!

– Rato, as cartas não preveem nada. São apenas um comentário sábio sobre a situação atual...

– As cartas não são educadas! São de metal e plástico. Não sabem...

– Rato, as setenta e oito cartas do tarô apresentam símbolos e imagens mitológicas que se repetiram e reverberaram ao longo de quarenta e cinco séculos de história humana. Alguém que entenda esses símbolos pode construir um diálogo sobre determinada situação. Não há nada de supersticioso nisso. O *Livro das Mutações*, até mesmo a astrologia caldaica... isso só se torna superstição quando há abuso, quando é empregado para dirigir em vez de guiar e sugerir.

O Rato repetiu aquele som.

– Sério, Rato! É perfeitamente lógico; você fala como alguém que viveu mil anos atrás.

– Ei, capitão! – O Rato atravessou a outra metade do tapete, espiando por cima do braço de Lorq e estreitando os olhos para o maço de cartas no colo de Tyÿ. – Acredita nessas coisas?

A mão do Rato pousou no antebraço de Katin, como se encostar nele pudesse imobilizá-lo.

Com sobrancelhas de ferrugem sobre os olhos angustiados de tigre, Lorq sorriu:

– Tyÿ as cartas para mim lerá.

Ela virou o baralho e passou as figuras...

– Capitão, você uma escolhe. – ... de uma das mãos para a outra.

Lorq agachou-se para ver. De repente, interrompeu Tyÿ apontando com o dedo indicador para a carta que estava passando.

– O Cosmos parece. – Ele nomeou a carta em que seu dedo pousou. – Nesta corrida, o universo o prêmio é. – Ele olhou para Rato e Katin. – Acha que eu deveria escolher o Cosmos para iniciar a leitura?

Emoldurada pela massa de seus ombros, a "agonia" ficou cada vez mais sutil.

O Rato respondeu com um franzir dos lábios escuros.

– Vá em frente – disse Katin.

Lorq pegou a carta.

O nevoeiro matinal teceu bétulas, teixos e azevinhos; na clareira uma figura nua saltava e rodopiava na aurora azul.

– Ah – disse Katin –, o Hermafrodita Dançarino, a união de todos os princípios masculinos e femininos. – Ele esfregou a orelha entre os dois dedos. – Sabe, durante trezentos anos, de 1890 até o início das viagens espaciais, houve um tarô altamente cristianizado elaborado por um amigo de William Butler Yeats, que ficou tão popular que quase substituiu as imagens reais.

Quando Lorq inclinou a carta, imagens difratadas de animais apareceram e desapareceram na floresta mística. A mão do Rato apertou o braço de Katin. Ele ergueu o queixo em uma pergunta silenciosa.

– As bestas do apocalipse – respondeu Katin e apontou por cima do ombro do capitão para os quatro cantos do bosque: – Touro, Leão, Águia e aquela criaturinha engraçada que parece um macaco lá atrás é o deus anão Bes, originário do Egito e da Anatólia, protetor das mulheres em trabalho de parto, flagelo dos avarentos, um deus generoso e terrível. Há uma estátua dele que é bastante famosa: atarracado, sorridente, com presas à mostra, copulando com uma leoa.

– Sim – sussurrou o Rato. – Vi essa estátua.

– De verdade? Onde?

– Em algum museu. – Ele deu de ombros. – Em Istambul, acho. Um turista me levou lá quando eu era criança.

– Infelizmente – refletiu Katin – me contento com hologramas tridimensionais.

– Só que ele não é um anão. Ele tem, talvez... – a voz rouca do Rato parou quando ele olhou para Katin – ... o dobro da sua altura. – Suas pupilas, rolando em súbita lembrança, mostravam veias brancas.

– Capitão Von Ray, o senhor o tarô conhece bem? – perguntou Sebastian.

– Já li as cartas meia dúzia de vezes – explicou Lorq. – Minha mãe não gostava que eu parasse para ouvir os leitores que punham suas mesinhas nas esquinas dos escudos de vento na rua. Uma vez, quando eu tinha cinco ou seis anos, consegui me perder. Vagando por uma parte da Arca que nunca tinha visto antes, parei e recebi a leitura da minha sorte. – Ele riu. O Rato, que não julgou correta a expressão reunida, esperava raiva. – Quando cheguei em casa e contei para minha mãe, ela ficou muito chateada e me disse que não deveria fazer isso de novo.

– Ela sabia que era tudo uma estupidez! – sussurrou o Rato.

– O que as cartas disseram? – perguntou Katin.

– Algo sobre uma morte na minha família.

– E alguém morreu?

Os olhos de Lorq se estreitaram.

– Cerca de um mês depois, meu tio foi assassinado. – Katin refletiu sobre o som dos "emes". Tio do capitão Lorq Von Ray?

– Mas o senhor as cartas conhece bem? – perguntou mais uma vez Sebastian.

– Apenas os nomes de algumas: o Sol, a Lua, o Enforcado. Mas nunca estudei seus significados.

– Ah – assentiu Sebastian. – A primeira carta escolhida sempre você é. Mas o Cosmos uma carta dos Arcanos Maiores é. Ela um ser humano não pode representar. Não pode escolher.

Lorq franziu a testa. A perplexidade parecia raiva. Interpretando mal, Sebastian parou.

– O que acontece – continuou Katin – é que no tarô há cinquenta e seis cartas dos Arcanos Menores, exatamente como as cinquenta e duas cartas de baralho, só que com pajens, cavaleiros, rainhas e reis como cartas da corte. Elas lidam com assuntos humanos comuns: amor, morte, impostos... esse tipo de coisa. Há outras vinte e duas cartas: os Arcanos Maiores, com cartas como o Louco e o Enforcado. Elas representam entidades cósmicas primitivas. Não é possível escolher um deles para representar a si mesmo.

Lorq estudou a carta por alguns segundos.

– Por que não? – Ele olhou para Katin sem expressão nenhuma. – Gosto desta carta. Tyÿ disse para escolher, e eu escolhi.

Sebastian levantou a mão.

– Mas...

Os dedos delicados de Tyÿ agarraram os dedos peludos de seu parceiro.

– Ele escolheu – disse ela. Os olhos cinzentos como metal brilharam, correndo de Sebastian para o capitão, e deste para a carta. – Lá isso coloque. – Ela gesticulou para que ele largasse a carta. – O capitão a carta que quiser pode escolher.

Lorq colocou a carta no tapete, a cabeça do dançarino voltada para ele, os pés voltados para Tyÿ.

– O Cosmos invertido – murmurou Katin.

Tyÿ olhou para ele.

— Invertido para você, para mim certo está. — A voz era afiada.

— Capitão, a primeira carta que você escolhe não prevê nada — disse Katin. — Na verdade, a primeira carta que você pega remove todas as possibilidades que ela representa da sua leitura.

— O que ela representa? — perguntou Lorq.

— Aqui macho e fêmea se unem — disse Tyÿ. — A espada e o cálice, o cajado e o prato se juntam. Complementação e sucesso certo ela significa; o estado cósmico da consciência divina ela significa. Vitória.

— E tudo isso foi removido do meu futuro? — O rosto de Lorq ficou agoniado novamente. — Excelente! Que tipo de corrida seria essa se eu soubesse desde o início que venceria?

— Invertido significa obsessão por uma coisa, teimosia — acrescentou Katin. — Recusa-se a aprender...

Tyÿ de repente fechou as cartas. Ela estendeu o maço.

— Você, Katin, a leitura quer terminar?

— Hã? Eu... Olha, com licença. Não... De qualquer forma, só sei o significado de uma dúzia de cartas. — As orelhas dele ficaram vermelhas. — Não vou abrir minha boca.

Uma asa roçou o chão.

Sebastian levantou-se e afastou seus animais. Um subiu em seu ombro. Uma brisa, e o cabelo do Rato fez cócegas em sua testa.

Todos estavam de pé agora, exceto Lorq e Tyÿ, agachados, a carta do Hermafrodita Dançarino entre eles.

Mais uma vez, Tyÿ embaralhou e abriu as cartas, desta vez viradas para baixo.

— Escolha.

Dedos largos, com unhas grossas, pegaram a carta:

Um operário estava diante de uma dupla abóbada de pedra, um talhador de pedra preso pelos pulsos. A ferramenta esculpia a terceira estrela de cinco pontas no lintel. A luz do sol iluminava o operário e a fachada do edifício. Através da porta, a escuridão era profunda.

– O Três de Pentáculos. Esta carta você cobre.

O Rato olhou para o antebraço do capitão. O soquete oval estava quase perdido entre o tendão duplo ao longo do pulso. Ele procurou o soquete em seu braço. O inserto de plástico tinha um quarto da largura de seu pulso: os dois soquetes eram do mesmo tamanho.

O capitão colocou o Três de Pentáculos sobre o Cosmos.

– De novo escolha.

A carta saiu de cabeça para baixo:

Uma pessoa jovem de cabelos pretos com colete de brocado com botas de couro esfarrapadas apoiava-se no punho de uma espada na qual havia um lagarto de prata cravejado de joias.

A figura estava à sombra de penhascos; Rato não sabia dizer se era um rapaz ou uma moça.

– O Valete de Espadas invertido. Esta carta você cruza.

Lorq colocou a carta cruzada sobre o Três de Pentáculos.

– De novo escolha.

Em uma praia, em um céu aberto com pássaros, uma mão única, estendendo-se de espirais de névoa, segurava uma forma de estrela de cinco pontas em um círculo.

– O Ás de Pentáculos. – Tyÿ apontou para baixo das cartas cruzadas. Lorq colocou a carta ali. – Esta carta abaixo você pousa. Escolha.

Um jovem loiro parado em um caminho de pedras em um jardim. Olhava para cima, a mão para trás. Um pássaro vermelho estava prestes a pousar em seu pulso. Esculpidas nas pedras ao longo do caminho, havia nove formas de estrelas.

– O Nove de Pentáculos. – Ela apontou ao lado do padrão no tapete. – Esta carta para trás você coloca.

Lorq colocou o carta.

– Escolha.

Invertido novamente:

Entre nuvens de tempestade queimava um céu violeta. O relâmpago incendiava a cúpula de uma torre de pedra. Dois homens saltavam da sacada superior. Um estava ricamente vestido. Era até possível ver seus anéis de pedras preciosas e as borlas de ouro das sandálias. O outro usava um colete comum de trabalhador, estava descalço, barbudo.

– A Torre, invertida! – sussurrou Katin. – Uau. Sei o que... – E ficou em silêncio, porque Tyÿ e Sebastian olharam para ele.

– A Torre invertida. – Tyÿ apontou a parte de cima da carta. – Isto acima você põe.

Lorq colocou a carta e em seguida tirou a sétima.

– Dois de Espadas, invertido.

De cabeça para baixo:

Uma mulher vendada estava sentada em uma cadeira de frente para o mar, segurando duas espadas cruzadas sobre o peito.

– Esta diante de você põe.

Com três cartas no centro e quatro ao redor, as primeiras sete cartas formavam uma cruz.

– De novo escolha.

Lorq escolheu.

– Rei de Espadas. Aqui ela fica.

O Rei ficou à esquerda da cruz.

– E outra vez.

Lorq tirou sua nona carta.

– Três de Paus, invertido. – Ela ficou acima do Rei. – O Diabo...

Katin olhou para a mão do Rato. Os dedos se arquearam e a unha do dedo mindinho se cravou no braço de Katin.

– ... invertido.

Os dedos se afrouxaram; Katin olhou para Tyÿ.

– Aqui coloque. – O Diabo invertido foi para baixo do Três de Paus. – E escolha.

– Rainha de Espadas. Esta última carta aqui coloque.

Ao lado da cruz havia agora uma fileira vertical de quatro cartas.

Tyÿ ajeitou o maço, coçou o queixo. Quando se inclinou sobre os dioramas vívidos, seu cabelo cor de ferro caiu sobre os ombros.

– Vê o Prince aí? – perguntou Lorq. – Consegue me ver, e o sol que eu estou procurando?

– Você eu vejo; e Prince. Também uma mulher, com Prince de alguma forma relacionada, uma mulher morena...

– Com cabelo preto, mas olhos azuis? – disse Lorq. – Os olhos de Prince são azuis.

Tyÿ assentiu.

– Também os dela eu vejo.

– É Ruby.

– As cartas quase todas de espadas e pentáculos são. Muito dinheiro vejo. Também muita luta por isso e ao redor disso há.

– Com sete toneladas de ilírion? – murmurou o Rato. – Não precisa ler as cartas para saber que...

– Shhh... – fez Katin.

– A única influência positiva dos Arcanos Maiores a do Diabo é. Uma carta que violência, revolução, luta significa. Mas também o nascimento da compreensão espiritual. Pentáculos no início de sua leitura aparecem. Cartas de dinheiro e riqueza são. Então, espadas predominam, cartas de poder e conflito. Paus grande símbolo do intelecto e da criatividade é. Embora o número três de paus baixo seja, na leitura alto aparece. Isso bom é. Mas copas... símbolo das emoções e principalmente do amor... não existe. Ruim é. Para bom ser, paus copas precisam ter. – Ela ergueu as cartas no centro da cruz: o Cosmos, o Três de Pentáculos, o Valete de Espadas.

Tyÿ fez uma pausa. Os quatro homens inspiraram juntos.

– Você como o mundo você mesmo vê. A carta que cobre você de nobreza, de aristocracia fala. Além disso, alguma habilidade que você possui...

– Você disse que costumava ser um capitão de regata, não é? – perguntou Katin.

– Esse progresso material preocupa, esta carta revela. Mas o Valete de Espadas você cruza.

– Esse é o Prince?

Tyÿ fez que não com a cabeça.

– Uma pessoa mais jovem é. Alguém que já perto de você está. Alguém que você conhece. Um homem moreno, muito jovem, talvez...

Katin foi o primeiro a olhar para o Rato.

– ... que de alguma forma entre você e seu sol flamejante aparecerá.

Agora, Lorq foi quem olhou para trás.

– Ei, vamos lá. Olha só. – O Rato franziu a testa para os outros. – O que vai fazer? Me deixar na primeira parada por causa de algumas cartas estúpidas? Acha que quero te trair?

– Mesmo que expulsasse – disse Tyÿ, olhando pra ele –, nada mudaria.

O capitão deu um tapa na cintura do Rato.

– Não se preocupe, Rato.

– Se não acredita nelas, capitão, por que está perdendo seu tempo ouvindo?

E parou porque Tyÿ havia substituído as cartas.

– No passado imediato – continuou Tyÿ –, o Ás de Pentáculos está. Mais uma vez, muito dinheiro, mas para um propósito apontava.

– Deve ter custado um rim para organizar esta expedição – comentou Katin.

– E um olho e uma orelha? – Os nós dos dedos de Sebastian rasparam a cabeça de um de seus bichinhos.

– No passado distante, o Nove de Pentáculos está. Novamente uma carta de riqueza é. Você ao sucesso acostumado está. Das melhores coisas você desfrutou. Mas no futuro imediato a Torre invertida aparece. Isso geralmente significa...

– ... ir direto para a cadeia. Não se arrisque. Não... – As orelhas de Katin novamente enrubesceram quando Tyÿ estreitou os olhos para ele... – cobre duzentas libras @sg. – Ele pigarreou.

– Prisão esta carta significa; uma grande casa desaba.

– A dos Von Ray?

– Casa de quem eu não disse.

Ao ouvi-la, Lorq riu.

– Depois disso, o Dois de Espadas invertido está. Com paixões mórbidas, capitão, cuidado.

– O que quer dizer com *isso*? – perguntou o Rato em um murmúrio.

Mas Tyÿ havia abandonado a cruz de sete cartas para se dedicar à fileira de quatro.

– O Rei de Espadas seus esforços preside.

– Esse é meu amigo Prince?

– É. Sua vida afetar ele pode. Um homem forte é, e ele facilmente levar você à sabedoria pode, e também a sua morte. – De repente, ela levantou a cabeça, seu rosto profundamente chocado. – Também todas as nossas vidas. Ele...

Vendo que ela ficou em silêncio, Lorq perguntou:

– O que, Tyÿ?

A voz dela já havia se acalmado; tornou-se uma coisa mais profunda e robusta.

– Debaixo dele...

– O que você viu, Tyÿ?

– ... o Três de Paus invertido está. Cuidado com a ajuda oferecida. A melhor defesa contra a decepção a esperança é. O fundamento disso o Diabo é. Mas invertido. A compreensão espiritual de que falei receberá na...

– Ei! – O Rato olhou para Katin. – O que ela viu?

– Cala a boca.

– ... luta vindoura, a superfície das coisas cairá. O funcionamento cada vez mais estranho parecerá. E embora o Rei das Espadas as paredes da realidade para trás puxem, atrás delas a Rainha das Espadas você descobrirá.

– Isso é... Ruby? Me diga, Tyÿ: você vê o sol?

– Sem sol. Apenas a mulher, escura e poderosa como seu irmão, sua sombra projeta...

– Da luz de que estrela?

– Sua sombra sobre você e Prince cai...

Lorq acenou com as mãos sobre as cartas.

– E o sol?

– Sua sombra na noite se projeta. Estrelas no céu eu vejo. Mas ainda sem sol...

– Não! – disse o Rato. – Isso tudo é pura estupidez! Um absurdo. Não, capitão! – A unha cravou-se, e Katin afastou o braço. – Ela não pode lhe dizer nada com essas cartas. – De repente, ele cambaleou para o lado. Sua bota passou entre os animais de Sebastian. Eles se levantaram e puxaram a ponta de suas correntes.

– Rato! O que você...

O Rato chutou as cartas com o pé descalço.

– Ei!

Sebastian puxou as figuras sombrias para trás.

– Venham, agora parados fiquem! – Sua mão passou pela cabeça de cada uma das criaturas, junta e polegar trabalhando silenciosamente atrás das orelhas e mandíbulas escuras.

Mas o Rato já havia subido a rampa do outro lado do lago. A cada passo, a bolsa batia em seu quadril até ele desaparecer.

– Vou atrás dele, capitão.

Katin subiu a rampa correndo.

Quando as asas se acalmaram ao lado das sandálias de Sebastian, Lorq se levantou.

Tyÿ, de joelhos, pegou as cartas espalhadas.

– Vocês dois nas pás vou colocar. Lynceos e Idas vou render. – À medida que o humor se traduzia em agonia, a preocupação apareceu em um sorriso. – Para suas cabines vão.

Lorq pegou o braço de Tyÿ enquanto ela se levantava. Três expressões mudaram seu rosto, uma após a outra: surpresa, medo e a terceira foi quando ela decifrou a de Lorq.

– Pelo que leu nas cartas, Tyÿ, agradeço.

Sebastian se aproximou para tirar a mão de Tyÿ da do capitão.

– Mais uma vez, agradeço.

No corredor que levava à ponte de comando da *Roc*, as estrelas projetadas flutuavam sobre a parede preta. Encostado na parede azul, o Rato estava sentado de pernas cruzadas no chão com a bolsa no colo. Sua mão se movia, modelando formas no couro. Seus olhos estavam fixos nas luzes giratórias.

Katin veio pelo corredor, com as mãos atrás das costas.

– Que diabos há de errado com você? – perguntou de um jeito amigável.

O Rato olhou para cima e seguiu uma estrela que saía da orelha de Katin.

– Você certamente gosta de complicar as coisas.

A estrela desceu, desaparecendo no chão.

– E, a propósito, qual foi a carta que você colocou na bolsa?

Os olhos do Rato voltaram rapidamente para os de Katin. Ele piscou.

– Sou muito bom em perceber esse tipo de coisa. – Katin recostou-se na parede cravejada de estrelas. O projetor de teto que duplicava a noite lá fora lançava pontos de luz em seu rosto curto e na barriga alongada e lisa. – Essa não é a melhor maneira de ganhar a estima do capitão. Você tem algumas ideias estranhas, Rato; são fascinantes, admito. Se alguém tivesse me dito que eu estaria trabalhando na mesma equipe, hoje, no século 32, com alguém que pudesse sinceramente ser cético em relação ao tarô, acho que não acreditaria. Você é mesmo da Terra?

– Sim, sou da Terra.

Katin mordeu o nó de um dedo.

– Parando para pensar sobre isso, duvido que tais ideias fossilizadas pudessem ter vindo de qualquer outro lugar que não da Terra. Assim que você conhece pessoas das grandes migrações estelares, lida com culturas sofisticadas o suficiente para compreender coisas como o tarô.

"Não ficaria surpreso se em alguma cidade do deserto da Alta Mongólia ainda houvesse alguém que acreditasse que a Terra flutua em um prato nas costas de um elefante que está em pé sobre uma serpente enrolada sobre uma tartaruga nadando no mar da eternidade. De certa forma, fico feliz por não ter nascido lá, por mais fascinante que seja. Ela produz alguns indivíduos neuróticos espetaculares. Havia um homem estranho em Harvard", ele fez uma pausa e olhou de volta para o Rato. "Você é um garoto estranho. Está aqui, pilotando este cargueiro estelar, produto da tecnologia do século 31, e, ao mesmo tempo, está com a cabeça cheia de ideias petrificadas que morreram há mil anos. Deixa eu ver o que você roubou."

O Rato vasculhou a bolsa e retirou uma carta. Olhou para a frente e para trás, até que Katin se abaixou e a pegou.

– Você se lembra de quem lhe disse para não acreditar no tarô? – Katin examinou a carta.

– Foi minha... – O Rato pegou a borda da bolsa nas mãos e apertou. – ... foi uma mulher. Na época em que eu era só um menino, cinco ou seis anos de idade.

– Ela também era cigana?

– Era. Ela cuidou de mim. Tinha cartas, como as de Tyÿ. Só que não eram 3D. E eram muito velhas. Quando visitávamos a França e a Itália, ela lia a sorte para as pessoas. Ela as conhecia muito bem, o que os números significavam e tudo mais. E me contou. Falou que não importava o que alguém dissesse, era pura mentira. Era tudo mentira e não significava nada. Falou que os ciganos deram as cartas do tarô para todo mundo.

– Isso é verdade. Os ciganos provavelmente as trouxeram do Oriente para o Ocidente nos séculos 11 e 12. E sem dúvida foram eles que as espalharam por toda a Europa nos quinhentos anos seguintes.

– Foi o que ela me disse, que as cartas pertenciam primeiro aos ciganos, e que os ciganos sabiam: são pura farsa. E nunca acreditei nelas.

Katin sorriu.

– Uma ideia muito romântica. Eu também gosto: a ideia de que todos esses símbolos, decantados ao longo de cinco mil anos de mitologia, são basicamente sem sentido e não têm relação com a mente e as ações do homem faz soar uma sineta de niilismo. Infelizmente, sei muito sobre esses símbolos para me deixar levar por essa ideia, embora eu esteja interessado no que você diz. Então, essa mulher com quem você morou quando criança lia tarô mas insistia que era algo falso?

– Sim – Rato soltou a bolsa. – Só que...

– Só que...? – insistiu Katin.

– Só que aconteceu uma coisa, pouco antes do fim. Não havia ninguém lá além de ciganos. Estávamos esperando em uma caverna, à noite. Todos sentiam muito medo, porque algo estava para acontecer. Todos sussurravam sobre isso e, quando alguma das crianças aparecia, de repente eles se calavam. Naquela noite, ela leu as cartas... só que não como se fossem mentira. Ficaram todos sentados ao redor do fogo, no escuro, ouvindo-a. Na manhã seguinte, alguém me acordou cedo, enquanto o sol ainda estava nascendo sobre a cidade entre as montanhas. Todos estavam indo embora. Não fui com a mamãe... com a mulher que lia as cartas. Nunca mais vi nenhum deles de novo. Aqueles com quem saí logo desapareceram. Acabei chegando à Turquia sozinho. – O Rato acariciou uma forma com o polegar embaixo do couro. – Mas, naquela noite, quando ela estava lendo as cartas à luz do fogo, lembro que estava com muito medo. Todos ali sentiram medo, sabe? E não queriam nos dizer por quê. Mas foi tanto medo que consultaram as cartas, mesmo sabendo que era tudo mentira.

– Desconfio que em situações críticas as pessoas recorram ao bom senso e abandonem as superstições, até se sentirem seguras. – Katin estava franzindo a testa. – Que medo seria esse?

O Rato deu de ombros.

– Talvez as pessoas estivessem atrás de nós. Você sabe o que acontece com os ciganos. Todo mundo pensa que roubamos. Nós roubamos mesmo. Talvez eles viessem atrás de nós na cidade. Na Terra, ninguém gosta de ciganos. É porque não trabalhamos.

– Você trabalha duro, Rato. É por isso que estou surpreso que tenha feito tanto estardalhaço com Tyÿ. Vai arruinar sua reputação.

– Não saio com ciganos desde os sete ou oito anos. Além disso, tenho meus soquetes. Embora eu só os tenha conseguido na Academia de Astronáutica Cooper, em Melbourne.

– Sério? Naquela época você estava com pelo menos quinze ou dezesseis anos de idade. É um pouco tarde. Na Luna, recebemos o nosso quando tínhamos três ou quatro anos, para que pudéssemos operar os computadores instrucionais da escola. – De repente, a expressão de Katin se concentrou. – Quer dizer que havia um grupo inteiro de homens e mulheres adultos, com crianças, vagando de cidade em cidade, de país em país, na Terra, *sem* soquetes?

– Sim. Acho que havia.

– Sem soquetes, não há muitas funções de trabalho que você possa fazer.

– Certamente não.

– Não admira que seus ciganos estivessem sendo perseguidos. Um grupo de adultos viajando sem soquetes! – Ele balançou sua cabeça. – Mas por que não os colocavam?

– Coisa de cigano. Nunca os tivemos. Nunca os quisemos. Eu coloquei porque estava sozinho e... bem, acho que era mais fácil assim. – O Rato pousou os antebraços nos joelhos. – Mas isso ainda não era motivo para alguém nos expulsar da cidade sempre que nos instalávamos. Uma vez pegaram dois ciganos e os mataram. Espancaram os dois quase até a morte, depois cortaram seus braços e os penduraram de cabeça para baixo em árvores, para sangrar até morrer.

— Rato! — O rosto de Katin se contorceu.

— Eu era apenas uma criança, mas me lembro. Talvez por isso mamãe finalmente decidiu perguntar às cartas o que fazer, embora não acreditasse nelas. Talvez isso tenha nos separado.

— Só em Draco — disse Katin. — Somente na Terra.

O rosto moreno virou-se para ele.

— Por que, Katin? Vá em frente, me diga, por que fizeram isso conosco. — Nenhum ponto de interrogação no final da frase. Apenas uma raiva rouca.

— Porque as pessoas são estúpidas, mesquinhas e têm medo de qualquer coisa diferente. — Katin fechou os olhos. — É por isso que prefiro as luas. Mesmo em uma das principais, é difícil tantas pessoas se unirem para que essas coisas aconteçam. — Seus olhos se abriram novamente. — Rato, pense nisso. O capitão Von Ray tem soquetes. É um dos homens mais ricos do universo. E o mesmo acontece com qualquer mineiro, varredor de rua, barman, arquivista ou, agora, você. Na Federação das Plêiades ou nas Colônias Exteriores, é um fenômeno totalmente transcultural, parte de uma forma de considerar todas as máquinas uma extensão direta do homem que tem sido aceita por todos os níveis sociais desde Ashton Clark. Até esta conversa eu consideraria um fenômeno totalmente transcultural na Terra também. Até que você me lembrou que em nosso estranho mundo natal ancestral, alguns anacronismos culturais incríveis conseguiram sobreviver. Mas o fato de que um grupo de ciganos encurralados, empobrecidos, tentando trabalhar onde não há trabalho, adivinhando a sorte por um método que deixaram de entender, enquanto o restante do universo aprendeu o que os próprios ancestrais desses ciganos sabiam mil e quinhentos anos atrás... eunucos sem lei chegando a uma cidade não teriam sido mais perturbadores para o trabalhador comum com soquetes do que isso. Eunucos? Quando alguém se pluga a uma grande máquina, dizem que está acoplado; você não pode imaginar qual é a origem dessa expressão. Não, a razão de tudo isso é incompreensível para mim. Mas entendo um pouco o motivo. – Ele balançou a cabeça. – A Terra é um lugar estranho. Estive lá por quatros anos na faculdade, e só então comecei a perceber que compreendia muito pouco o planeta. Aqueles de nós que não nasceram lá provavelmente nunca serão capazes de entender completamente. Mesmo no restante de Draco, levamos vidas muito mais simples, eu acho. – Katin olhou para a carta em sua mão. – Sabe o nome desta carta que você roubou?

O Rato assentiu.

– O Sol.

– Sabe que, se você está pegando cartas por aí, é lógico que elas não aparecerão na leitura. O capitão estava bastante ansioso para ver esta aqui.

– Eu sei. – O Rato passou os dedos pela alça da bolsa. – As cartas já diziam que eu me interporia entre o capitão e seu sol; e tudo o que fiz foi remover a carta do baralho. – O Rato balançou a cabeça.

Katin entregou-lhe a carta.

– Por que não devolve? E, a propósito, você poderia se desculpar por causar tanto problema.

O Rato olhou para baixo por meio minuto. Então se levantou, apanhou a carta e começou a se virar na direção do corredor.

Katin observou-o fazer o caminho de volta. Em seguida, cruzou os braços e abaixou a cabeça para pensar. E sua mente vagou para a poeira pálida das luas em suas lembranças.

No corredor silencioso, Katin ponderou; depois de um tempo, fechou os olhos. Algo cutucou seu quadril.

Ele abriu os olhos.

– Ei!

Lynceos (com Idas como uma sombra ao lado) aproximou-se dele e, puxando a corrente, tirou o gravador de seu bolso. Ele havia segurado a caixa encrustada de joias.

– O que essa... – começou Lynceos.

– ... coisa faz? – concluiu Idas.

– Você pode fazer o favor de devolvê-lo para mim? – Katin ficou irritado, principalmente porque fora interrompido. E mais ainda porque foram insolentes.

– Vimos você brincando com ele no porto.

Idas tirou-o das mãos brancas do irmão.

– Olha... – começou a falar Katin.

Então Idas devolveu o objeto para Katin.

– Obrigado! – Ele o colocou de volta no bolso.

– Pode mostrar como funciona...

– ... e para que você usa?

Katin fez uma pausa, então virou o gravador em sua mão.

– É apenas um gravador de matriz onde posso ditar notas e arquivá-las. Estou usando para escrever um romance.

Idas disse:

– Ei, eu sei o que é...

– ... eu também. Por que você quer...

– ... tem que fazer um...

– ... por que não faz apenas um psicorama...

– ... é muito mais fácil. Nós estamos...

– ... nele?

Katin viu a si mesmo respondendo quatro coisas ao mesmo tempo. E então riu.

– Olha, saleiro e pimenteiro, eu não consigo pensar desse jeito! – Ele refletiu por um momento. – Não sei por que quero escrevê-lo. Tenho certeza de que seria mais fácil fazer um psicorama se eu tivesse o equipamento, o dinheiro e um estúdio de psicorama. Mas não é isso que eu quero. E não tenho ideia se vocês vão aparecer "nele" ou não. Nem comecei a pensar no assunto ainda. Por enquanto estou apenas fazendo anotações sobre a forma. – Eles franziram a testa. – Sobre a estrutura, a estética do livro inteiro. Não é uma questão de sentar-se e escrever. É preciso pensar. O romance era uma forma de arte. Tenho que reinventá-lo antes que consiga escrever um. O romance que gostaria de escrever, pelo menos.

– Ah – disse Lynceos.

– Você certamente sabe o que é um romance...

– ... claro que sei. Você já viu *Guerra*...

– ... *e Paz*. Eu já. Mas foi um psicorama...

– ... com Che-ong como Natasha. Mas foi...

– ... tirado de um romance? É verdade, eu...

– ... você se lembra agora?

– Aham. – Idas assentiu sombriamente atrás de seu irmão. – Bem – ele estava falando com Katin agora –, por que você não sabe sobre o que quer escrever?

Katin deu de ombros.

– Talvez você escreva algo sobre nós se você ainda não sabe o que...

– ... podemos processá-lo se ele disser algo que não seja...

– Ei – interrompeu Katin. – Tenho que encontrar um tema que possa se encaixar em um romance. Já expliquei: não posso dizer se vocês vão estar nele ou...

– ... de qualquer forma, que tipo de coisas você tem aí? – Idas estava perguntando por trás do ombro de Lynceos.

– Hum? Como eu disse, anotações. Para o livro.

– Vamos ouvir.

– Olha, pessoal, não... – Mas ele deu de ombros. Moveu os pivôs de rubi na parte superior do gravador e colocou no número sete. – *Tenham em mente que o romance, não importa o quanto seja íntimo, psicológico ou subjetivo, é sempre uma projeção histórica de seu próprio tempo.* – A gravação parecia muito alta e muito rápida. Mas facilitava a revisão. – *Para fazer meu livro, esteja ciente da concepção da história em meu próprio tempo.*

A mão de Idas parecia uma dragona no ombro de seu irmão. Com olhos de casca de árvore e coral, eles franziram a testa e flexionaram sua atenção.

– História? Há três mil e quinhentos anos, Heródoto e Tucídides a inventaram. Eles a definiram como o estudo de tudo o que aconteceu durante sua vida. E nos mil anos seguintes, não foi nada mais que isso. Mil e quinhentos anos depois dos gregos, em Constantinopla, Anna Comnena, com o brilho de uma jurista (e essencialmente na mesma linguagem de Heródoto), descreveu a história como o estudo dos eventos resultantes das ações do homem que haviam sido documentados. Duvido que essa charmosa senhora bizantina acreditasse que as coisas só aconteciam quando eram escritas. Mas os incidentes não registrados simplesmente não eram considerados na esfera da história em Bizâncio. Todo o conceito havia se transformado. Depois de mais mil anos, chegamos àquele século que começou com o primeiro conflito global e terminou quando o primeiro conflito entre os mundos estava em fermentação. De alguma forma, surgiu a teoria de que a história era uma série de subidas e descidas cíclicas à medida que uma civilização ultrapassava a outra. Eventos que não se enquadravam no ciclo foram definidos como historicamente sem importância. É difícil apreciarmos hoje as diferenças entre Spengler e Toynbee, embora suas abordagens fossem consideradas polares em sua época entre todos os relatos. Para nós, parece meramente que estão discutindo sobre quando ou onde determinado ciclo teve início. Agora que outros mil anos se passaram, devemos lutar com De Biling e Broblin, 34-Alvin e a Pesquisa Crespburg. Pela simples razão de serem contemporâneos, sei que devem comportar a mesma visão histórica. Mas quantas madrugadas eu vi sumirem além das docas do Charles enquanto vaguei ponderando se concordava com a teoria da convecção histórica integral de Saunder ou se ainda estava com Broblin, no fim das contas. No entanto, tenho perspectiva suficiente para saber que, em outros mil anos, essas diferenças parecerão tão minuciosas quanto a controvérsia de dois teólogos medievais discutindo se doze ou vinte e quatro anjos podem dançar sobre a cabeça de um alfinete.

"Anote para mim o número cinco mil trezentos e oito. Nunca esqueça o padrão de sicômoros descascados contra a vermelhidão..."

Katin desligou o gravador.

– Ah – disse Lynceos. – Isso foi meio estranho...

– ... interessante – disse Idas. – Chegou a alguma conclusão...

– ... sobre a história, quero dizer...

– ... sobre a concepção histórica do nosso tempo?

– Bem, na verdade, sim. Aliás, é uma teoria interessante. Se você apenas...

– Imagino que deva ser muito complicado – disse Idas. – Quero dizer...

– ... para as pessoas que vivem agora entenderem...

– Por mais surpreendente que pareça, não é – disse Katin. – Basta saber como vemos...

– ... talvez para as pessoas das gerações futuras...

– ... não será tão difícil...

– Verdade. Vocês não perceberam – disse novamente Katin – que toda a matriz social é considerada...

– Não sabemos muito de história. – Lynceos coçou os cabelos de lã prateados. – Acho que não...

–... conseguimos entender agora...

– Claro que conseguem! – interrompeu Katin. – Posso explicar muito...

– Talvez mais tarde...

– ... no futuro...

– ... será mais fácil.

De repente, sorrisos negros e brancos se abriram diante dele. Os gêmeos viraram-se e foram embora.

– Ei – disse Katin. – Vocês não...? Quero dizer, posso expli... Enfim, ok.

Ele franziu a testa e colocou as mãos nos quadris,

observando os gêmeos caminharem pelo corredor. As costas negras de Idas eram uma tela para constelações fragmentadas. Depois de um momento, Katin ergueu o gravador, moveu os pinos de rubi e falou baixinho:

– Nota para mim mesmo número doze mil oitocentos e dez: "A inteligência cria alienação e infelicidade nos...". – Ele parou o gravador. Piscando, viu os gêmeos se afastarem.

– Capitão?

No topo da escada, Lorq tirou a mão da porta e olhou para baixo.

O Rato enfiou o polegar em um rasgo na lateral da calça e coçou a coxa.

– Hã... capitão? – Ele tirou a carta da mochila. – Aqui está o seu Sol.

Sobrancelhas de ferrugem retorceram-se à sombra. Olhos amarelos baixaram seu foco para o Rato.

– Eu, hã, peguei emprestado de Tyÿ. Vou devolver...

– Venha até aqui, Rato.

– Sim, senhor. – Ele começou a subir os degraus em espiral. Ondulações concêntricas batiam na borda do lago. Sua imagem, subindo, brilhava atrás dos filodendros na parede. A sola nua e o salto da bota sincopavam sua marcha.

Lorq abriu a porta. Os dois entraram na cabine do capitão.

O primeiro pensamento do Rato: *o quarto não é maior que o meu.*

O segundo: *há muito mais coisas nele.*

Além dos computadores, havia telas de projeção nas paredes, no piso e no teto. Em meio à pilha de máquinas, nada personalizava a cabine, nem mesmo os grafites.

– Vamos ver a carta. – Lorq sentou-se na bobina de cabos sobre o sofá e examinou o diorama.

Como não foi convidado a se sentar no beliche, o Rato empurrou para o lado uma caixa de ferramentas e caiu de pernas cruzadas no chão.

De repente, os joelhos de Lorq se separaram; ele abriu os punhos; seus ombros tremeram; os músculos de seu rosto se contraíram. O espasmo passou, e ele se endireitou no sofá. Respirou fundo e esticou os laços do colete sobre a barriga.

– Venha se sentar aqui. – Ele deu um tapinha na beirada do sofá.

Mas o Rato apenas rolou no chão para se sentar ao lado dos joelhos de Lorq.

O capitão inclinou-se para a frente e colocou a carta no chão.

– Esta é a carta que você roubou? – A habitual carranca sombria se espalhou por seu rosto. (Mas o Rato só olhava para a carta.) – Se esta fosse a primeira expedição que reuni para sondar essa estrela... – Ele riu. – Seis homens treinados e saudáveis, que estudaram a operação hipnoticamente, sabiam o momento preciso de cada manobra do mesmo jeito que conheciam as batidas de seus corações e trabalhavam de forma tão sincronizada quanto duas camadas de fita bimetálica. Roubo entre a tripulação? – Ele riu novamente, balançando a cabeça lentamente. – Eu acreditava tanto neles. E aquele em quem eu mais acreditava era Dan. – Ele afagou o cabelo do Rato e balançou a cabeça do jovem com gentileza. – Gosto mais desta equipe. – Ele apontou para a carta. – O que você vê aí, Rato?

– Bem, me parecem... duas crianças brincando embaixo de um...

– Brincando? – perguntou Lorq. – Parecem estar brincando?

O Rato recostou-se e abraçou a bolsa.

– O que você vê, capitão?

– Dois garotos de mãos dadas para uma briga. Você vê como um é claro e o outro é escuro? Vejo o amor contra a morte, a luz contra as trevas, o caos contra a ordem. Vejo o choque de todos os opostos sob... o sol. Vejo Prince e me vejo.

– Qual é qual?

– Não sei, Rato.

– Que tipo de pessoa é Prince Red, capitão?

O punho esquerdo de Lorq caiu na concha de sua palma direita.

– Você viu na tela de visualização em cores e 3D. Precisa me perguntar? Rico como Creso, um psicopata mimado; tem apenas um braço e uma irmã tão linda que eu... – Punho e concha separados. – Você é da Terra, Rato. O mesmo mundo do qual vem Prince. Já visitei esse planeta muitas vezes, mas nunca morei lá. Talvez você saiba. Por que alguém da Terra, que teve todas as vantagens da riqueza de Draco, seja menino, jovem ou homem, é tão...? – A voz sumiu. Novamente punho e concha. – Não importa. Pegue sua harpa infernal e toque alguma coisa para mim. Vamos lá. Quero ver e ouvir.

O Rato remexeu na bolsa. Uma das mãos no cabo de madeira, a outra deslizando embaixo da curva e do polimento; fechou os dedos, a boca e os olhos. A concentração franziu-lhe a testa, depois a relaxou.

– Ele tem um braço só, você disse?

– Embaixo da luva preta com a qual ele esmagou de forma tão dramática o espectador, não há nada além de engrenagens.

– Isso significa que está faltando um soquete – continuou o Rato em seu sussurro rouco. – Não sei como é de onde você vem; na Terra, isso é a pior coisa que pode acontecer com alguém. Capitão, meu pessoal não tinha nenhum, e Katin acabou de explicar que é por isso que sou tão maldoso. – A siringe saiu da bolsa. – O que quer que eu toque?

Ele arriscou algumas notas, algumas luzes.

Mas... Lorq estava olhando para a carta de novo.

– Apenas toque. Em breve teremos de nos conectar para pousar no Alkane. Vamos lá. Rápido. Toque logo.

A mão do Rato desceu para tocar a siringe...

– Rato?

Então o Rato a afastou sem tocar o objeto.

– Por que você roubou justo *esta* carta?

O Rato deu de ombros.

– Porque estava lá. Caiu no carpete perto de mim.

– Mas se fosse outra carta, o Dois de Copas, o Nove de Paus, você teria pegado?

– Acho... que sim.

– Tem certeza de que não há algo especial nesta carta? Se qualquer outra estivesse lá, você a teria deixado de lado ou a devolveria.

Rato não sabia de onde vinha aquilo. Mas era medo novamente. Para combatê-lo, girou e pegou no joelho de Lorq.

– Olha, capitão, não importa o que as cartas dizem, eu vou ajudar a chegar naquela estrela, ouviu bem? Vou para lá direto com você, e você vencerá a corrida. Não deixe que uma louca diga o contrário!

Durante a conversa, Lorq estava perdido em pensamentos. Agora, olhou seriamente para a carranca morena.

– Lembre-se de devolver a carta para "a louca" quando sair daqui. Em breve estaremos em Vorpis.

A intensidade não podia mais se manter. Uma risada áspera abriu os lábios castanhos.

– Ainda acho que estão brincando, capitão.

O Rato virou as costas para o sofá. Plantando o pé descalço sobre a sandália de Lorq, como um cachorrinho ao lado de seu dono, ele começou a tocar.

Luzes flutuaram sobre as máquinas, cobre e rubi, transformando-se em arpejos de cravo; Lorq olhou para o menino sentado ao lado do seu joelho. Algo aconteceu com ele. Não sabia o motivo. Mas pela primeira vez em muito tempo ele estava observando outra pessoa por razões que não tinham nada a ver com sua estrela. Não sabia o que tinha visto. Ainda assim, se recostou e olhou para o que o Rato estava fazendo.

Quase enchendo a cabine, o cigano movimentou uma miríade de luzes cor de fogo em torno de uma grande esfera, no ritmo das figuras que se desfaziam em uma fuga grave e dissonante.

CAPÍTULO 5

Draco, Vorpis, Fênix, 3172

O mundo?
    Vorpis.
    Há tanta coisa em um mundo...
    – Bem-vindos, viajantes...
    ... já uma lua, pensou Katin enquanto deixavam o espaçoporto pelos portais resplandecentes do amanhecer, *uma lua mantém suas glórias cinzentas em miniatura de rocha e poeira.*
    – ... Vorpis tem um dia de trinta e três horas, uma gravidade alta o suficiente para aumentar a pulsação em zero ponto três do normal da Terra durante um período de aclimatação de seis horas...
    Eles deixaram a coluna de cem metros para trás. Escamas, polidas sob a aurora, sangravam as brumas que cobriam o planalto: a Serpente, animada e mecânica, símbolo de todo esse setor brilhante da noite, contorcia-se em seu poste. Quando a tripulação pisou na estrada movimentada, um sol achatado apagava as feridas da noite.
    – ... com quatro cidades de mais de cinco milhões de habitantes. Vorpis produz quinze por cento de todos os dinaplastos para Draco. Nas zonas equatoriais, mais de três dúzias de minerais são extraídos da rocha líquida. Aqui, nas regiões polares tropicais, tanto o arolato quanto o aqualato são caçados por cavaleiros da rede ao longo dos cânions interplanaltos. Vorpis é famosa em toda a galáxia pelo Instituto Alkane, localizado na capital do Hemisfério Norte, Fênix.

Eles ultrapassaram o limite da voz do infosserviço e alcançaram o silêncio. À medida que a estrada os afastava dos degraus, Lorq, entre a tripulação, olhava para a praça.

– Capitão, para onde agora vamos? – Sebastian levou apenas um de seus animais de estimação da nave, que balançava e pisava em seu ombro.

– Levaremos um arrasta-neblina para a cidade e depois vamos para o Alkane. Quem quiser pode vir comigo, passear pelo museu ou tirar umas horas de folga na cidade. Se alguém quiser ficar na nave...

– ... e perder a chance de ver o Alkane?

– ... a entrada não é cara?

– ... mas o capitão tem uma tia que trabalha lá...

– ... podemos entrar de graça, então – terminou Idas.

– Não se preocupem com isso – disse Lorq enquanto desciam a rampa até as carreiras onde os arrasta-neblinas atracavam.

A Vorpis Polar era uma sucessão de planaltos rochosos, muitos deles com vários quilômetros quadrados de área. No meio, neblinas pesadas se espalhavam e se derramavam, imiscíveis com a atmosfera de nitrogênio/oxigênio acima. Óxido de alumínio em pó e sulfato de arsênico em hidrocarbonetos vaporizados, expelidos violentamente do solo, preenchiam o espaço entre as plataformas. Logo além do planalto, onde ficava o espaçoporto, havia outro com plantas cultivadas, nativas de uma latitude mais ao sul de Vorpis, mas mantidas ali como um parque natural (marrom, ferrugem, escarlate); no maior planalto ficava Fênix.

Os arrasta-neblinas, aviões de propulsão inercial movidos pelas cargas estáticas acumuladas entre a atmosfera positivamente ionizada e o óxido negativamente ionizado, sulcavam a superfície da neblina como barcos.

Na sala de espera, os horários de partida flutuavam sob os tijolos transparentes, seguidos de setas que indicavam à multidão os diferentes portões de embarque:

PARQUE ANDRÔMEDA – FÊNIX – MONTCLAIR

E um grande pássaro pingando fogo seguia através do multicroma embaixo de botas, pés descalços e sandálias.

No convés do arrasta-neblina, Katin se apoiou na amurada, olhando através da parede de plástico, enquanto as ondas brancas estalavam e corriam tampando o sol para se chocarem contra o casco.

– Já pensou – disse Katin quando o Rato foi até ele mascando uma barra de açúcar – que situação difícil um homem do passado teria para entender o presente? Suponha que alguém tenha morrido, digamos, no século 26, e acordado aqui e agora. Percebe o total horror e a confusão que sentiria apenas olhando para este arrasta-neblina?

– É? – O Rato tirou o doce da boca. – Quer terminar? Não quero mais.

– Obrigado. Por exemplo, a... – A mandíbula de Katin balançou enquanto seus dentes esmagavam o açúcar cristalino do fio de linho – ... higiene. Houve um período de mil anos, de mais ou menos 1500 a 2500, quando as pessoas gastaram uma quantidade incrível de tempo e energia mantendo as coisas *limpas*. Terminou quando a última doença transmissível finalmente se tornou não apenas curável, mas impossível. Havia uma coisa improvável chamada "resfriado comum" que, até o século 25, era possível contrair todos os anos pelo menos uma vez. Acho que naquela época havia alguma desculpa para o fetiche: alguma correlação entre sujeira e doença. Mas depois que o contágio se tornou uma preocupação obsoleta, o saneamento se tornou igualmente obsoleto. No entanto, se nosso homem de quinhentos anos atrás visse você andando por este convés com um pé calçado e o outro descalço, sem se preocupar em lavá-lo... você tem *ideia* de como ele ficaria incomodado?

– Fala sério.

Katin assentiu.

O nevoeiro dissipou em um poço de rocha, faiscando.

– A ideia de visitar Alkane me inspirou, Rato. Estou desenvolvendo toda uma teoria da história, em conjunto com o meu romance. Você me concederia alguns minutos? Vou explicar. Ocorreu-me que, se considerarmos... – Ele se interrompeu.

Tempo suficiente se passou para que uma coleção de expressões se acumulasse no rosto do Rato.

– O que foi? – perguntou quando decidiu que nada no cinza turvo chamava a atenção de Katin. – E a sua teoria?

– Cyana Von Ray Morgan!

– O quê?

– *Quem*, Rato. Cyana Von Ray Morgan. Tive um pensamento totalmente oblíquo: acabei de descobrir quem é a tia do capitão, a curadora do Alkane. Quando Tyÿ lhe deu uma leitura de tarô, o capitão mencionou um tio que foi morto quando era criança.

O Rato franziu a testa.

– Ah, sim...

Katin balançou a cabeça, debochando com descrença.

– Quem o quê? – perguntou o Rato.

– Morgan e Underwood?

O Rato olhou para baixo, para o lado, e para as outras direções que as pessoas procuram quando há associações desconhecidas.

– Acho que aconteceu antes de você nascer – disse Katin finalmente. – Mas você deve ter ouvido falar disso ou visto em algum lugar. Todo o negócio foi veiculado através da galáxia em psicorâmica enquanto acontecia. Eu tinha apenas três anos, mas...

– Morgan assassinou Underwood! – exclamou o Rato.

– Underwood – disse Katin – assassinou Morgan. Mas essa é a ideia.

– Em Arca – disse o Rato. – Nas Plêiades.

– Com bilhões de pessoas vivenciando o episódio em toda a galáxia via psicorâmica. Eu não devia ter mais de três anos na época. Estava em casa, em Luna, assistindo à posse com meus pais, quando aquele personagem incrível de colete azul saiu da multidão e correu pela Praça Chronaiki com aquele fio na mão.

– Ele foi estrangulado! – exclamou o Rato. – Morgan foi estrangulado! Vi um psicorama disso! Uma vez, na Cidade de Marte, no ano passado, quando eu estava fazendo a corrida do triângulo, vivenciei isso como um assunto breve. Mas era parte de um documentário sobre outra coisa.

– Underwood quase cortou a cabeça de Morgan – elucidou Katin. – Sempre que vivenciei uma reprise, a própria cena da morte era cortada. Mas cerca de cinco bilhões foram submetidos a todas as emoções de um homem, prestes a ser empossado para seu segundo mandato como secretário das Plêiades, subitamente atacado por um louco, e morto. Todos nós sentimos Underwood caindo de costas; ouvimos Cyana Morgan gritar e a sentimos tentar puxá-lo; ouvimos o representante Kolsyn gritar sobre o terceiro guarda-costas (e essa é a parte que causou toda a confusão na investigação que se seguiu) e sentimos Underwood prender aquele fio em nosso pescoço, sentimos cortar nossa carne; golpeamos com nossa mão direita, e nossa mão esquerda foi agarrada pela senhora Tai; e nós morremos. – Katin balançou sua cabeça. – Então, o estúpido cinegrafista, um tal de Naibn'n, um imbecil, quase teve seu cérebro queimado por um bando de lunáticos que pensaram que ele estava envolvido na trama, mirou a psicomática em Cyana, em vez do assassino, para podermos descobrir quem ele era e para onde estava indo. E, nos trinta segundos seguintes, viramos todos uma mulher histérica agachada na praça, agarrada ao cadáver do nosso marido em meio a uma confusão de diplomatas, representantes e patrulheiros igualmente histéricos, observando Underwood se esquivar, se embrenhar na multidão e, finalmente, desaparecer.

– Essa parte não estava em exibição na Cidade de Marte. Mas me lembro da esposa de Morgan. É a tia do capitão?

– Tem que ser a irmã do pai dele.

– Como você sabe?

– Bem, em primeiro lugar, o sobrenome, Von Ray Morgan. Lembro-me de ler uma vez, cerca de sete ou oito anos atrás, que tinha algo a ver com o Alkane, e a fama de ser uma mulher muito inteligente e sensível. Nos primeiros doze anos após o assassinato, ela foi o foco daquela parte terrivelmente sofisticada da sociedade que sempre ia e voltava entre Draco e as Plêiades; foi vista na Praia da Chama, do Mundo de Chobe, ou aparecendo com suas duas filhinhas em alguma regata espacial. Passou muito tempo com sua prima, Laile Selvin, que havia sido secretária da Federação das Plêiades por um período. As fitas de notícias gravadas estavam sempre divididas entre o desejo de mantê-la à beira do escândalo e o respeito por todo aquele horror com Morgan. Hoje, se ela aparece em uma vernissage ou em um evento social, ainda é destaque, embora nos últimos anos a tenham deixado um pouco de lado. Se é *mesmo* curadora do Alkane, talvez tenha se envolvido demais com o instituto para se preocupar com publicidade.

– Já ouvi falar dela – assentiu o Rato, que finalmente olhou para cima.

– Houve um período em que ela era provavelmente a mulher mais conhecida da galáxia.

– Acha que vamos conhecê-la?

– Bem – disse Katin, segurando o corrimão e se inclinando para trás –, seria ótimo! Talvez eu pudesse basear meu romance no assassinato de Morgan, uma espécie de história moderna.

– Ah, é – disse o Rato. – Seu livro.

– O que me impediu até agora é não ter encontrado um assunto. Me pergunto qual seria a reação da senhora

Morgan à ideia. Ah, eu não faria nada parecido com aquelas reportagens sensacionalistas que não paravam de sair nos psicoramas logo depois do acontecido. Gostaria de fazer uma obra de arte calculada e estudada, tratando o assunto como algo que traumatizou a fé de uma geração inteira no mundo ordenado e racional do homem...

– Quem matou quem mesmo?

– Underwood... sabe, acabou de me ocorrer que ele tinha a minha idade quando fez isso... quando estrangulou o secretário Morgan.

– ... porque não gostaria de cometer esse erro se a conhecesse. Eles pegaram o cara, não?

– Ficou livre por dois dias, se entregou duas vezes e foi solto duas vezes com as outras mil e duzentas pessoas que confessaram nas primeiras quarenta e oito horas; chegou ao espaçoporto onde planejava se juntar às duas esposas em uma das estações de mineração nas Colônias Exteriores quando foi detido no escritório de emigração. Há material suficiente para uma dúzia de romances! Queria um assunto que fosse historicamente significativo. Se nada acontecer, será uma chance de expor minha teoria. Que, como eu estava dizendo...

– Katin?

– Hã, sim? – Os olhos de Katin, antes nas nuvens acobreadas, se voltaram para o Rato.

– O que é aquilo?

– Hein?

– Bem ali.

Entre colinas picotadas pela neblina, havia um brilho metálico. Então, uma rede escura se ergueu movimentando as ondas. Cerca de dez metros além, a rede voou, lançada da névoa. Agarrando-se ao centro pelas mãos e pelos pés, colete esvoaçando, cabelo escuro bagunçado pelo vento atrás do rosto mascarado, um homem estava armando a rede através da onda; a névoa o escondia.

– Acho – disse Katin – que é um desses cavaleiros de rede que vagam pelos cânions dos planaltos, procurando o arolato natural deste mundo... ou talvez também aqualato.

– Isso é sério? Ah, você já esteve aqui antes...

– Não. Na faculdade vivenciei dezenas de exposições do Alkane. Quase todas as grandes universidades são isossensoriais com eles, mas nunca estive aqui pessoalmente. Só ouvi a infovoz no porto.

– Ah.

Mais outros dois cavaleiros emergiram em suas redes. O nevoeiro cintilava. Enquanto desciam, um quarto e um quinto emergiram, e depois um sexto.

– Parece uma tropa inteira.

Os cavaleiros varriam as brumas, soltando-se, elétricos, desaparecendo para emergir mais adiante.

– Redes... – Katin meditou a respeito. Ele se inclinou para a frente no parapeito. – Uma grande rede, espalhando-se entre as estrelas, através do tempo... – Ele falou devagar, suavemente. Os cavaleiros desapareceram. – *Minha* teoria: se a sociedade é concebida como... – Ele olhou de soslaio; ao seu lado, um som que parecia o vento.

O Rato havia retirado sua siringe da bolsa. Sob a escuridão, com dedos trêmulos, luzes cinzentas giravam e se entremeavam.

Através das imitações da névoa, as teias de ouro brilhavam e se desfaziam em uma melodia hexatônica. O ar era penetrante e frio; havia o cheiro do vento, mas sem sua pressão.

Três, cinco, uma dúzia de passageiros se reuniram para assistir. Além do parapeito, os cavaleiros da rede apareceram mais uma vez, e alguém, percebendo a inspiração do menino, disse:

– Ah, eu sei o que está acontecendo... – e ficou em silêncio porque todos os outros também sabiam. A música terminou.

– Adorável foi!

O Rato olhou para cima. Tyÿ estava de pé, meio escondida atrás de Sebastian.

– Obrigado. – Ele sorriu e começou a colocar o instrumento de volta na bolsa. – Ah. – Ele viu algo e olhou para cima novamente. – Tenho uma coisa para você. – Ele enfiou a mão na bolsa. – Encontrei isso no chão da *Roc*. Acho que você... deixou cair.

Ele olhou para Katin e viu a carranca desaparecendo. Então, olhou para Tyÿ e sentiu seu sorriso se abrir à luz do dela.

– Te agradeço. – Ela colocou o cartão no bolso da jaqueta. – Você da carta gostou?

– Hein?

– Você cada carta que ganhar precisa meditar.

– Você meditou? – perguntou Sebastian.

– Ah, sim. Olhei muito para isso. O capitão e eu.

– Isso é bom. – Ela sorriu.

Mas Rato estava mexendo na alça de sua bolsa.

Em Fênix, Katin perguntou:

– Você não quer ir mesmo?

O Rato estava brincando com a alça novamente.

– Não.

Katin deu de ombros.

– Acho que você aproveitaria.

– Já vi museus antes. Só quero andar um pouco.

– Tudo bem – disse Katin. – Nos vemos de volta no porto.

Ele se virou e subiu correndo os degraus de pedra atrás do capitão e do resto da tripulação. Alcançaram a rampa automática que os levaria pelos penhascos em direção à reluzente Fênix.

O Rato olhou para a névoa que se espalhava pela plataforma. Os arrasta-neblinas maiores – tinham acabado de desembarcar de um deles – estavam ancorados nas docas à esquerda; os pequeninos balançavam à direita. Pontes arqueavam-se nas rochas, cruzando as fendas que cortavam o planalto aqui e ali.

O Rato coçou cuidadosamente a orelha com a unha do dedinho e foi para a esquerda.

O jovem cigano tentara viver a maior parte de sua vida apenas com olhos, ouvidos, nariz, dedos dos pés e dedos das mãos. E durante a maior parte de sua vida havia conseguido. Mas, de vez em quando, como na *Roc* durante a leitura do tarô de Tyÿ, ou durante as conversas com Katin e depois com o capitão, foi forçado a aceitar que o que havia acontecido em seu passado afetava o presente. Seguiu-se então um momento de introspecção. Na introspecção, encontrou o velho medo. Àquela altura, sabia que o medo tinha duas camadas irritantes: uma que ele poderia acalmar acariciando as placas responsivas de sua siringe; para aliviar a outra, exigia sessões longas e privadas de autodefinição. Ele definia: *dezoito, dezenove?*

Talvez. De qualquer forma, uns bons quatro anos depois da idade da razão, como eles chamam. E posso votar em Draco. No entanto, nunca votei. De novo descendo as rochas e docas de outro porto. Aonde vai, Rato? Onde esteve e o que vai fazer quando chegar lá? Sente-se e toque um pouco. Embora tenha que significar mais que isso. Sim. Significa algo para o capitão. Gostaria de poder enlouquecer assim por uma luz no céu. Quase entendo quando ouço o que ele diz. Quem mais poderia disparar minha harpa para imitar o sol? E que luz deve ter sido também. Dan, o cego... e eu me pergunto como ela era. Você não quer passar os próximos cinco quintos de sua vida com as mãos e os olhos intactos? Me amarrar a uma pedra, pegar garotas e fazer bebês? Não. Gostaria de saber se Katin está feliz com suas teorias e anotações, anotações e teorias? O que aconteceria se eu tentasse tocar minha siringe da mesma forma que ele está tentando fazer este livro, pensando, medindo? Em primeiro lugar, eu não teria tempo para me fazer essas perguntas difíceis. Tipo: o que o capitão pensa de mim? Ele esbarra em mim, ri, pega o Rato e bota no bolso. Mas significa mais que isso! O capitão tem aquela estrela maluca. Katin tece teias de palavras que ninguém ouve. Eu, Rato? Um cigano com uma siringe em vez de uma laringe. Mas, para mim, não é suficiente. Capitão, aonde está me levando? Vamos lá. Claro que vou.

Não há nenhum outro lugar onde eu deveria estar. Será que vou descobrir quem sou quando chegar lá? Ou uma estrela moribunda realmente dará tanta luz para que eu possa ver?

O Rato saiu da ponte seguinte, polegares encaixados nas calças, olhos baixos.

O som das correntes.

Ele olhou para cima.

Correntes rastejavam sobre um tambor de três metros, puxando uma forma das brumas. Na rocha em frente a um armazém, homens e mulheres descansavam em máquinas gigantescas. Na cabine, o operador do guincho ainda estava com a máscara. Coberta de redes, a fera se ergueu da neblina, batendo as nadadeiras. Ouvia-se o raspar das redes.

O arolato (ou talvez fosse um aqualato) tinha vinte metros de comprimento. Guinchos menores abaixaram os ganchos. Os cavaleiros da rede que seguravam o flanco da fera os agarraram.

Enquanto o Rato descia entre os homens para observar o precipício, alguém gritou:

— Alex está ferido!

Abaixado em uma polia, um andaime derrubou uma tripulação de cinco.

A besta havia parado. Rastejando as redes como se fossem uma escada fácil, soltaram uma seção de elos. O cavaleiro pendia no meio delas, amolecido.

Um quase deixou cair sua seção, o cavaleiro ferido balançava contra o flanco azul.

— Segure aí, Bo!

– Tudo bem está! Eu segurei!

– Traga-o para cima devagar.

O Rato espiou a névoa abaixo. O primeiro cavaleiro alcançou a rocha, elos batendo na pedra a três metros de distância. Ele subiu, arrastando sua rede. Soltou as tiras do pulso, tirou as conexões dos braços, ajoelhou-se e desconectou os soquetes inferiores dos tornozelos molhados. Então, arrastou a rede por cima do ombro pelo largo cais. Os flutuadores de neblina na borda da rede ainda suportavam o maior peso da teia, pairando no ar. Sem eles, avaliou o Rato, sem levar em conta a gravidade um pouco mais pesada, o extenso mecanismo de aprisionamento provavelmente pesaria várias centenas de quilos.

Mais três cavaleiros chegaram pela borda, os cabelos úmidos escorridos ao longo das máscaras – destacando-se, encaracolados e vermelhos, na cabeça de um homem –, e arrastaram suas redes. Alex estava mancando entre dois companheiros.

Seguiram-se mais quatro cavaleiros. Um homem loiro e corpulento acabara de desconectar a rede do pulso esquerdo quando olhou para o Rato. Placas oculares vermelhas piscaram na máscara preta quando ele inclinou a cabeça.

– Ei – foi um grunhido gutural –, o que é essa coisa no seu quadril?

Sua mão livre afastou para trás os cabelos grossos.

O Rato olhou para baixo e para cima.

– Hein?

O homem chutou a rede solta da bota esquerda. O pé direito estava descalço.

– Uma siringe sensorial é? Hein?

O Rato sorriu.

– É.

O homem fez que sim com a cabeça.

– Um garoto que realmente sabia tocar eu conhecia... – Ele ficou em silêncio, endireitando a cabeça. Enganchou o polegar sob a mandíbula de sua máscara. O protetor bucal e as placas oculares se soltaram.

Quando ele viu, o Rato sentiu aquela coceira na garganta, outro aspecto de seu problema de fala. Cerrou os maxilares e abriu os lábios; então fechou os lábios e abriu os dentes. Também não dava para falar assim. Por fim, tentou deixar escapar algo com um ponto de interrogação provisório, que rascou em exclamação involuntária:

– Leo!

As feições apertadas se reorganizaram.

– Você, Rato, você é!

– Leo, o que você virou? M-mas o quê...

Leo soltou a rede do outro pulso e chutou o plugue solto do outro tornozelo, então apanhou um punhado de elos.

– Você para o depósito de redes comigo vem! Cinco anos, não... porém mais.

O Rato ainda sorria porque era tudo o que lhe restava fazer. Ele mesmo apanhou os elos, e juntos eles arrastaram a rede – com a ajuda dos flutuadores de neblina – pela rocha.

– Ei, Caro, Bolsum, esse o Rato é!

Dois dos homens viraram-se para olhar.

– Para vocês o menino de quem falei, lembram? Ele esse é. Ei, Rato, você pelo menos quinze centímetros cresceu. Quantos anos faz, sete, oito? E você, ainda a siringe tem?

Leo olhou para a bolsa.

– Você bom está, posso apostar. Mas bom você já era.

– Já conseguiu uma siringe para você, Leo? Podíamos tocar juntos...

Leo balançou a cabeça com um sorriso envergonhado.

– Foi em Istambul da última vez que numa siringe peguei. E agora, tudo já esqueci.

– Ah – falou Rato, e sentiu que havia perdido alguma coisa.

– Ei, essa a siringe sensorial é que você em Istambul roubou?

– Tenho carregado comigo desde lá.

Leo começou a rir e colocou o braço em volta dos ombros ossudos de Rato. A risada (Rato percebeu a vantagem de Leo?) rolava pelas palavras do pescador.

– E você a siringe o tempo todo tocou? Você para mim agora toca? Claro! Você para mim os cheiros, sons e cores vai tocar. – Dedos grandes machucaram a escápula morena embaixo do colete de trabalho de Rato. – Ei, Bo, Caro, vocês um verdadeiro tocador de siringe agora vão ver.

Os dois cavaleiros pararam para esperá-los:

– Você realmente toca essa coisa?

– Cerca de seis meses atrás, passou por aqui um homem que sabia tocar muito bem... – Ele traçou duas curvas no ar com suas mãos cheias de cicatrizes; então cutucou o Rato. – Você percebe o que quero dizer?

– O Rato melhor que isso toca! – insistiu Leo.

– Leo não conseguia parar de falar sobre o garoto que ele havia conhecido na Terra. Disse que tinha lhe ensinado a tocar sozinho, mas quando demos a siringe ao Leo...

Ele balançou a cabeça, rindo.

– Mas esse o menino é! – exclamou Leo, contornando o ombro do Rato.

– Hein?

– Ah!

– Este o Rato é!

Pela porta alta, eles entraram no depósito de redes. Dos racks altos, as redes balançavam em cortinas labirínticas. Os cavaleiros penduravam as redes em arranjos de ganchos que desciam do teto por roldanas. Uma vez esticadas, o cavaleiro podia reparar elos quebrados, ajustar as conexões reativas que davam forma e movimento à teia através dos impulsos nervosos recebidos pelos plugues.

Dois cavaleiros estavam puxando uma grande máquina dentada.

– O que é isso?

– Com isso eles o arolato vão abater.

– Arolato? – O Rato balançou a cabeça.

– É isso que caçamos aqui. Aqualatos lá embaixo perto da Mesa Preta eles caçam.

– Ah.

– Mas, Rato, o que fazendo aqui está você? – Eles avançaram no meio do chacoalhar dos elos. – Você um tempo nas redes vai ficar? Conosco por um tempo vai trabalhar? Eu uma equipe que um novo homem precisa conheço...

– Estou de licença de uma nave que está ancorada aqui por um tempo. É a *Roc*, do capitão Von Ray.

– Von Ray? Uma nave das Plêiades é?

– Exatamente.

Leo puxou o mecanismo de engate das vigas altas e começou a estender sua rede.

– O que em Draco está fazendo?

– O capitão tem que parar no Instituto Alkane para conseguir algumas informações técnicas.

Leo deu um puxão na corrente da polia e os ganchos subiram mais três metros. Ele começou a estender a próxima camada.

– Von Ray, sim. Uma boa nave deve ser. Quando em Draco pela primeira vez entrou... – Ele esticou os elos pretos no próximo gancho... –, ninguém das Plêiades jamais em Draco entrou. Um ou dois, talvez. Eu o único era. – Os elos se encaixaram; Leo puxou a corrente de novo. O topo da rede se ergueu na luz das janelas superiores. – Hoje muitas pessoas da Federação conheço. Dez nesta costa trabalham. E as naves o tempo todo vão e voltam.

Ele balançou a cabeça de um jeito infeliz.

Alguém chamou do outro lado da área de trabalho.

– Ei, onde está o médico? – Sua voz ecoou nas teias. – Alex está esperando aqui faz cinco minutos.

Leo sacudiu as redes para ter certeza de que estavam firmes. Olharam para trás em direção à porta.

– Não se preocupe! Ele aqui vai chegar! – gritou ele e segurou Rato pelos ombros. – Você comigo vai!

Eles caminharam através das cortinas. Outros cavaleiros ainda estavam enganchando as redes.

– Ei, você vai tocar?

Eles olharam para cima.

O cavaleiro desceu usando os elos, depois saltou para o chão.

– É isso que eu quero ver.

– Claro que ele vai! – exclamou Leo.

– Sabe, realmente... – O Rato começou a falar. Por mais feliz que estivesse de ver Leo, ainda desfrutava de suas reflexões particulares.

– Bravo! Porque Leo não fala de outra coisa.

Enquanto passavam pelas redes, outros cavaleiros se juntaram a eles.

Alex estava sentado ao pé da escada que levava à galeria de observação. Segurava o ombro, e sua cabeça se inclinava contra as estacas. De vez em quando, ele puxava o ar, e suas bochechas por barbear afundavam no rosto.

– Olha – disse Rato para Leo –, por que não vamos a algum lugar e pegamos algo para beber? Podemos conversar um pouco, talvez. Vou tocar para você antes de irmos.

– *Agora* você toca! – insistiu Leo. – Depois conversamos.

Alex abriu os olhos.

– Esse é o cara – ele fez uma careta – de quem você estava falando, Leo?

– Veja, Rato. Depois de um tanto de anos, uma reputação você tem. – Leo puxou um barril de lubrificante de cabeça para baixo que raspava no cimento. – Agora se sente.

– Vamos, Leo. – O Rato mudou para o grego. – A verdade é que não estou a fim. Seu amigo está ferido e não quer ser incomodado...

– *Malakas!* – disse Alex, cuspindo espuma sangrenta entre os joelhos machucados. – Toque alguma coisa. Vai me fazer esquecer um pouco a dor. Quando esse médico desgraçado vai chegar?

— Algo para Alcx toque.

— É que... — O Rato olhou para o cavaleiro da rede ferido, depois para os outros homens e mulheres recostados na parede.

Um sorriso misturado à dor brotou no rosto de Alex.

— Toque alguma coisa, Rato.

O Rato não queria tocar.

— Tudo bem.

Ele tirou a siringe da bolsa e enfiou a cabeça sob a alça.

— O médico provavelmente vai chegar bem no meio — comentou o Rato.

— Espero que chegue logo — rosnou Alex. — Sei que no mínimo estou com um braço quebrado. Não consigo sentir nada na perna, e algo está sangrando dentro de mim... — Ele cuspiu vermelho de novo. — Tenho que sair de novo em duas horas. É melhor que ele se apresse e me conserte logo. Se não puder fazer essa corrida à tarde, vou processá-lo. Eu pago a desgraça do seguro-saúde.

— Ele vai deixar você novinho em folha — assegurou um dos cavaleiros. — Não deixaram uma apólice expirar ainda. Cale a boca e deixe o menino tocar.

Ele parou porque o Rato já tinha começado.

A luz atingiu o vidro e o transformou em cobre. Milhares de painéis redondos formavam a fachada côncava do Alkane.

Katin percorria o caminho à beira do rio que contornava o jardim do museu. O rio — as mesmas brumas pesadas que banhavam a Vorpis polar — fumegava na margem. À frente, ele fluía sob a parede arqueada e em chamas.

O capitão estava longe o bastante, à frente de Katin, para que suas sombras tivessem o mesmo comprimento sobre as pedras lisas. Entre as fontes, o palco elevado trazia continuamente outra plataforma cheia de visitantes, algumas centenas por vez. Mas em poucos segundos se dispersaram nos caminhos variados que serpenteavam pelas pedras revestidas de quartzo. Em um tambor de bronze, no foco das vidraças refletoras, algumas centenas de metros antes do museu, sua graça de mármore, sem braços, vívida na manhã avermelhada, estava a *Vênus de Milo*.

Lynceos semicerrou os olhos cor-de-rosa e desviou o rosto do clarão. Idas, ao lado dele, olhou para todos os lados.

Tyÿ andava devagar atrás de Sebastian, com a mão na dele, seu cabelo se levantando com a batida de asas do mascote em seu ombro reluzente.

Agora a luz, pensou Katin, enquanto passavam por baixo do arco para o saguão em forma de lente, *ficará azul. É verdade que nenhuma lua tem atmosfera natural suficiente para causar uma difração tão dramática. Ainda assim, sinto falta de uma solidão lunar. Essa estrutura legal de plástico, metal e pedra já foi o maior edifício construído pelo homem. Até onde chegamos desde o século 27. Há uma dezena de edifícios maiores do que este hoje em toda a galáxia? Duas dezenas? Posição estranha para um rebelde acadêmico aqui: conflito entre a tradição assim incorporada e o absurdo de sua arquitetura datada. Cyana Morgan se aninha neste túmulo da história do homem. Adequado: o falcão branco choca-se sobre os ossos.*

Do teto pendia uma tela octogonal onde os anúncios públicos eram transmitidos. Uma série de fantasias de luz tocava agora.

– Poderia me passar para o ramal 739-E-6? – pediu o capitão Von Ray a uma garota no balcão de informações.

Ela virou a mão e apertou botões do pequeno interfone conectado ao pulso.

– Certamente.

– Oi, Bunny? – disse Lorq.

– Lorq Von Ray! – a garota na mesa exclamou em uma voz que não era dela. – O senhor veio ver Cyana?

– Isso mesmo, Bunny. Se ela não estiver ocupada, gostaria de subir e conversar com ela.

– Só um momento que vou verificar.

Bunny, onde quer que estivesse na colmeia ao redor deles, liberou o controle da garota tempo suficiente para ela erguer as sobrancelhas, surpresa.

– O senhor está aqui para ver Cyana Morgan? – disse em sua própria voz.

– Exatamente. – Lorq sorriu.

Nesse exato momento, Bunny reapareceu:

– Perfeito, Lorq. Ela vai encontrá-lo no Sudoeste 12. Tem menos gente lá.

Lorq virou-se para a tripulação.

– Por que não passeiam um pouco pelo museu? Em uma hora terei o que quero.

– Ele tem que carregar aquela... – a garota olhou preocupada para Sebastian – ... coisa pelo museu? Não temos instalações para animais.

Ao que Bunny respondeu:

– O homem está na sua tripulação, Lorq, não está? Parece familiar. – Ela se virou para Sebastian. – Será que o bicho vai se comportar?

– Claro que se comportar vai. – Sebastian acariciou a garra flexionada no ombro.

– Você pode levar – disse Bunny através da garota. – Cyana já vai encontrar o senhor.

Lorq virou-se para Katin.

– Por que não vem comigo?

Katin tentou não demonstrar a surpresa.

– Tudo bem, capitão.

– Sudoeste 12 – disse a moça. – Você só precisa subir um andar por aquele elevador. Algo mais?

– Nada mais. – Lorq virou-se para a tripulação. – Bem, vejo vocês mais tarde.

Katin o acompanhou.

Ao lado do elevador estava a cabeça de um dragão de três metros montada em blocos de mármore. Katin olhou para as ondulações no céu da boca de pedra.

– Meu pai doou isso para o museu – disse Lorq enquanto entravam no elevador.

– Ah, sim...

– Veio de Nova Brasília. – Enquanto subiam em torno do eixo central, o queixo caiu. – Quando eu era criança, brincava lá dentro com um de seus primos.

O andar térreo estava fervilhando com grupos cada vez menores de turistas.

O terraço dourado recebeu-os.

Então, eles saíram do elevador.

As fotos foram dispostas a várias distâncias da fonte de luz central da galeria. A lâmpada multilente projetava em cada quadro suspenso a maior aproximação (conforme acordado pelos vários estudiosos do Alkane) para a luz sob a qual cada quadro foi originalmente pintado: artificial ou natural, sol vermelho, sol branco, amarelo ou azul.

Katin olhou para as poucas pessoas que perambulavam pela exposição.

– Cyana vai chegar daqui a um minuto ou mais – disse o capitão. – Ela está bem longe.

– Hum. – Katin leu o título da exposição.

Imagens do meu povo

Acima havia uma tela de anúncio, menor que a do saguão.

Nesse exato momento, estava afirmando que as pinturas e fotografias eram todas de artistas dos últimos trezentos anos e mostravam homens e mulheres trabalhando ou se divertindo em seus diversos mundos. Olhando para a lista de artistas, Katin ficou desgostoso ao descobrir que reconhecia apenas dois nomes.

– Queria que viesse comigo porque precisava falar com alguém que conseguisse entender.

Katin, surpreso, ergueu a cabeça.

– Meu sol... minha nova. Mentalmente, quase me acostumei com seu brilho. E, no entanto, ainda sou um homem embaixo de toda essa luz. Durante toda a vida, as pessoas ao meu redor geralmente fizeram o que eu queria que fizessem. Quando não faziam...

– Você as forçou?

Lorq estreitou os olhos amarelos.

– Quando não faziam, descobria o que podiam fazer e usava-as para isso. Alguém sempre aparece para realizar as outras tarefas. Quero falar com alguém que vai entender. Mas as palavras não são suficientes. Gostaria de poder fazer algo para mostrar a você o que tudo isso significa.

– Eu... acho que não entendo...

– Vai entender.

Retrato de uma Mulher (Bellatrix IV): vestida à moda de vinte anos antes. Estava sentada perto de uma janela, sorrindo à luz dourada de um sol não pintado.

Vá com Ashton Clark (sem localização): um homem velho, seu macacão era de um estilo em voga duzentos anos antes. Estava prestes a se desconectar de uma grande máquina. Tão grande que não dava para ver o que era.

– Isso me faz pensar, Katin. Minha família, pelo menos do lado do meu pai, vem das Plêiades. Ainda assim, cresci falando como um draconiano em minha própria casa. Meu pai pertencia àquele núcleo incrustado de cidadãos da velha guarda das Plêiades que ainda guardava tantas ideias de seus ancestrais terrestres e draconianos; só que era uma Terra que estava morta havia cinquenta anos quando o primeiro desses pintores levantou um pincel. Quando eu criar minha família, meus filhos provavelmente falarão da mesma maneira. Parece estranho para você que nós dois sejamos mais próximos do que eu e, digamos, Tyÿ e Sebastian?

– Eu nasci em Luna – lembrou Katin. – Só conheço a Terra através de visitas prolongadas. Não é o meu mundo.

Lorq ignorou o esclarecimento.

– Há aspectos em que Tyÿ, Sebastian e eu somos muito parecidos. Nessas sensibilidades definidoras básicas, estamos mais próximos do que você e eu.

Mais uma vez Katin levou um segundo desconfortável para interpretar a agonia daquele rosto acabado.

– Algumas de nossas reações a determinadas situações serão mais previsíveis uns para os outros do que para você; sim, sei que não vai mais longe que isso. – Ele fez uma pausa. – Você não é da Terra, Katin. Mas o Rato é. Prince também. Um é um pé-rapado... o outro é... Prince Red. Existe entre eles a mesma relação que eu tenho com Sebastian? O cigano me fascina. Não o compreendo. Não do jeito que acho que entendo você. Não entendo Prince também.

Retrato de um Cavaleiro da Rede: Katin olhou para a data; aquele cavaleiro da rede específico, com feições negroides pensativas, peneirara a névoa duzentos e oitenta anos antes.

Retrato de um Jovem: contemporâneo, sim. Estava parado diante de uma floresta com... árvores? Não. O que quer que fossem, não eram árvores.

– Em meados do século 20, em 1950 para ser exato – Katin olhou para o capitão –, havia um pequeno país na Terra chamado Grã-Bretanha. Segundo pesquisa, ele tinha cerca de cinquenta e sete dialetos do inglês mutuamente incompreensíveis. Havia também um grande país chamado Estados Unidos com quase quatro vezes a população da Grã-Bretanha espalhada por uma área seis vezes maior. Havia variações de sotaque, mas apenas dois pequenos enclaves com menos de vinte mil pessoas falavam de uma maneira que poderia ser chamada de mutuamente incompreensível da língua padrão; eu uso esses dois exemplos para mostrar meu ponto de vista, porque os dois países falavam essencialmente a mesma língua.

Retrato de uma criança chorando (2852 d.C., Vega IV)
Retrato de uma criança chorando (3052 d.C.,
Nova Brasília II)

– E qual é o seu ponto de vista?
– Os Estados Unidos foram um produto de toda aquela explosão de comunicação, circulação de pessoas, de informação... o desenvolvimento de filmes, rádio e televisão que padronizou a fala e a estrutura do pensamento, embora não o pensamento em si, do que significava aquela pessoa A poder entender não apenas a pessoa B, mas também a pessoa W, X e Y. Pessoas, informações e ideias se movem pela galáxia muito mais rápido hoje do que pelos Estados Unidos em 1950. O potencial de compreensão é comparativamente maior. Você e eu nascemos separados por um terço de galáxia. Exceto por um ocasional fim de semana universitário na Universidade Draco, em Centauri, esta é a primeira vez que estou fora do Sistema Solar. Ainda assim, você e eu estamos muito mais próximos em estrutura de informação do que um homem da Cornualha e um galês mil anos atrás. Lembre-se disso quando tentar julgar o Rato ou Prince Red. Embora a Grande Serpente enrole sua coluna em cem mundos, as pessoas nas Plêiades e nas Colônias Exteriores a reconhecem; o mobiliário da República de Vega sugere as mesmas coisas sobre seus proprietários aqui ou lá; Ashton Clark tem o mesmo significado para você e para mim. Morgan assassinou Underwood, e isso se tornou parte de nossas experiências... – Ele parou, pois Lorq franziu a testa.
– Você quis dizer que Underwood assassinou Morgan.
– Ah, claro... Eu disse... – O constrangimento fez seu rosto arder. – É... mas não quis dizer.
Avançando pelas pinturas, uma mulher de branco se aproximou. Seus cabelos prateados estavam penteados para cima. Era magra e velha.
– Lorq! – Ela estendeu as mãos. – Bunny me disse que você estava aqui. Achei que iríamos para o meu escritório.

Claro!, pensou Katin. A maioria das fotos que tinha visto dela foram tiradas quinze, vinte anos atrás.

– Obrigado, Cyana. Nós poderíamos ter subido. Não queria incomodá-la se estivesse ocupada. Não vai demorar muito.

– Que bobagem. Venham comigo. Estou considerando propostas para meia tonelada de esculturas de luz de Vega.

– Do período da República? – perguntou Katin.

– Infelizmente, não. Se fosse, talvez conseguíssemos nos livrar delas. Mas são cem anos velhas demais para terem algum valor. Vamos.

Enquanto os conduzia entre as telas emolduradas, ela consultou o largo bracelete de metal que cobria seu pulso. Uma das microesferas estava piscando.

– Com licença, meu jovem. – Ela se virou para Katin. – Você tem um... gravador ou algo assim?

– Bem... sim, tenho!

– Vou pedir a gentileza de que não o use aqui.

– Certo. Ah, eu não...

– Ultimamente as coisas estão melhores, mas muitas vezes tive problemas para proteger minha privacidade. – Ela colocou uma mão enrugada no braço de Katin. – Consegue entender? Há um campo de apagamento automático que limpará completamente a gravação caso ela continue.

– Katin faz parte da minha tripulação, Cyana. Mas é uma equipe muito diferente da última. Não há mais segredos.

– Foi o que pensei. – Ela retirou a mão. Katin observou-a cair de volta ao brocado branco. – Quando cheguei ao museu esta manhã, havia uma mensagem de Prince para você.

Katin e Lorq ergueram os olhos.

– Chegaram ao final da galeria.

Ela se virou brevemente para Lorq.

– Estou levando a sério a sua promessa de sigilo.

Suas sobrancelhas eram um traço metálico brilhante em seu rosto.

As sobrancelhas de Lorq tinham cor de ferrugem, e o traço era interrompido por sua cicatriz. *Ainda assim*, pensou Katin, *deve ser parte da marca da família.*

– Ele está em Vorpis?

– Não faço ideia. – A porta se expandiu, e eles passaram.

– Mas ele sabe que você está aqui. Não é isso que importa?

– Cheguei ao espaçoporto faz apenas uma hora e meia. Vou embora hoje à noite.

– A mensagem chegou cerca de uma hora e vinte e cinco minutos atrás. Sua origem foi convenientemente distorcida para que os operadores enfrentassem muitas dificuldades para rastreá-la. No momento eles estão tentando...

– Não se preocupe. – disse Lorq a Katin. – O que ele terá a dizer desta vez?

– Saberemos em breve – respondeu Cyana. – Você disse "sem segredos". Ainda assim, prefiro falar no meu escritório.

A galeria era uma bagunça: um depósito ou um amontoado de material ainda não selecionado para uma exposição.

Katin começou a perguntar, mas Lorq se adiantou:

– Cyana, o que é todo este lixo?

– Acredito... – ela olhou para a data no adesivo dourado na antiga caixa de madeira: – 1923: the Aeolian Corporation Sim. Acredito que seja uma coleção de instrumentos musicais do século 20. Trata-se de uma Ondes Martinot, inventada por um compositor francês de mesmo nome em 1942. Aqui temos... – ela se inclinou para ler a etiqueta – ... um piano Duo Arts Player feito em 1931. E este é... o violano Virtuoso de Mill, construído em 1916.

Katin espiou pela porta de vidro na frente do violano.

Cordas e martelos, batentes, estacas e palhetas pendiam nas sombras.

– O que isso fazia?

– Eram instalados em bares e parques de diversões. As pessoas colocavam uma moeda nesta fenda, e automaticamente um violino, no suporte com um acompanhamento de piano, tocava, programado em um rolo de papel perfurado. – Ela correu a unha prateada sobre uma lista de títulos. – "The Darktown Strutters' Ball". – Eles seguiram em frente através do amontoado de teremim, banjos repetidos, realejos. – Alguns dos acadêmicos mais novos questionam a preocupação do instituto com o século 20. Quase uma em cada quatro das nossas galerias é dedicada a isso. – Ela cruzou as mãos sobre o brocado. – Talvez se ressintam por ter sido a preocupação tradicional dos estudiosos durante oitocentos anos; se recusam a enxergar o óbvio. No início daquele século incrível, a humanidade era composta por muitas sociedades vivendo em um único mundo; no final, era basicamente o que somos agora: uma sociedade informativamente unificada que vivia em vários mundos. Desde então, o número de mundos aumentou, nossa unidade informativa mudou diversas vezes de natureza, sofreu algumas erupções catastróficas, mas essencialmente resistiu. Até que o homem se torne algo muito, muito diferente, este tempo deve ser o foco do interesse acadêmico: foi o século em que nos tornamos o que somos.

– Não tenho apreço pelo passado – anunciou Lorq. – Nem tempo para ele.

– O passado me intriga – comentou Katin. – Quero escrever um livro, talvez a história seja sobre essa época.

Cyana olhou para ele.

– É mesmo? Que tipo de livro?

– Um romance, acho.

– Um romance? – Eles passaram sob a tela de um anúncio da galeria: cinza. – Você vai escrever um romance. Que fascinante. Tive um amigo antiquário, alguns anos atrás, que tentou escrever um romance. Só terminou o primeiro capítulo. Mas alegou que foi uma experiência terrivelmente esclarecedora e lhe deu uma grande visão sobre exatamente como o processo ocorria.

– Na verdade, estou trabalhando nisso faz algum tempo – comentou Katin.

– Maravilhoso. Talvez, se você conseguir terminar, permita que o instituto faça uma gravação psíquica sob hipnose de sua experiência criativa. Temos uma prensa tipográfica operante do século 22 em perfeitas condições. Poderíamos imprimir alguns milhões e os distribuir com uma pesquisa psicorâmica documental para bibliotecas e outras instituições educacionais. Tenho certeza de que poderia despertar algum interesse pela ideia no conselho.

– Nem tinha pensado em mandar imprimir...

Chegaram à galeria adjacente.

– Somente através do Alkane você poderia fazer isso. Tenha isso em mente.

– Sim... terei.

– Quando é que *essa* bagunça vai ser arrumada, Cyana?

– Querido sobrinho, temos muito mais material do que podemos expor. Tudo isso precisa ir para algum lugar. Há mais de duas mil e duzentas galerias públicas e setecentas galerias privadas no museu. Além de três mil e quinhentos depósitos. Estou bastante familiarizada com o conteúdo da maioria deles. Mas nem todos.

O grupo vagou sob costelas altas. As vértebras arqueavam-se em direção ao teto. Luzes frias do teto projetavam a sombra de dentes e soquetes no pedestal de latão para um crânio do tamanho do quadril de um elefante.

– Parece uma exposição comparativa de osteologia reptiliana entre a Terra e... – Katin examinou as gaiolas. – Não saberia dizer de onde vieram *essas* coisas...

Omoplata, pélvis, arco clavicular...

– A que distância fica exatamente seu escritório, Cyana?

– Cerca de oitocentos metros em voo de arolato. Pegamos o próximo elevador.

Passaram sob o arco para o poço do elevador.

O transportador espiral os levou por algumas dezenas de andares.

Um corredor de chenile e bronze.

Outro corredor, com uma parede de vidro...

Katin arfou: toda a Fênix estava a seus pés, das torres centrais às docas cobertas de névoa. Embora o Alkane não fosse mais o edifício mais alto da galáxia, era de longe o mais alto de Fênix.

Uma rampa curvava-se no coração do edifício. Ao longo da parede de mármore pendiam as dezessete telas da sequência Dehay, *Embaixo de Sirius*.

– Esses são os...?

– As falsificações de reprodução molecular de Nyles Folvin, feitas em 2800 em Vega. Por muito tempo foram mais famosas que as originais, que estão expostas no andar de baixo na Câmara Verde Sul, mas há tanta história ligada às falsificações que Bunny decidiu pendurá-las aqui.

E se aproximaram de uma porta.

– Chegamos.

Que se abriu na escuridão.

– Agora, meu sobrinho... – quando entraram, três raios de luz caíram de algum lugar alto para circulá-los no tapete preto... – ... você faria a gentileza de me explicar por que está de volta? E o que é todo esse negócio com Prince? – Ela se virou para encarar Lorq.

– Cyana, quero outra nova.

– Você *o quê*?

– Você sabe que tivemos de interromper a primeira expedição. Quero tentar novamente. Nenhuma nave estelar é necessária. Aprendemos isso da última vez. Agora temos uma nova equipe e novas táticas.

Holofotes seguiam-nos pelo carpete.

– Mas Lorq...

– Antes, havia um planejamento meticuloso, movimentos azeitados, enredados, impulsionados pela confiança em nossa precisão. Agora somos um bando de ratazanas do porto desesperadas, com um Rato entre nós; e a única coisa que nos impulsiona é minha revolta. Mas isso é algo terrível de se escapar, Cyana.

– Lorq, você não pode sair repetindo...
– O capitão também está diferente, Cyana. Antes, a *Roc* voara sob o comando de um homem pela metade, um homem que só conhecera a vitória. Agora sou um homem completo. Também conheço a derrota.
– Mas o que você quer que eu...
– O Alkane estava observando outra estrela prestes a entrar em um estado de nova. Quero o nome dessa estrela e o provável momento em que explodirá.
– E é assim que você pretende sair? E Prince? Ele sabe por que você está indo para a nova?
– Para mim tanto faz. Diga o nome da minha estrela, Cyana.

A incerteza perturbou a magreza da mulher. Ela tocou algo em sua pulseira prateada.

Uma nova luz: erguendo-se do chão, havia uma bancada de instrumentos. Ela se sentou no banco que também se ergueu e olhou para as luzes indicadoras.

– Não sei se estou fazendo a coisa certa, Lorq. Indignação? Se a decisão não afetasse tanto a minha vida quanto a sua, seria mais fácil para mim entregá-la no espírito que você exige. Aaron foi o responsável pela minha curadoria.

Ela tocou o quadro, e acima deles apareceram...

– Até hoje sempre fui tão bem-vinda na casa de Aaron Red quanto fui na casa de meu irmão. Mas a máquina girou tanto que talvez não seja mais possível. Você me colocou nesta posição: de ter de tomar uma decisão que encerra um momento de grande conforto para mim.

... apareceram as estrelas.

De repente, Katin percebeu as dimensões da sala. Com quinze metros de comprimento, salpicada de pontos de luz, uma projeção holográfica da galáxia pendia do teto, girando.

– No momento, existem várias expedições de estudo. A nova que você perdeu estava lá. – Ela apertou um botão, e uma estrela brilhou entre bilhões, tão deslumbrante que

Katin estreitou os olhos. Ela se desvaneceu, e de novo todo o astrário abobadado foi iluminado pela luz espectral das estrelas. – Atualmente temos uma expedição seguindo de perto...

Ela parou, estendeu a mão e abriu uma pequena gaveta.

– Lorq, realmente estou preocupada com essa coisa toda...

– Vamos, Cyana. Quero o nome da estrela. Quero uma fita de suas coordenadas galácticas. Quero meu sol.

– Farei o meu melhor para dar seu sol. Mas primeiro você terá que ser paciente com esta velhinha aqui. – Da gaveta ela retirou (Katin emitiu um pequeno som de surpresa no fundo da garganta, então o engoliu) um baralho de cartas. – Quero ver que orientação o tarô nos dá.

– Já tirei minhas cartas para essa empreitada. Se puder me dar uma série de coordenadas galácticas, perfeito. Caso contrário, não tenho tempo.

– Sua mãe era da Terra e sempre abraçou a vaga desconfiança terráquea em relação ao misticismo, embora intelectualmente admitisse sua eficácia. Espero que você tenha saído ao seu pai.

– Cyana, já fiz uma leitura completa. Não há nada que uma segunda possa me dizer.

Ela abriu as cartas viradas para baixo.

– Talvez haja algo que possa dizer a mim. Além disso, não quero fazer uma leitura completa. Só escolha uma.

Katin observou o capitão escolher e se perguntou se as cartas a haviam preparado para aquele fatídico meio-dia na Praça Chronaiki, vinte e cinco anos antes.

O baralho não era do tipo diorâmico tridimensional comum que Tyÿ possuía. As figuras eram desenhadas. As cartas eram amareladas; poderia facilmente ser do século 17 ou talvez ainda mais antigas.

Na carta de Lorq, um cadáver nu pendurado em uma árvore por uma corda amarrada ao tornozelo.

– O Enforcado. – Ela fechou o maço. – Invertido. Bem, não posso dizer que estou surpresa.

– O Enforcado não implica que uma grande sabedoria espiritual está chegando, Cyana?

– Invertido – ela o lembrou. – Será alcançada a um alto preço. – Ela pegou a carta e a colocou, com o restante do baralho, de volta na gaveta. – Estas são as coordenadas da estrela que você quer. – Ela apertou outro botão. Uma fita de papel deslizou em sua palma. Minúsculos dentes de metal cortaram-na. Levantou-a aos olhos para lê-la. – Aqui estão. Ela está sob observação há dois anos. Você está com sorte. A explosão foi prevista para dentro de dez ou quinze dias.

– Magnífico. – Lorq pegou a fita. – Vamos, Katin.

– E Prince, capitão? – Cyana levantou-se do banco. – Não quer ver a mensagem dele?

Lorq fez uma pausa.

– Ok, vamos vê-la.

E Katin viu algo ganhar vida no rosto de Lorq. Ele caminhou até o console enquanto Cyana Morgan vasculhava o índice de mensagens.

– Aqui está.

Ela apertou um botão.

Do outro lado da sala, Prince se virou para encará-los.

– Mas que diabos, o que acha que está fazendo, Lorq? – Sua mão enluvada preta derrubou um béquer de cristal, bem como seu prato em relevo, da mesa, e reapareceu; a adaga e a bengala de madeira esculpida caíram no chão do outro lado. – Cyana, você também está ajudando, não é? Você é uma cadela traidora. Estou indignado, furioso! Sou Prince Red, eu sou Draco! Sou uma serpente mutilada, mas vou estrangular vocês! – A toalha de mesa adamascada ficou amassada entre os dedos pretos, com um som da madeira por baixo se estilhaçando.

Katin engoliu seu choque uma segunda vez.

A mensagem era uma projeção 3D. Atrás de Prince, uma janela fora de foco derramou a luz de algum sol da manhã – provavelmente o Sol – sobre um café da manhã estraçalhado.

– Posso fazer qualquer coisa, qualquer coisa que eu quiser. Você está tentando impedir isso.

Ele se inclinou sobre a mesa.

Katin olhou para Lorq e para Cyana Morgan.

A mão de Cyana, pálida e cheia de veias, apertou o brocado.

A de Lorq, tensa e com dedos crispados, repousava no console de instrumentos; dois dedos apoiavam-se em uma alavanca.

– Você me insultou, Lorq. Posso ser muito cruel, simplesmente por capricho. Lembra-se daquela festa em que fui forçado a quebrar sua cara para lhe ensinar boas maneiras? Provavelmente se esqueceu do garoto que você levou, preciso lembrar, sem ser convidado, para minha pequena reunião. Seu nome é Brian Anthony Sanders, um jovenzinho sem graça, vulgar, estúpido e insuportavelmente rude. Antes de sermos apresentados, ele fez um comentário ofensivo sobre meu braço. Eu ri, como aprendi a fazer sempre. Até reagi com educação, respondi a suas perguntas deselegantes, embora fossem inócuas. Mas nunca as esqueci. Depois da festa, quando ele voltou para a universidade, descobriu que sua bolsa de estudos havia sido cancelada e que fora acusado de trapacear nos exames finais. Fico feliz em dizer que, por isso, ele logo foi expulso. Cinco anos depois, como eu ainda não havia esquecido a questão, fiz uma visita ao contador da empresa onde ele estava trabalhando na época. Após uma semana, foi demitido por desviar uns míseros milhares de libras @sg de seus funcionários, e, de fato, passou três anos preso prestando trabalhos forçados por esse crime, onde, pelo que sei, ele alegava regularmente sua inocência até se tornar a piada entre outros prisioneiros. Cinco anos depois disso, à época ele não estava muito bem, pelo que me lembro (você provavelmente se lembra dele como um rapaz atarracado; nesse momento, ele estava esquálido), quando pedi para o meu pessoal acossá-lo mais uma vez. Não foi difícil colocar algumas drogas no quarto onde ele vivia, em um condomínio de solteiros, e ele foi jogado na rua. Dois anos depois disso, quando decidi dedicar um tempo para ver o que poderia fazer para acabar com sua qualidade de vida, descobri que ele *ainda* estava sem um lar e desenvolvera um sério problema de alcoolismo. Há algumas ironias aqui: quando o encontramos em um fosso bem abaixo da autoestrada que levava a alguns hangares atrás do espaçoporto, ele estava dormindo em uma caixa de metal corrugado que havia sido usada para despachar um acoplador de turbina intra-atmosférica da Red-shift. E, em algum lugar, em algum acidente ou em outro momento entre esses eventos, ele perdeu três dedos da mão esquerda, mas, acredite, não tive *nada* a ver com isso. Nesse instante, ele simplesmente não tinha aquilo de que precisava para substituí-los. Não era tão difícil nessa época voltar seu interesse exatamente para aquelas drogas que fizeram dele um sem-teto; uma jovem, que era minha funcionária, o levou para um apartamento de verdade por um mês, lhe deu altas doses da droga diariamente... e desapareceu em seguida, deixando-o na rua de novo com apenas o vício para se lembrar dela. A última vez que verifiquei, há apenas três meses, na verdade, soube que, depois de uma carreira penal imprevisível e reincidente, tentando manter seu vício, Brian Anthony Sanders faleceu... há menos de um ano, de exposição ao frio em um beco de uma cidade desimportante de alguns milhões de pessoas em um mundo gélido a milhares de anos-luz do seu ou do meu planeta, sem dúvida amaldiçoando os deuses do acaso que frustraram todas as suas tentativas de ter uma vida feliz, como se, de alguma forma, ele fosse especialmente alérgico à... má sorte que o assolou. Saber que fui um fator persistente e incômodo nessa má sorte me traz uma sensação maravilhosamente revigorante, Lorq. De verdade, é algo que todos almejam, fazer os grosseirões e aqueles que não têm a mínima consideração pagarem por sua imprudência pelo resto da vida. Bem, por acaso nasci poderoso o bastante para fazê-lo. Garanto que você nem sequer conseguiria imaginar o quanto isso é bom. Inclusive, não me custou nem cinco horas durante uma década inteira. Porém, em meus momentos mais grandiosos, sinto segurança para dizer... eu o matei! E eu já fiz isso, entenda, com uma porção de gente que, durante anos, me importunou do jeito que ele fez. Nem é muito dispendioso, e é *muito* satisfatório. Agora, saiba de uma coisa, Lorq Von Ray: sua existência é um insulto para mim. Vou dedicar minha vida a conseguir a reparação por esse insulto. Estou preparado para gastar *muito* mais tempo, em um período muito menor, para matar *você*!

Cyana Morgan de repente olhou para o sobrinho e viu a mão dele na alavanca.

– Lorq! O que está fazendo?

Ela agarrou seu pulso, mas ele agarrou o dela e o empurrou para longe.

– Sei muito mais sobre você do que quando lhe enviei a última mensagem – disse Prince da mesa.

– Lorq, tire a mão desse interruptor! – insistiu Cyana. – Lorq...

A frustração fez a voz dela estremecer.

– A última vez que falei com você disse que ia impedi-lo. Agora, eu lhe digo que, se tiver que matá-lo, eu o farei. Da próxima vez que falar com você... – A mão enluvada de Prince apontava. Seu dedo indicador tremia...

Quando a imagem de Prince sumiu, Cyana afastou a mão de Lorq. O interruptor estalou em "desligado".

– O que *acha* que está fazendo?

– Capitão...?

Sob a rotação das estrelas, Lorq respondeu com uma gargalhada.

Cyana falou com raiva:

– Você enviou a mensagem de Prince através do sistema de anúncio público! Aquele louco blasfemo foi visto em todas as telas do instituto!

Com raiva, ela bateu na placa de resposta.

Luzes indicadoras esmaeceram.

Console e banco afundaram no chão.

— Obrigado, Cyana. Já tenho o que vim procurar.

Um guarda do museu invadiu o escritório. Um raio de luz o iluminou quando ele passou pela porta.

— Desculpe-me, sinto muito, mas houve... ah, só um momento. — Ele apertou o bracelete interfone. — Cyana, essa sua cabeça branca enlouqueceu de vez?

— Ah, pelo amor de Deus, Bunny. Foi um acidente!

— Um acidente! Aquele era Prince Red, não era?

— Claro que sim. Olha, Bunny...

Lorq puxou Katin pelo ombro.

— Venha.

Eles deixaram o guarda/Bunny discutindo com Cyana.

— Por quê? — Katin tentou perguntar para o capitão, olhando para trás.

Lorq parou.

Embaixo de Sirius nº 11 (falsificação de Folvin) cintilava em uma catarata roxa atrás do seu ombro.

— Eu disse que não tinha palavras para explicar o que eu gostaria. Talvez isso ajude. Agora, vamos buscar os outros.

— Como você vai encontrá-los? Ainda estão visitando o museu.

— Acha que estão? — Lorq começou a andar de novo.

As galerias inferiores estavam um caos.

— Capitão...

Katin tentou imaginar os milhares de turistas confrontados com a veemência de Prince; ele se lembrou de seu confronto inicial na *Roc*.

Os visitantes ocupavam todo o piso de ônix do Salão FitzGerald.

— "Se *isso* é o que consideram uma nova obra..."

— "... e apresentar dessa forma, sem anúncio, acho que não foi muito..."

— "... mas pareceu muito real para nós!"

As alegorias iridescentes do gênio do século 20 iluminavam as paredes abobadadas. As crianças conversavam com os pais. Os alunos entreolharam-se. Lorq andou entre eles com Katin logo atrás.

Eles saíram no saguão acima da cabeça do dragão.

Uma coisa preta voou sobre a multidão e foi puxada para trás.

– Os outros devem estar com ele – gritou Katin, apontando para Sebastian.

Katin girou em torno da mandíbula de pedra. Lorq alcançou-o nos ladrilhos azuis.

– Capitão, acabamos de ver...

– ... o Prince Red, como na nave...

– ... nas telas de anúncio, e estava...

– ... estava por todo o museu. Voltamos...

– ... aqui para não nos desencontrarmos...

– ... quando você descesse. Capitão, o que...

– Vamos embora – interrompeu Lorq com uma das mãos no ombro dos gêmeos. – Sebastian! Tyÿ! Temos que voltar ao cais e pegar o Rato.

– E deixar este mundo para ir para sua nova.

– Vamos para o cais primeiro. Depois falamos sobre o nosso destino.

Eles passaram pelo arco.

– Acho que teremos de nos apressar, antes que Prince chegue – disse Katin.

– Por quê? – perguntou Lorq.

Katin tentou traduzir a expressão dele.

Era indecifrável.

– Há uma terceira mensagem chegando. Vou esperar.

Em seguida, o jardim: dourado e movimentado.

– Obrigado, doutor! – disse Alex. Ele massageou o braço: um punho, uma flexão, um balanço. – Ei, garoto. – Ele se virou para Rato. – Estou aqui pensando, você realmente sabe tocar esse instrumento. Desculpe pela unidade médica entrar bem no meio do evento. Mas obrigado mesmo assim. – Ele sorriu, então olhou para o relógio de parede. – Parece que, depois de tudo, vou conseguir realizar minha jornada. *Malakas!* – Ele desceu a passos largos entre os véus tilintantes.

– Agora você ela de lado vai pôr? – perguntou Leo com tristeza.

O Rato puxou a alça da bolsa e deu de ombros.

– Talvez mais tarde eu toque alguma outra coisa. – Ele começou a enfiar o braço pela alça. Então, os dedos pousaram nas dobras de couro.

– Leo, o que há de errado?

O pescador enfiou a mão esquerda embaixo dos elos manchados do cinto.

– Você só muito nostálgico me deixa, garoto. – Agora, a mão direita. – Porque tanto tempo se passou que você uma criança mais não é.

Leo sentou-se nos degraus. Uma sombra melancólica cobria sua boca.

– Aqui feliz não estou, acho. Talvez hora de partir de novo seja. Não é? – Ele assentiu com a cabeça. – É.

– Você acha? – Rato se virou no seu tamborete para confrontá-lo. – Por que agora?

Leo apertou os lábios. A expressão era o mesmo que um encolher de ombros.

– Quando o velho vejo, o quanto preciso do novo sei. Além disso, há muito tempo que em ir embora venho pensando.

– Para onde você está indo?

– Para as Plêiades vou.

– Mas você é de lá, Leo. Eu havia entendido que você queria ir a um lugar novo.

– Cerca de cem mundos nas Plêiades há. Talvez em uma dúzia eu tenha pescado. Algo novo quero, sim, mas também, depois desses vinte e cinco anos, em casa estar.

O Rato observou as feições brutas, os cabelos claros: familiaridade? *Você a ajusta como se fosse uma máscara de neblina*, pensou o Rato; em seguida, a encaixa no rosto que deve usá-la. Leo mudou muito. O Rato, que tivera tão pouca infância, perdeu um pouco mais dela agora.

– Eu só quero o novo, Leo. Não gostaria de ir para casa... mesmo que eu tivesse uma.

– Algum dia, como eu as Plêiades, vocês a Terra ou Draco vão querer.

– É. – Com um movimento, o Rato acomodou a bolsa no ombro.– Talvez eu vá. Por que não daqui a vinte e cinco anos?

Um eco:

– Rato!

E então:

– Ei, Rato?

E de novo:

– Rato, você está aí?

– Ei! – O Rato se levantou e levou as mãos à boca. – Katin? – Seu grito foi ainda mais feio do que sua fala.

Alto e curioso, Katin apareceu entre as redes.

– Surpresa! Achei que não te encontraria. Vim descendo pelo cais perguntando às pessoas se tinham visto você. Um cara disse que estava tocando aqui.

– O capitão terminou o que tinha que fazer no Alkane? Conseguiu o que queria?

– Mais que isso. Havia uma mensagem de Prince esperando por ele, que passou pelo sistema de anúncios públicos. – Katin assobiou. – Terrível!

– Será que ele conseguiu sua nova?

– Conseguiu. Só que está aqui esperando outra coisa. Não entendo.

– Então, partimos para a estrela?

– Não. Antes ele quer ir para as Plêiades. Temos algumas semanas de espera. Mas não me pergunte o que ele quer fazer lá.

– As Plêiades? – perguntou o Rato. – É lá que a nova vai estar?

Katin virou as palmas das mãos para cima em um gesto de incerteza.

– Creio que não. Talvez ele ache que será mais seguro aguardar em sua terra natal.

– Espere um minuto! – O Rato virou-se para Leo novamente. – Leo, talvez o capitão lhe dê uma carona de volta para as Plêiades conosco.

– Hein? – Leo ergueu o queixo das mãos.

– Katin, o capitão Von Ray não se importaria de dar uma carona para Leo até as Plêiades, não é?

Katin tentou parecer reservadamente reticente. A expressão era muito complicada e saiu como indiferença.

– Leo é um velho amigo meu. Me ensinou a tocar siringe lá na Terra, quando eu era um garoto.

– O capitão tem muito em que pensar...

– Sim, mas ele não se importaria de...

– Mas muito melhor que eu agora ele toca – interrompeu Leo.

– Aposto que o capitão faria isso se eu pedisse a ele.

– Não nenhum problema com seu capitão quero...

– Não custa perguntar para ele. – O Rato jogou a bolsa para trás. – Vamos, Leo. Onde está o capitão, Katin?

Katin e Leo trocaram um olhar de adultos não apresentados, sintonizados pelo entusiasmo dos jovens.

– Então? Vamos.

Leo se levantou e seguiu o Rato e Katin até a porta.

Há setecentos anos, os primeiros colonos em Vorpis esculpiram o Esclaros des Nuages na borda rochosa do planalto de Fênix. Entre os ancoradouros dos arrasta-neblinas menores e os cais em que os cavaleiros da rede atracavam, as escadas desciam para dentro do nevoeiro branco. Estavam agora lascadas e gastas.

Ao encontrar os degraus desertos na sesta do meio-dia em Fênix, Lorq caminhou entre as paredes de quartzo. A neblina acarinhava os degraus inferiores; onda sobre onda branca rolava do horizonte, cada uma azulada pela sombra à esquerda, dourada pelo sol à direita, como cordeiros desgarrados.

– Ei, capitão!

Lorq olhou de volta para os degraus.

– Ei, capitão, posso falar com você um momento? – O Rato desceu a escada de lado. Sua siringe batia nos quadris. – Katin me disse que você quer ir para as Plêiades depois que sairmos daqui. Acabei de encontrar um cara que conheci na Terra, um velho amigo. Ele me ensinou a tocar siringe. – O Rato balançou a bolsa com o instrumento. – Pensei que, talvez, já que estamos indo naquela direção, poderíamos deixá-lo em casa. É realmente um bom...

– Tudo bem.

O Rato inclinou a cabeça.

– Hein?

– São apenas cinco horas até as Plêiades. Se ele estiver na nave quando partirmos e ficar na sua câmara de projeção, por mim tudo bem.

O Rato endireitou a cabeça e decidiu coçá-la.

– Ah! Minha nossa. Bem... – Então, ele riu. – Obrigado, capitão! – Ele se virou e subiu os degraus. – Ei, Leo! – Subiu os últimos degraus de dois em dois. – Katin, Leo! O capitão disse que está tudo bem. – E gritou de volta: – Obrigado de novo!

Lorq desceu alguns degraus.

Depois de um tempo, se sentou, recostando-se na parede áspera.

Contou as ondas.

Quando o número chegou a quase quatro dígitos, ele parou.

O sol polar circundava o horizonte; menos dourado, mais azul.

Na neblina diante de Lorq, figuras se formavam e desvaneciam: Aaron Red, Dana, seu pai. Então... um jovenzinho atarracado, presunçoso com seu colete novo, pronto para uma festa; um australiano nômade, cínico perante todos os aspectos de pompa e poder.

Prince matou um de vocês. Eu matei o outro. Quem de nós é mais monstruoso?

Quando viu a rede, suas mãos deslizaram para baixo das coxas, e parou nos ossos dos joelhos.

Elos tilintaram nos degraus inferiores. Então, o cavaleiro se levantou, o branco esvoaçante na altura da cintura. Flutuadores de neblina levavam as redes para cima. O quartzo refletia faíscas azuis.

Lorq estava encostado na parede. Ele levantou a cabeça.

O cavaleiro de cabelos escuros subiu os degraus, teias de metal ondulando acima e atrás. Redes atingiram as paredes e chacoalharam. Meia dúzia de passos abaixo dele, ela tirou a máscara de neblina.

– Lorq?

As mãos dele se soltaram.

– Como me encontrou, Ruby? Sabia que encontraria. Me diga como?

Ruby respirava com dificuldade. Não estava acostumada com o peso que carregava.

Cordões se apertavam, afrouxavam e apertavam entre os seios.

– Quando Prince descobriu que você havia saído de Tritão, enviou fitas para vários lugares aonde você poderia ter ido. Cyana era apenas uma. Então, deixou para mim a missão de obter o relatório sobre qual tinha sido recebida. Eu estava no Mundo de Chobe; quando você tocou aquela fita no Alkane, vim correndo. – Ela dobrou as redes nos degraus. – Assim que descobri que você estava em Vorpis, em Fênix... bem, deu muito trabalho. Acredite, não faria isso de novo. – Ela descansou a mão sobre a pedra. As redes tilintaram.

– Estou me arriscando neste jogo, Ruby. Tentei jogar uma vez com um computador traçando os movimentos. –

Ele balançou a cabeça. – Agora estou jogando com as mãos, os olhos e ouvidos. Até agora não me saí tão mal. E tudo está se movendo muito mais rápido. Sempre gostei de velocidade. Essa é talvez a única coisa que me mantém sendo a mesma pessoa que eu era quando nos conhecemos.

– Prince me disse algo muito parecido com isso, uma vez. – Ela olhou para cima. – Seu rosto. – A dor cintilou no dela. Estava perto o suficiente para tocar a cicatriz. Sua mão se moveu levemente, depois estacou. – Por que você nunca fez... – Ela não terminou.

– É útil. Permite que cada superfície polida em todos esses admiráveis mundos novos me sirva.

– Que tipo de utilidade é essa?

– Elas me lembram por que estou aqui...

– Lorq – e a exasperação cresceu na voz dela –, o que você está fazendo? O que você, ou sua família, acha que pode realizar?

– Espero que nem você nem Prince saibam ainda. Não tentei escondê-lo. Mas estou transmitindo minha mensagem a você por um método bastante arcaico. Quanto tempo acha que levará para um boato preencher o espaço entre nós dois? – Ele se sentou. – Pelo menos mil pessoas sabem o que Prince está tentando fazer. Toquei a mensagem dele para elas esta manhã. Não há mais segredos, Ruby. Há muitos lugares para se esconder; há apenas um onde eu posso ficar na luz.

– Sabemos que está tentando fazer algo que destruirá os Red. É a única coisa em que você teria investido tanto tempo e esforço.

– Gostaria de poder dizer que está errada. – Ele entrelaçou os dedos. – Mas você ainda não sabe o que é.

– Sabemos que tem algo a ver com uma estrela.

Ele assentiu com a cabeça.

– Lorq, quero gritar com você, berrar... quem você pensa que é?

– Quem sou eu para desafiar Prince e a linda Ruby Red? Você *é* linda, Ruby, e diante de sua beleza me sinto muito sozinho, de repente amaldiçoado com um objetivo. Você e eu, Ruby, os mundos pelos quais passamos não nos serviram para atribuir um significado. Se eu sobreviver, então um mundo, cem mundos, um modo de vida sobreviverá. Se Prince sobreviver... – Ele deu de ombros. – Ainda assim, talvez seja apenas um jogo. Eles continuam nos dizendo que vivemos em uma sociedade sem sentido, que não há solidez em nossas vidas. Os mundos estão tremendo ao nosso redor agora, e *ainda assim* eu só quero jogar. A única coisa que estou preparado para fazer é jogar, jogar duro, o máximo que puder, e com estilo.

– Você é um mistério para mim, Lorq. Prince é tão previsível... – Ela ergueu as sobrancelhas. – Isso surpreende você? Prince e eu crescemos juntos. Mas você me apresenta o desconhecido. Naquela festa, anos atrás, quando você me quis, isso também fazia parte do jogo?

– Não... sim... sei que não tinha aprendido as regras.

– E agora?

– Sei que o caminho é fazer as suas próprias regras; Ruby, quero o que Prince tem... Não. Quero *conquistar* o que Prince tem. Assim que eu o tiver, posso me virar e jogá-lo fora. Mas quero ganhar. Nós lutamos e, enquanto isso, o curso de quantas vidas e de quantos mundos oscila? Sim, sei de tudo isso. Você disse na época: somos pessoas especiais, mesmo que apenas pelo poder. Mas se eu tentasse manter esse conhecimento em minha mente, ficaria paralisado. Aqui estou, neste momento, nesta situação, com tanta coisa para fazer. O que aprendi, Ruby, é como posso jogar. O que quer que eu faça, eu, a pessoa que sou e como fui feito, tenho de fazer dessa maneira para vencer. Lembre-se disso. Você me fez outro favor agora. Devo alertá-la. Por isso esperei.

– O que você se propõe a fazer que o obriga a um pedido de desculpas tão exagerado?

– Ainda não sei... – Lorq riu. – Parece pomposo, não é mesmo? Mas é a verdade.

Ruby respirou fundo. Sua testa alta ficou enrugada quando o vento empurrou os cabelos para a frente do ombro. Seus olhos estavam na sombra.

– Suponho que precise lhe dar o mesmo alerta. – Ele assentiu com a cabeça. – Considere feito.

Ela se afastou da parede.

– Eu sei.

– Ótimo. – E então ela puxou o braço para trás e lançou-o para a frente!

E trezentos metros quadrados de trama de metal voaram sobre a cabeça dela, caindo sobre Lorq.

Os elos se prenderam em suas mãos levantadas e as machucaram. Ele cambaleou sob o peso.

– Ruby...!

Ela jogou o outro braço; outra camada caiu.

Ruby inclinou o corpo para trás a fim de puxar ainda mais as redes, atingindo os tornozelos de Lorq para que ele escorregasse.

– Não! Me solte...

Através de elos mutáveis, Lorq viu que ela estava mascarada novamente: vidro brilhante nos olhos; sobre a boca e as narinas, uma redinha. Toda a expressão estava nos ombros magros, nos pequenos músculos de repente definidos. Ela se curvou; a barriga se contraiu. Os circuitos adaptadores aumentaram a força de seus braços em cerca de quinhentos para um. Lorq foi empurrado escada abaixo. Caiu, preso na parede. Rocha e metal machucaram seus braços e joelhos.

O que os elos davam em força, sacrificavam em precisão de movimento. Uma onda varreu a teia, mas ele conseguiu se abaixar e ganhar dois passos. Ruby, porém, recuou; ele foi puxado para baixo mais quatro degraus. Dois bateram nas costas, depois um no quadril. Ela o puxava para baixo. A neblina lambeu as panturrilhas de Ruby; ela recuou ainda mais nas brumas sufocantes e se inclinou até que sua máscara preta estivesse na superfície da neblina.

Lorq se jogou para longe dela e caiu mais cinco degraus. Deitado de lado, agarrou os elos e se levantou. Ruby cambaleou, mas ele sentiu outra lasca de pedra arranhar seu ombro.

Lorq soltou as redes e sua respiração. Mais uma vez tentou se esquivar do que havia caído sobre ele.

Mas ouviu um arfar de Ruby.

Tirou os elos do rosto e abriu os olhos. Havia algo lá fora que correu, escuro e se debatendo, entre as paredes.

Ruby ergueu o braço para se proteger. Uma camada de redes estourou acima de Lorq. A coisa subiu, evitando os elos.

Vinte quilos de metal caíram de volta no nevoeiro. Ruby cambaleou, desaparecendo.

Lorq desceu mais degraus. A névoa ainda lambia suas coxas. A névoa de arsênico adstringente obstruía sua cabeça. Ele tossiu e se agarrou à pedra.

Aquela coisa escura agora vibrava. O peso ali diminuiu por um momento; Lorq subiu os degraus rastejando. Puxando ar fresco, ofegante e tonto, ele olhou para trás.

A rede pairou acima dele, agarrada com o bicho. Lorq mal havia subido mais um passo quando a forma se livrou da rede e tremulou. Os elos caíram pesadamente em sua perna, foram puxados dela, deslizaram pelos degraus e desapareceram.

Lorq se sentou e se forçou a seguir o voo entre as pedras com o olhar. O bicho passou pelas paredes, girou duas vezes, depois voltou para o ombro de Sebastian.

Da parede, o ciborgue acoplado olhou para baixo.

Lorq cambaleou para ficar de pé, fechou os olhos com força, balançou a cabeça e subiu o Esclaros des Nuages.

Sebastian estava prendendo a tira de aço ao redor da garra flexível da criatura quando Lorq o alcançou no início da escada.

– Mais uma vez eu – Lorq respirou fundo e deixou cair a mão no ombro dourado de Sebastian – a você agradeço.

Das rochas, olharam a distância, onde nenhum cavaleiro rompia a neblina.

– Você em grande perigo está?

– Estou.

Tyÿ atravessou rapidamente o cais e parou ao lado de Sebastian.

– O que aconteceu? – Seus olhos, vivos como metal, brilharam entre os homens. – O pássaro preto vi solto!

– Bem tudo está – disse Lorq. – Ao menos por ora. Com a Rainha de Espadas acabei de ter um encontro. Mas me salvou sua mascote.

Sebastian pegou a mão de Tyÿ. Quando seus dedos sentiram as formas familiares dos dele, ela se acalmou.

Sebastian perguntou, sério:

– Hora de ir agora é?

E Tyÿ:

– O seu sol seguir?

– Não. O seu – disse Lorq.

Sebastian franziu a testa.

– Para a Finada Irmã Fúmea nós agora vamos – explicou Lorq para eles.

Sombra e sombra; sombra e luz: os gêmeos vinham pelo cais. Era possível ver a expressão confusa no rosto de Lynceos. Não no de Idas.

– Mas...? – começou Sebastian. Então... a mão de Tyÿ se moveu sobre a sua, e ele parou.

Lorq não ofereceu nenhuma resposta para a pergunta inacabada.

– Os outros nós agora procuramos. Eu o que esperava tenho. Sim, hora de ir é.

Katin caiu para a frente e agarrou os elos. O tilintar ecoou no depósito de redes.

Leo riu.

– Ei, Rato. Naquele último bar seu grande amigo bebeu demais, eu acho.

Katin recuperou o equilíbrio.

– Não estou bêbado. – Ele levantou a cabeça e olhou para a cortina de metal. – Precisaria do dobro disso para me embebedar.

– Engraçado. Eu estou. – O Rato abriu a bolsa. – Leo, você disse que queria que eu tocasse um pouco mais. O que quer ouvir?

– Qualquer coisa, Rato. Qualquer coisa que goste toque.

Katin sacudiu as redes novamente.

– De estrela em estrela, Rato; imagine uma grande teia que se espalha pela galáxia até o homem. Essa é a matriz em que a história acontece hoje. Não vê? É isso. Essa é a minha teoria. Cada indivíduo é uma junção nessa rede, e os fios entre eles são os fios culturais, econômicos e psicológicos que prendem indivíduo a indivíduo. Qualquer evento histórico é como uma ondulação na rede. – Ele sacudiu os elos novamente. – Passa pela teia, esticando ou encolhendo os laços culturais que conectam um homem a outro homem. Se o evento for catastrófico o suficiente, os vínculos se rompem. A rede fica despedaçada por um tempo. De Eiling e 34-Alvin só discordam sobre a origem das ondulações e a velocidade com que se movem. Mas a visão geral deles é a mesma, veja você. Quero refletir o impulso e o alcance dessa rede no meu... meu romance, Rato. Quero que ele se espalhe por toda a teia. Mas preciso encontrar esse assunto central, esse grande evento que sacode a história e faz os elos se chocarem e brilharem para mim. Uma lua, Rato; retirar-me para alguma bela rocha, minha arte aperfeiçoada, para contemplar o fluxo e o deslocamento da rede; é isso que eu quero, Rato. Mas o tema se recusa a aparecer!

O Rato estava sentado no chão, procurando no fundo da bolsa um botão de controle que havia caído da siringe.

– Por que não escreve sobre você?

– Ah, uma excelente ideia. Quem o leria? Você?

O Rato encontrou o botão e o encaixou de volta em seu lugar.

– Acho que não conseguiria ler nada tão longo quanto um romance.

– Mas se o assunto fosse, digamos, o confronto entre duas grandes famílias, como a de Prince e a do capitão, você pelo menos ia querer ler?

– Quantas anotações você fez sobre este livro? – O Rato arriscou uma luz hesitante através do galpão.

– Nem um décimo do que preciso. Mesmo que esteja condenado a ser um relicário obsoleto de museu, será cravejado de joias – ele balançou de volta nas redes –, artesanal – os elos rugiram; sua voz se elevou –, um trabalho meticuloso, perfeito!

– *Eu nasci* – disse o Rato. – *E tenho que morrer. Estou sofrendo. Me ajuda.* Pronto, acabei de escrever seu livro para você.

Katin olhou para seus dedos grandes e fracos contra a cota de malha. Depois de um tempo, ele disse:

– Rato, às vezes você me faz ter vontade de chorar.

O cheiro de cominho.

O cheiro de amêndoas.

O cheiro de cardamomo.

Melodias caíram e se entrelaçaram.

Unhas roídas, juntas alargadas, as costas das mãos de Katin tremeluziam com as cores do outono; pelo chão de cimento, sua sombra dançava na rede.

– Ei, aí você está. – Leo riu. – Toque, sim, toque, Rato! Você toca!

E as sombras dançaram até que se ouviram as vozes:

– Ei, vocês ainda estão...

– ... aqui? O capitão nos disse para...

– ... disse para procurar vocês. É...

– ... é hora de ir embora. Vamos lá...

– ... já estamos indo!

CAPÍTULO 6

Draco/Federação das Plêiades (*Roc* em trânsito), 3172

– Valete de Paus.
 – Justiça?
 – Julgamento. Minha vez. Rainha de Copas.
 – Ás de Copas.
 – A Estrela. Minha vez. O Eremita.
 – Com trunfos ela lidera! – Leo riu. – A Morte.
 – O Bobo. Minha vez é. Agora: o Cavaleiro de Ouros.
 – Três de Ouros.
 – Rei de Ouros. Minha vez é. Cinco de Espadas.
 – Dois.
 – O Mago. Minha vez.

Katin observava a mesa de xadrez escura onde Sebastian, Tyÿ e Leo, após a hora da lembrança, jogavam uíste a três com as cartas de tarô.

Não conhecia bem o jogo, mas eles não sabiam disso, e ele ruminou que não o haviam convidado para jogar. Katin observara o jogo por quinze minutos por cima do ombro de Sebastian (com a coisa escura aninhada ao lado do seu pé), enquanto mãos peludas distribuíam e abriam as cartas formando um leque. Com seu parco conhecimento, Katin tentou pensar em algo genial para se intrometer no jogo.

Eles jogavam tão rápido...

Ele desistiu.

Mas enquanto caminhava para onde o Rato e Idas estavam sentados, na rampa, com os pés pendurados sobre o lago, ele sorriu; no bolso, manuseou os pinos na extremidade de seu gravador, tomando outra nota.

Idas estava dizendo:

– Ei, Rato, e se eu girasse este botão?

– Cuidado! – O Rato afastou a mão de Idas da siringe com um empurrão. – Vai cegar todo mundo na sala!

Idas franziu a testa.

– Quando eu brincava com a que eu tinha, não havia... – Ele parou de falar, esperando uma conclusão que não veio.

A mão do Rato escorregou da madeira para o aço e de lá para o plástico. Seus dedos roçaram as cordas e tiraram notas não amplificadas.

– Você pode machucar alguém de verdade se não usar essa coisa do jeito certo. É altamente direcional, e a quantidade de luz e som que alcança pode descolar a retina de alguém ou romper um tímpano. Para conseguir opacidade nas imagens do holograma, sabe, essa coisa usa um laser.

Idas fez que não com a cabeça.

– Nunca brinquei com uma tempo o bastante para descobrir como funcionava dentro de todas as...

Ele estendeu a mão para tocar as cordas mais seguras.

– Com certeza é um belo...

– Olá – disse Katin.

O Rato resmungou e continuou afinando as chaves.

Katin sentou-se do outro lado do Rato e observou por alguns instantes.

– Acabei de pensar – começou ele – que nove em cada dez vezes que digo "olá" para alguém de passagem, ou quando a pessoa com quem falo vai fazer outra coisa, passo os quinze minutos seguintes ou mais repassando o incidente, imaginando se meu sorriso foi tomado como familiaridade indevida, ou minha expressão sóbria interpretada de forma imprópria como frieza. Repito a troca para mim mesmo uma dúzia de vezes, variando meu tom de voz e tentando extrapolar a mudança que isso pode causar na reação da outra pessoa...

– Ei! – O Rato tirou os olhos de sua siringe. – Está tudo bem. Gosto de você. Só estava ocupado.

– Ah. – Katin sorriu; então, o sorriso foi substituído por uma carranca. – Sabe, Rato, eu invejo o capitão. Ele tem uma missão. Essa obsessão exclui qualquer dúvida sobre o que as outras pessoas pensam dele.

– Não passo por tudo isso como você descreveu – disse o Rato. – Não muito.

– Eu passo. – Idas olhou ao redor. – Sempre que estou sozinho, passo por isso todo o... – e abaixou a cabeça para examinar os nós dos dedos.

– É muito justo da parte dele deixar todos nós termos esse tempo livre e pilotar a nave com Lynceos – comentou Katin.

– É – disse Idas. – Acho que... – E virou as mãos para seguir as linhas escuras nas palmas.

– O capitão tem coisas demais com que se preocupar – disse o Rato. – E não quer lidar com elas. Esta parte da viagem não é nada difícil, então é melhor ele ter algo para ocupar a mente. É o que eu acho.

– Acha que o capitão tem pesadelos?

– Talvez.

O Rato tirou um aroma de canela de sua harpa, mas tão forte a ponto de fazer arder o nariz e a boca dos presentes.

Os olhos de Katin lacrimejaram.

O Rato balançou a cabeça e baixou o botão que Idas havia tocado.

– Desculpe.

– Cavaleiro de... – Do outro lado da sala, Sebastian ergueu os olhos do jogo e torceu o nariz. – ... Espadas.

Katin, o único com pernas longas o bastante, tocou a água abaixo da rampa com a ponta da sandália. O cascalho colorido balançou; Katin pegou seu gravador e virou o pino de gravação:

– Os romances eram principalmente sobre relacionamentos. – Ele olhou para as distorções no mosaico da parede atrás das folhas enquanto falava. – Sua popularidade residia no fato de que mascaravam a solidão das pessoas que os liam, que ficavam essencialmente hipnotizadas pelas maquinações da própria consciência. O capitão e Prince, por exemplo, por suas obsessões, estão totalmente relacionados.

O Rato inclinou um pouco o corpo e falou para a caixa encrustada de joias:

– O capitão e Prince provavelmente nem se veem cara a cara já há uns dez anos!

Katin, irritado, desligou o gravador. Considerou uma réplica, mas não encontrou nenhuma. Então ligou o dispositivo de novo:

– Lembre-se de que a sociedade que permite que isso aconteça é a mesma que permitiu que o romance se extinguisse. Tenha em mente ao escrever que o assunto do romance é o que acontece no rosto das pessoas enquanto conversam umas com as outras.

Desligou de novo.

– Por que está escrevendo esse livro? – perguntou o Rato. – Digo, qual é o seu objetivo com ele?

– Por que você toca sua siringe? Tenho certeza de que é essencialmente pelo mesmo motivo.

– Só que se eu passasse todo esse tempo apenas me preparando, nunca tocaria nada. Só uma dica.

– Estou começando a entender, Rato. Não é meu objetivo, mas meus métodos de alcançá-lo que o incomodam, por assim dizer.

– Katin, *entendo* o que você está fazendo. Quer fazer algo bonito. Mas as coisas não funcionam assim. Claro, tive que praticar muito tempo para poder tocar isso aqui. Mas, se você vai fazer algo assim, precisa fazer as pessoas sentirem e se emocionarem com a vida ao redor delas, mesmo que seja apenas aquele cara que vai procurá-lo no porão do Alkane. Não vai dar certo se você mesmo não entender um pouco desse sentimento.

– Rato, você é uma pessoa ótima, boa e bela. Só está errado, é isso. Veja essas belas formas que você usa em sua harpa. Olhei seu rosto de perto o bastante para saber o quanto são criadas pelo terror.

O Rato olhou para cima, e rugas marcaram sua testa.

– Eu poderia sentar e ver você tocar por horas. Mas são apenas alegrias momentâneas, Rato. Somente quando tudo o que se conhece da vida é abstraído e usado como afirmação de um padrão significativo é que temos algo que é belo e permanente. Sim, há uma parte de mim que não consegui acessar para este trabalho, uma que flui e jorra em você, jorra de seus dedos. Mas há uma grande parte de você que está tocando para abafar o som de alguém gritando aí dentro.

Ele apontou com a cabeça para a carranca do Rato.

O Rato fez aquele som de novo.

Katin deu de ombros.

– Eu leria seu livro – disse Idas.

O Rato e Katin ergueram os olhos.

– Eu li um... bem, alguns livros... – Ele voltou a olhar para suas mãos.

– Leria?

Idas assentiu com a cabeça.

– Nas Colônias Exteriores, as pessoas leem livros, às vezes até romances. Só que não há muitos... bem, só há romances velhos... – Ele olhou para a moldura na parede: Lynceos jazia como um fantasma não nascido; o capitão estava na outra. Olhou para trás com um ar ausente no rosto. – É muito diferente nas Colônias Exteriores do que é... – Ele gesticulou ao redor da nave, indicando toda a Draco. – Digam, vocês conhecem bem o lugar para onde estamos indo?

– Nunca estive lá – respondeu Katin.

O Rato fez que não com a cabeça.

– Estava imaginando se você sabia se poderíamos conseguir alguns... – Ele abaixou a cabeça. – Deixa pra lá.

– Você teria que perguntar para eles – disse Katin, apontando para o grupo jogando cartas do outro lado da sala. – É a casa deles.

– Ah – disse Idas. – Sim. Eu acho... – Ele pulou da rampa, caiu na água, caminhou sobre o cascalho e seguiu, pingando, pelo tapete.

Katin olhou para o Rato e balançou a cabeça.

Mas o rastro de água foi completamente absorvido pelo carpete azul.

– Seis de Espadas.

– Cinco de Espadas.

– Com licença, algum de vocês sabe...

– Dez de Espadas. Minha vez. Valete de Copas.

– ... se neste mundo aonde estamos indo... Vocês sabem se...

– A Torre.

("Gostaria que esta carta não tivesse saído invertida na leitura do capitão", sussurrou Katin para o Rato. "Acredite em mim, representa mau agouro.")

– Quatro de Copas.

– Minha vez. Nove de Paus.

– ... nós podemos...

– Sete de Paus.

– ... um pouco de êxtase?

– Roda da Fortuna. Minha vez é. – Sebastian olhou para cima. – Êxtase?

O explorador que decidiu chamar de Elísio o planeta mais externo dos planetas da Finada Irmã Fúmea fizera uma piada de mau gosto. Com todos os dispositivos planoformadores disponíveis, ainda era um bloco de cinzas congelado, estéril e desabitado, girando em distâncias transplutonianas de sua luz espectral.

Certa vez, alguém havia levantado a duvidosa teoria de que todos os três mundos restantes eram realmente luas que ficavam à sombra de um planeta gigantesco quando a catástrofe ocorreu e, assim, escaparam da fúria que aniquilara seu protetor. *Pobre lua, se lua você for*, pensou Katin enquanto passaram por ela. *Não fez nada melhor como um mundo. Uma lição para os pretensiosos.*

Quando o explorador explorou ainda mais, recuperou seu senso de proporção. Seu sorriso vacilou no mundo intermediário e ele o chamou de Dis.

Seu destino sugere que a mordida do remorso chegou muito tarde; zombar dos deuses, mesmo que apenas uma vez, trouxe uma recompensa clássica. Sua nave caiu no planeta mais interno. Permaneceu sem nome e até hoje é chamado de outro mundo, sem pompa, circunstância ou letras maiúsculas. Até que um segundo explorador chegou ao outro mundo e de repente revelou um segredo. Aquelas grandes planícies, que de longe foram consideradas escória solidificada, se revelaram oceanos... de água congelada. É verdade que entre três e trezentos metros acima estavam misturados com todo tipo de entulho e refugo. Finalmente foi decidido que o outro mundo já estivera inteiramente embaixo de três a quarenta quilômetros de água. Talvez dezenove vinte avos tenham evaporado no espaço quando a Finada Irmã Fúmea se transformou em nova. Isso deixou uma porcentagem de terra seca um pouco maior que a da Terra. A atmosfera irrespirável, a total falta de vida orgânica, as temperaturas baixíssimas são problemas menores quando comparadas com a dádiva dos mares, fáceis de corrigir. Assim, a humanidade, nos primeiros dias das Plêiades, invadiu a terra carbonizada e congelada. A cidade mais antiga do outro mundo – embora não a maior, pois a mudança comercial e econômica nos últimos trezentos anos havia deslocado a população – tinha sido nomeada com muito cuidado: a Cidade da Noite Terrível.

E a *Roc* desceu ao lado da bolha negra da Cidade, derrubando a Garra do Diabo.

Federação das Plêiades, outro mundo, CNT, 3172

– ... de dezoito horas.

E esse foi o final da infovoz.

– Este lar é bom para você? – perguntou o Rato.

Leo olhou através do campo.

– Nunca neste mundo andei – suspirou o pescador. Mais além, o mar de gelo partido se estendia em direção ao horizonte. – Mas grandes trutas de seis nadadeiras em cardumes do outro lado do mar se movem. Os pescadores com arpões do tamanho de cinco homens altos juntos as caçam. As Plêiades isso é; lar bom é.

Ele sorriu, e o vapor da respiração gelada subia, escurecendo os olhos azuis.

– Este é o seu mundo, não é, Sebastian? – perguntou Katin. – Você deve se sentir bem voltando para casa.

Sebastian empurrou uma asa escura que batia diante de seus olhos.

– Meu ainda, mas... – Ele olhou ao redor e deu de ombros. – Eu de Thule venho. Uma maior cidade é; um quarto do caminho ao redor do outro mundo ela fica. Daqui muito longe é, e muito diferente. – Ele olhou para o crepúsculo no céu. A Irmã estava alta, uma pérola turva atrás de uma auréola de nuvem cor de chumbo. – Muito diferente. – Ele balançou a cabeça.

– Nosso mundo, sim – confirmou Tyÿ. – Mas a nossa casa, não.

O capitão, alguns passos à frente, olhou para trás quando falaram.

– Olhem. – Ele apontou para o portão. Embaixo da cicatriz, seu rosto estava imóvel. – Nenhum dragão em sua coluna se enrola. Aqui lar é. Para você, você, você e eu aqui lar é!

– Bom lar – repetiu Leo, mas sua voz era cautelosa.

Eles seguiram o capitão e atravessaram os portões sem serpentes.

A paisagem tinha todas as cores do fogo.

Cobre: oxida para um verde mosqueado e amarelado.

Ferro: cinza preta e vermelha.

Enxofre: seu óxido é de um marrom arroxeado e viscoso.

As cores se espalhavam pelo horizonte empoeirado e se repetiam nas paredes e torres da Cidade. Lynceos cobriu com a mão seus cílios prateados para olhar o céu, onde um enxame de sombras como folhas loucas e escuras se agitavam diante do sol que se exauria, que não conseguia sequer fazer um fim de tarde, mesmo ao meio-dia. Olhou de volta para a criatura no ombro de Sebastian, que agora abria as asas e sacudia a coleira.

– E como o bichinho se sente em estar em casa?

Ele estendeu o braço para acarinhar o animal empoleirado e teve de retirar sua mão branca rapidamente antes de ser atingida por uma garra escura. Os gêmeos entreolharam-se e riram.

Todos desceram até a Cidade da Noite Terrível.

Na metade do caminho, o Rato começou a andar de costas pela escada rolante.

– Aqui... aqui não é a Terra.

– Hein? – Katin deslizou ao lado, viu Rato e começou a recuar também.

– Olhe para tudo lá embaixo, Katin. Não é o Sistema Solar. Aqui não é Draco.

– Esta é sua primeira viagem para longe do Sol, não é?

O Rato assentiu com a cabeça.

– Não vai ser muito diferente.

– Mas olhe para isso, Katin.

– A Cidade da Noite Terrível – disse Katin, pensativo. – Todas aquelas luzes. Provavelmente têm medo do escuro.

Eles ficaram parados por mais um momento, olhando a paisagem semelhante a um tabuleiro de xadrez: peças de jogo ornamentadas, um amontoado de reis, rainhas e torres que sobrepujavam cavaleiros e peões.

– Vamos – disse Rato.

As lâminas de metal de vinte metros que compunham a gigantesca escada os carregaram para baixo a toda velocidade.

– É melhor alcançarmos o capitão.

As ruas perto do campo estavam cheias de pensões baratas. Marquises arqueavam-se sobre as passarelas, anunciando salões de dança e psicoramas. O Rato olhou através da parede transparente para as pessoas que nadavam em um clube de recreação.

– Não é tão diferente de Triton. Seis centavos @sg? Bem, com certeza os preços são muito mais baixos.

Metade das pessoas nas ruas era obviamente de alguma tripulação ou oficiais. As vias estavam lotadas. O Rato ouviu música. Algumas vinham das portas abertas dos bares.

– Ei, Tyÿ. – O Rato apontou para um toldo. – Já trabalhou em um lugar assim?

– Em Thule, sim.

Leituras especializadas: letras brilhavam, encolhiam e se expandiam no letreiro.

– Ficamos na Cidade...

Eles se voltaram para o capitão.

– ... por cinco dias.

– Vamos nos alojar na nave? – perguntou Rato. – Ou aqui na cidade, onde podemos nos divertir?

Pense naquela cicatriz. Corte-a com três linhas horizontais próximas perto do topo: era a testa do capitão franzida.

– Todos vocês suspeitam do perigo que estamos correndo. – Passou os olhos pelos prédios. – Não. Não vamos ficar aqui, tampouco na nave. – Ele entrou pelas portas de uma cabine de comunicações. Sem se preocupar em fechar os painéis, passou a mão diante das placas de indutância. – Aqui Lorq Von Ray é. Yorgos Setsumi?

– Eu se sua reunião consultiva terminou vou ver.

– Um androide dele serve – disse Lorq. – Apenas um pequeno favor eu quero.

– Ele sempre com você pessoalmente, senhor Von Ray, gosta de conversar. Só um momento, eu que ele disponível está acho.

Uma figura se materializou na coluna de visualização.

– Lorq, tanto tempo que você não vejo. O que por você posso fazer?

– Alguém usará Taafite de Ouro pelos próximos dez dias?

– Não. Estou em Thule agora e estarei no próximo mês. Vejo que você está na Cidade e precisa de um lugar para ficar.

Katin já havia notado que o capitão agora deslizava entre os dialetos.

Havia semelhanças inconfundíveis entre a voz do capitão e a desse tal Setsumi. Katin reconheceu excentricidades comuns que já definiam um sotaque de classe alta das Plêiades. Olhou para Tyÿ e Sebastian para ver se também tinham alguma reação ao sotaque. Apenas um pequeno movimento nos músculos ao redor dos olhos, mas apenas isso. Katin voltou a olhar para a coluna de visualização.

– Eu um grupo comigo tenho, Yorgy.

– Lorq, minhas casas são suas. Espero que você e seus convidados aproveitem a estada.

– Obrigado, Yorgy.

Lorq saiu da cabine. A tripulação trocou olhares.

– Há uma possibilidade de que os próximos cinco dias que eu passar no outro mundo sejam os últimos que passarei em qualquer lugar – disse Lorq. Ele buscou atentamente notar as reações. Com a mesma intensidade, os demais tentaram escondê-las. – Mas podemos muito bem passar um tempo agradável aqui. Vamos.

O mono rastejou pelo trilho e os lançou através da Cidade.

– Aquela Ouro é? – perguntou Tyÿ a Sebastian.

O Rato, ao lado deles, apertou o rosto contra o vidro.

– Onde?

– Lá. – Sebastian apontou para as praças. Entre os quarteirões, um rio derretido cortava a Cidade.

– Ei, é igual a Tritão – comentou o Rato. – O núcleo deste planeta também foi derretido pelo ilírion?

Sebastian fez que não com a cabeça e disse:
– O planeta inteiro grande demais para isso é. Apenas o espaço embaixo de cada cidade. Essa fenda de Ouro é chamada.

O Rato observou os afloramentos ígneos e quebradiços caírem ao longo da fissura com lava.

– Rato?
– Hein? – Ele olhou para cima quando Katin pegou seu gravador. – O que você quer?
– Faça alguma coisa.
– O quê?
– Estou fazendo um experimento. Faça alguma coisa.
– O que você quer que eu faça?
– Qualquer coisa que vier à cabeça. Agora.
– Bem... – O Rato franziu a testa. – Tudo bem.

Então ele fez algo.

Os gêmeos, do outro lado do vagão, se viraram para olhar.

Tyÿ e Sebastian olharam para o Rato, depois um para o outro, depois de volta para o Rato.

– Personagens – disse Katin em seu gravador – são fixados mais vividamente por suas ações. O Rato afastou-se da janela, então girou o braço várias e várias vezes. Pela sua expressão, eu poderia dizer que estava ao mesmo tempo se divertindo com minha surpresa pela violência de sua ação e, ao mesmo tempo, curioso se eu estava satisfeito. Ele deixou as mãos caírem na janela, respirando com um pouco de dificuldade, e flexionou os nós dos dedos no parapeito...

– Ei – protestou o Rato. – Só balancei o braço. A respiração ofegante, os nós dos meus dedos... isso não fazia parte...

– "Ei", protestou o Rato, enganchando o polegar no buraco de sua calça na altura da coxa. "Só balancei o braço. A respiração ofegante, os nós dos meus dedos... isso não fazia parte."

– Caramba!

– O Rato desenganchou o polegar – prosseguiu Katin –, crispou a mão nervosamente, exclamou "Caramba!" e, em seguida, se virou, frustrado. Existem três tipos de ações: propositais, habituais e gratuitas. Personagens, para serem próximos e apreensíveis, devem ser apresentados com todas essas três ações.

Katin olhou para a dianteira do vagão.

O capitão observava através da placa curva que rodeava o teto. Seus olhos amarelos fixaram a luz mortiça que pulsava como manchas de fogo em uma brasa gigante. A luz era tão fraca que ele nem estreitou os olhos.

— De qualquer forma, estou confuso — admitiu Katin para sua caixa encrustada de joias. — O espelho da minha observação gira, e o que a princípio parecia gratuito vejo vezes suficientes para perceber que é um hábito. O que suspeitava como hábito agora parece parte de um grande projeto. Enquanto o que originalmente considerei um propósito explode em gratuidade. O espelho se vira de novo, e o personagem que eu achava obcecado pelo propósito revela que sua obsessão é apenas um hábito; seus hábitos são gratuitamente sem sentido, enquanto essas ações que interpretei como gratuitas revelam um propósito mais demoníaco.

Os olhos amarelos deixaram de mirar a estrela cansada. O rosto de Lorq crispou-se ao redor da cicatriz por alguma travessura do Rato que Katin havia perdido.

Raiva, ponderou Katin. *Raiva. Sim, ele está rindo. Mas como alguém pode distinguir entre riso e raiva naquele rosto?*

Os outros estavam rindo também.

— Que fumaça é essa? — perguntou o Rato, contornando a grade fumegante nas pedras.

— É apenas a grade de esgoto, acho — respondeu Leo. O pescador olhou para a neblina envolvendo o poste que sustentava a luz de fluorescência induzida. No chão, o vapor inflava e murchava; diante dele, a luz dançava e piscava.

— Taafite fica no final desta rua — informou Lorq.

Subiram a colina, passando por meia dúzia de outras grades que fumegavam na noite perpétua.

– Eu acho que o Ouro é bem...

– ... bem atrás daquela barragem ali?

Lorq fez que sim com a cabeça para os gêmeos.

– Que tipo de lugar é Taafite? – questionou o Rato.

– Um lugar onde posso me sentir confortável. – Uma agonia sutil brincava nas feições do capitão. – E onde não terei que me incomodar com você. – Lorq fez menção de dar um tapa nele, mas o Rato se esquivou. – Chegamos!

O portão de quatro metros e meio, com pedaços de vidro colorido fixados no ferro forjado, afastou-se quando Lorq pôs a mão na placa.

– Lembra de mim.

– Taafite não é sua? – perguntou Katin.

– Pertence a um velho amigo de escola, Yorgos Setsumi, dono da Mineradora Plêiades. Alguns anos atrás eu a usava com frequência. Foi quando registrei minha mão na fechadura. Fiz o mesmo por ele com algumas das minhas casas. Não nos vemos muito agora, mas costumávamos ser bem próximos.

Entraram no jardim de Taafite.

As flores não estavam ali para serem vistas em plena luz do dia. Eram de cor roxa, marrom, violeta, as cores da noite. As escamas parecidas com mica da tilda aracnídea brilhavam sobre galhos sem folhas. Havia muitos arbustos baixos, mas todas as plantas mais altas eram esguias e esparsas para fazer a menor sombra possível.

A parede frontal da própria Taafite tinha uma forma curva de vidro. Por um longo trecho não havia muro nenhum, e casa e jardim se fundiam. Uma espécie de caminho levava a um lance de escadas cortado na rocha, abaixo do qual provavelmente era a porta de entrada.

Quando Lorq pôs a mão na placa da porta, as luzes começaram a piscar por toda a casa e acima deles, nas janelas, no final dos corredores, refletidas ao redor dos recessos ou passando por uma parede translúcida, raiavam como jade violeta ou vidraças de âmbar mesclado com preto. Mesmo lá embaixo, uma parte do piso era transparente, e eles conseguiam ver as luzes se acendendo nos cômodos dos andares inferiores.

– Entrem.

Seguiram o capitão pelo carpete bege. Katin deu um passo à frente para examinar uma prateleira de estatuetas de bronze.

– Benin? – perguntou ao capitão.

– Acredito que sim. Yorgos tem uma paixão pela Nigéria do século 13.

Quando Katin se virou para a parede oposta, seus olhos se arregalaram.

– Bem, não podem ser os originais. – Em seguida, estreitou-os. – As falsificações de Van Meegeren?

– Não. Receio que sejam apenas cópias antigas.

Katin riu.

– Eu ainda tenho *Embaixo de Sirius*, do Dehay, na cabeça.

Continuaram pelo corredor.

– Acho que tem um bar aqui. – Lorq entrou por uma porta.

As luzes só subiam até a metade por causa do que estava além dos doze metros de vidro adiante.

Dentro da sala, lâmpadas amarelas iluminavam um tanque de areia opalescente cheio de cascatas pela parede de rocha. Os refrescos já estavam entrando na sala pela plataforma rotativa. Em prateleiras de vidro flutuantes, havia estatuetas pálidas. Bronzes de Benin no salão, ali estavam os primeiros mármores cicládicos, brilhantes e inexpressivos.

Do lado de fora da sala estava Ouro.

Lá embaixo, entre os penhascos salobros, a lava ardeu como se fosse dia.

O rio de pedra corria, balançando as sombras dos penhascos entre as vigas de madeira do teto.

O Rato deu um passo à frente e disse algo sem emitir som.

Tyÿ e Sebastian estreitaram os olhos.

– Bem, isso é...

– ... algo para se olhar!

O Rato correu ao redor do tanque de areia, encostando no vidro com as mãos ao lado do rosto. Em seguida, olhou para trás com um sorriso malicioso.

– É como estar bem no meio de algum Inferno em Tritão!

A coisa no ombro de Sebastian desceu ao chão batendo as asas e se encolheu atrás de seu dono quando algo em Ouro explodiu. O fogo que caía lançou uma luz no rosto deles.

– Qual cerveja do outro mundo vocês querem experimentar primeiro? – perguntou Lorq aos gêmeos enquanto examinava as garrafas na plataforma.

– Aquela na garrafa vermelha...

– ... na garrafa verde parece muito boa...

– ... não tão boa quanto algumas das coisas que pegamos em Tubman...

– ... aposto. Em Tubman tínhamos uma coisa chamada êxtase...

– ... sabe o que é êxtase, capitão?

– Sem êxtase. – Lorq ergueu as garrafas, uma em cada mão. – Vermelha ou verde. As duas são boas.

– Com certeza seria bom usar um pouco...

– ... concordo. Mas acho que ele não tem...

– ... acho que não. Então, vou escolher...

– ... vermelha...

– ... verde.

– Uma de cada. Lá vai.

Tyÿ tocou o braço de Sebastian.

– O que é? – Sebastian franziu a testa.

Ela apontou para a parede enquanto uma das prateleiras flutuava para longe de uma enorme pintura.

– A vista de Thule abaixo da Ravina Dank é! – Sebastian puxou Leo pelo ombro. – Olha. Aqui minha casa é!

O pescador olhou para cima.

– Você pela janela dos fundos da casa onde nasci vê – disse Sebastian. – Tudo o que você vê.

– Ei! – O Rato estendeu a mão para dar um tapinha no ombro de Katin, que desviou os olhos da escultura que estava examinando e encarou o rosto moreno do Rato.

– Que foi?

– Aquele banquinho ali. Lembra aquela coisa da República de Vega de que você estava falando na nave?

– Lembro.

– Esse banquinho é de lá?

Katin sorriu.

– Não. Tudo aqui é modelado em designs pré-viagens estelares. Esta sala inteira é uma réplica bastante fiel de alguma mansão norte-americana elegante do século 21 ou 22.

O Rato assentiu com a cabeça.

– Ah.

– Os ricos sempre são apaixonados pela antiguidade – disse Katin.

– Nunca estive em um lugar como este antes. – O Rato olhou ao redor da sala. – É bonito, hein?

– Exato. É mesmo.

– Venham pegar seu veneninho – chamou Lorq da plataforma.

– Rato! Agora, você sua siringe toca? – Leo apareceu com duas canecas, deixou uma com Rato e entregou a outra a Katin. – Você toca. Logo eu para as docas de gelo vou descer. Rato, toque para mim.

– Toque algo para a gente dançar...

– ... dance conosco, Tyÿ. Sebastian...

– Sebastian vai dançar com a gente também?

O Rato abriu a bolsa.

Leo foi buscar uma caneca, voltou e se sentou no banco. As imagens do Rato ficaram empalidecidas por Ouro. Mas a música era ornamentada com quartos de tom agudos e insistentes. Tinha cheiro de festa.

No chão, o Rato equilibrava o corpo da siringe contra o pé escurecido e caloso, batia o tempo com a ponta da bota e se balançava. Seus dedos voavam. A luz de Ouro, das luminárias ao redor da sala, da siringe do Rato, refletia no rosto do capitão em fúria. Vinte minutos depois, ele disse:

– Rato, vou roubar você por um tempo.

Ele parou de tocar.

– O que você quer, capitão?

– Companhia. Vou sair.

Os rostos dos dançarinos mostraram decepção.

Lorq girou um botão na plataforma.

– Eu liguei o gravador sensorial.

A música recomeçou. E as visões fantasmagóricas da siringe do Rato saltitaram mais uma vez, com as imagens de Tyÿ, Sebastian e os gêmeos dançando, o som de suas risadas...

– Para onde vamos, capitão? – perguntou o Rato. – Ele colocou a siringe de volta na bolsa.

– Estive pensando. Precisamos de alguma coisa aqui. Vou tomar um pouco de êxtase.

– Quer dizer que sabe...

– ... onde conseguir?

– As Plêiades são minha casa – disse o capitão. – Vamos ficar fora, talvez, por uma hora. Venha, Rato.

– Ei, Rato, você vai deixar sua...

– ... siringe aqui conosco...

– ... agora? Vai ficar tudo bem. Não vamos...

– ... deixar que nada aconteça com ela.

Com os lábios apertados, o Rato olhou para os gêmeos e então para seu instrumento.

– Tudo bem. Vocês podem tocar. Mas cuidado, hein?

Ele caminhou até onde Lorq estava parado à porta.

Leo juntou-se a eles.

– Agora hora de eu ir é.

No íntimo do Rato, a surpresa pelo inevitável se abriu como uma ferida. Ele piscou.

– Pela carona, capitão, eu agradeço.

Eles caminharam pelo corredor e pelo jardim de Taafite. Do lado de fora do portão, pararam na grade fumegante.

– Para as docas de gelo lá embaixo você vai. – Lorq apontou para baixo da colina. – Você o mono até o final da linha toma.

Leo assentiu com a cabeça. Seus olhos azuis encontraram os escuros do Rato, e a perplexidade passou por seu rosto.

– Bem, Rato, talvez algum dia novamente nos veremos, hein?

– Isso aí – disse o Rato. – Talvez.

Leo virou-se e desceu a rua fumegante, o salto da bota estalando.

– Ei – chamou o Rato depois de um momento.

Leo olhou para trás.

– Ashton Clark.

Leo sorriu e então recomeçou a caminhada.

– Sabe – disse o Rato a Lorq –, provavelmente nunca mais verei o cara na vida. Vamos, capitão.

– Estamos em algum lugar perto do espaçocampo? – perguntou o Rato. Desceram os degraus lotados da estação do monotrilho.

– A uma curta distância. Estamos a cerca de oito quilômetros de Ouro, saindo de Taafite.

Os caminhões de pulverização haviam passado recentemente. A figura dos transeuntes se refletia no pavimento molhado. Um grupo de jovens – dois dos meninos com sinos no pescoço – passou correndo por um velho, rindo. Ele se virou e os seguiu por alguns passos com a mão estendida. Então deu meia-volta e foi na direção do Rato e de Lorq.

– Um velho com alguma coisa vocês ajudam? Amanhã, amanhã em um trabalho eu acoplo. Mas esta noite...

O Rato parou e olhou para o mendigo, mas Lorq continuou andando.

– O que tem lá? – O Rato apontou para uma alta arcada de luzes. As pessoas aglomeravam-se diante da porta na rua iluminada.

– Não tem êxtase lá.

Eles viraram a esquina.

Na outra calçada, casais haviam parado perto de uma cerca. Lorq atravessou a rua.

– Esse é o outro lado de Ouro.

Abaixo da encosta irregular, a rocha brilhante serpenteava na noite. Um casal afastou-se de mãos dadas, com rostos lustrosos.

Um homem com cabelo, mãos e ombros reluzentes veio pela passarela usando um colete fora de moda. Tinha uma bandeja de joias pendurada no pescoço. O casal o parou. Ela comprou uma joia do vendedor e, rindo, colocou-a na testa do namorado. Os fios de lantejoulas do aglomerado central de pedras balançaram para trás e se enrolaram nos cabelos compridos dele. Ambos saíram rindo pela rua molhada.

Lorq e o Rato chegaram ao final da cerca. Uma multidão de patrulheiros uniformizados das Plêiades subiu os degraus de pedra; três garotas correram atrás deles, gritando. Cinco garotos as ultrapassaram, e os gritos se transformaram em risos. O Rato olhou para trás para vê-los agrupados ao redor do joalheiro.

Lorq começou a descer os degraus.

– O que há lá embaixo? – Ele correu atrás do capitão.

Ao lado dos largos degraus, as pessoas bebiam em mesas postas rentes aos cafés escavados na parede de pedra.

– Parece que você sabe para onde está indo, capitão. – O Rato alcançou Lorq, ficando ao seu lado. – Quem é *aquela*?

Ele olhou para uma andarilha. Entre as pessoas vestidas com roupas leves, ela usava uma pesada parca debruada com pele.

– É uma pescadora de gelo – disse o capitão. – Leo se vestirá assim em breve. Passam um bocado de tempo longe da parte aquecida da cidade.

– Aonde estamos indo?

– Acho que é por aqui. – Eles viraram ao longo de uma saliência mal iluminada; havia algumas janelas na rocha. A luz azul vazava das sombras. – Esses lugares mudam de dono a cada dois meses, e faz cinco anos que não venho à Cidade. Se não encontrarmos o lugar que procuro, ao menos encontraremos algum que sirva.

– Que tipo de lugar é esse?

Uma mulher gritou. Uma porta se abriu, ela cambaleou para fora. Outra de repente estendeu a mão da escuridão e a pegou pelo braço, lhe deu dois tapas e a puxou de volta. A porta bateu com um segundo grito. Um homem velho, provavelmente outro pescador de gelo, escorava um homem mais jovem em seu ombro:

– Nós de volta para o quarto você levamos. Você a cabeça erguida mantém. Tudo bem vai ficar. Para o quarto você levamos.

O Rato observou-os passar cambaleando. Um casal havia parado perto da escada de pedra. Ela balançava a cabeça em negação. Por fim, ele assentiu, e eles voltaram.

– O lugar em que eu estava pensando, entre outras coisas, costumava ser um negócio próspero que induzia as pessoas a trabalhar nas minas das Colônias Exteriores e depois cobrava uma comissão sobre cada recruta. Era perfeitamente legal; tem uma porção de gente estúpida no universo. Fui capataz em uma dessas minas e vi o outro lado. Não é muito bonito. – Lorq olhou por cima de uma porta. – Nome diferente. Mesmo lugar.

Ele começou a descer os degraus. O Rato olhou rapidamente para trás, depois o seguiu: eles entraram em uma sala comprida com um balcão de tábuas em uma parede. Alguns painéis multicromáticos emitiam cores fracas.

– As mesmas pessoas também.

Um homem mais velho que o Rato, mais novo que Lorq, com cabelos crespos e unhas sujas, apareceu.

– O que posso fazer por vocês, rapazes?

– O que você tem para nos fazer sentir bem?
Ele piscou um olho.
– Sentem-se.
Figuras indistintas passaram e pararam diante do balcão.
Lorq e o Rato sentaram-se a uma mesa. O homem puxou uma cadeira, virou-a, montou-a e se sentou à cabeceira.
– O quanto vocês querem se sentir bem?
Lorq virou as mãos com as palmas para cima sobre a mesa.
– No andar de baixo temos uma... – O homem olhou para uma porta nos fundos por onde pessoas entravam e saíam. – ... pathos-sauna?
– O que é isso? – quis saber o Rato.
– Um lugar com paredes de cristal que refletem a cor de seus pensamentos – respondeu Lorq. – Você deixa as roupas na porta e flutua entre colunas de luz em correntes de glicerina. Eles aquecem a glicerina à temperatura do corpo, que mascara todos os seus sentidos. Depois de algum tempo, privado do contato com a realidade sensorial, você enlouquece. Suas fantasias psicóticas fornecem o espetáculo. – Ele olhou de novo para o homem. – Quero algo que possamos levar conosco.
Atrás dos lábios finos, os dentes do homem se cerraram com força.
No palco na ponta do balcão, uma garota nua entrou no holofote cor de coral e começou a entoar um poema. Aqueles que estavam sentados no balcão bateram palmas no ritmo.
O homem olhou rapidamente para o capitão e para Rato.
Lorq juntou as mãos.
– Êxtase.
As sobrancelhas do homem ergueram-se sob o cabelo empapado que descia pela testa.
– Foi o que eu pensei. – As mãos dele também se juntaram. – Êxtase.
O Rato olhou para a garota. Sua pele tinha um brilho anormal. Glicerina, pensou. Sim, glicerina. Ele se inclinou contra a parede de pedra, então rapidamente se afastou.

Gotas de água corriam pela rocha fria. O Rato coçou o ombro e olhou para o capitão.
– Vamos esperar.
O homem fez que sim com a cabeça. Depois de um momento, ele perguntou ao Rato:
– O que você e o bonitão fazem da vida?
– Tripulação em um... cargueiro.
O capitão fez que sim com a cabeça apenas o suficiente para comunicar a aprovação.
– Sabe, há um bom trabalho nas Colônias Exteriores. Já pensou em dar um pulo nas minas?
– Trabalhei nas minas por três anos – respondeu Lorq.
– Ah. – O homem ficou em silêncio.
Depois de um momento, Lorq perguntou:
– Vai mandar buscar o êxtase?
– Já mandei. – Um sorriso torto se abriu em seus lábios.
No balcão, as palmas ritmadas se transformaram em aplausos quando a garota terminou seu poema. Ela saltou do palco e correu até eles. O Rato a viu apanhar algo rapidamente com um dos homens no balcão. Ela abraçou o homem na mesa com eles. Suas mãos se juntaram e, quando ela correu para a sombra, o Rato viu a mão do homem cair sobre a mesa, os nós dos dedos erguidos com algo embaixo deles. Lorq pousou a mão na do homem, cobrindo-a por completo.
– Três libras – disse o homem – @sg.
Com a outra mão, Lorq colocou três notas na mesa.
O homem puxou a mão e as pegou.
– Vamos, Rato, já temos o que queremos.
Lorq levantou-se da mesa e começou a atravessar o salão.
O Rato correu atrás dele.
– Ei, capitão. Aquele homem não falava como nas Plêiades!
– Em um lugar como este, sempre falam sua língua, não importa qual seja. É daí que vem o negócio deles.
Assim que chegaram à porta, o homem de repente os saudou mais uma vez. Ele assentiu com a cabeça para Lorq.

– Só queria lembrá-los de voltar quando quiserem um pouco mais. Até mais, lindos.

– Vejo você por aí, feio.

Lorq saiu, e na noite fria, parou no topo da escada, inclinou a cabeça sobre as mãos em concha e respirou fundo.

– Aqui está, Rato. – Ele estendeu as mãos. – Dê uma fungada.

– O que tenho que fazer?

– Respire fundo, segure por um tempinho e depois solte.

Quando o Rato se inclinou, surgiu uma sombra sobre eles. O Rato teve um sobressalto.

– Tudo bem. O que você tem aí?

O Rato olhou para cima e Lorq olhou para o patrulheiro. Lorq estreitou os olhos e abriu as mãos.

O patrulheiro decidiu ignorar o Rato e fixou o olhar em Lorq.

– Ah. – Ele passou o lábio inferior sobre os dentes superiores. – Algo perigoso podia ser. Algo ilegal, entende?

Lorq assentiu com a cabeça.

– Podia ser.

– Esses lugares por aqui, você precisa prestar atenção.

Lorq assentiu de novo.

O patrulheiro também.

– Olha, que tal a lei um pouco isso aí tomar?

O Rato viu o sorriso que o capitão ainda não tinha deixado surgir em seu rosto.

Lorq ergueu as mãos para o patrulheiro.

– Sirva-se.

O patrulheiro curvou-se, respirou fundo e se levantou.

– Obrigado. – E se virou para a escuridão.

O Rato observou-o por um momento, balançou a cabeça, deu de ombros e fez uma careta cínica para o capitão. Ele colocou as mãos ao redor das de Lorq, se inclinou, esvaziou os pulmões, então puxou o ar. Depois de prender a respiração por quase um minuto, ele soltou tudo de uma vez.

– E o que vai acontecer agora?

– Não se preocupe – respondeu Lorq. – É isso.

Eles começaram a voltar pela plataforma passando pelas janelas azuis.

O Rato olhou para o rio de rocha brilhante.

– Sabe – disse ele depois de um tempo –, gostaria de estar com a minha siringe. Quero tocar.

Estavam quase chegando aos degraus com os cafés abertos sob as luzes. Havia o tilintar de música amplificada. Alguém em uma mesa deixou cair um copo que se espatifou na pedra, e o som desapareceu sob uma onda de aplausos. O Rato olhou para as mãos.

– Essa coisa faz meus dedos coçarem. – Eles começaram a subir os degraus. – Quando eu era criança na Terra, em Atenas, havia uma rua assim. Odos Mnisicleous. Corria direto pelo bairro de Plaka. Trabalhei em alguns lugares no Plaka, sabe? O Prisão Dourada, o 'O kal 'H. E quando você sobe as escadas de Adrianou, bem acima fica a varanda dos fundos do Erectêion em um holofote sobre a muralha da Acrópole, no topo da colina. As pessoas nas mesas nas laterais da rua quebram pratos, veem e riem. Já esteve no Plaka em Atenas, capitão?

– Uma vez, há muito tempo – respondeu Lorq. – Eu tinha mais ou menos a sua idade. Mas foi apenas por uma noite.

– Então não conhece o pequeno bairro acima. Não se ficou lá apenas uma noite. – O sussurro rouco do Rato ganhou força. – Você continua subindo aquela rua de degraus de pedra até que todas as boates sumam e não haja nada além de terra, grama e cascalho, mas aí continua, com as ruínas ainda aparecendo sobre aquele muro. Daí você chega àquele lugar chamado Anafiotika. Significa "Pequena Anafi", sabe? Anafi era uma ilha que quase foi destruída por um terremoto, muito tempo atrás. E eles têm casinhas de pedra, bem ao lado da montanha, e ruas de meio metro de largura com degraus tão íngremes que é como subir uma escada. Conheci um cara que tinha uma casa lá. Depois que eu terminava o trabalho, pegava algumas garotas. E um pouco de vinho. Mesmo quando era criança, eu conseguia garotas... – O Rato estalou os dedos. – Você sabe até o telhado dele por uma escada em espiral enferrujada, do lado de fora da porta da frente, e afugenta os gatos. Então, tocávamos e bebíamos vinho, e víamos a cidade se espalhar montanha abaixo como um tapete de luzes e depois subir a montanha com o pequeno mosteiro como uma lasca de osso no topo. Uma vez tocamos muito alto, e a velhinha da casa acima jogou um jarro na gente. Mas nós rimos dela, gritamos e a fizemos levantar e descer para tomar um copo de vinho. E o céu já estava ficando cinza atrás das montanhas, atrás do mosteiro. Eu gostava disso, capitão. E gosto disso também. Posso tocar muito melhor que naquela época. Porque eu toco muito. Quero tocar as coisas que consigo ver ao meu redor. Mas há tanta coisa que consigo ver e que você não consegue. E tenho que tocar isso também. Só porque você não pode tocar uma coisa não significa que não pode cheirar, ver e ouvir. Caminho por um mundo e por outro e gosto do que vejo em todos eles. Já sentiu a curva da sua mão na mão de uma pessoa mais importante que qualquer outra? Essas são as espirais da galáxia entrelaçadas umas nas outras. Já sentiu a curva da sua mão quando a outra mão se foi e você está tentando se lembrar de como se sentiu? Não existe outra curva como aquela. Quero tocá-las uma contra a outra. Katin diz que tenho medo. Tenho mesmo, capitão. De tudo ao meu redor. Então, o que quer que eu veja, aperto contra meus olhos, enfio os dedos e a língua nele. Eu gosto do hoje; significa que tenho que viver com medo. Porque o hoje é assustador. Pelo menos não tenho medo de ficar assustado. Katin... ele está comprometido com o passado. Claro, o passado é o que faz o agora como o agora faz o amanhã; capitão, há um rio rugindo ao nosso lado. Mas só podemos ir beber em um lugar, e ele se chama "agora". Eu toco minha siringe, veja, e é como um convite para todo mundo chegar e beber. Quando toco, quero que todos aplaudam. Porque quando toco estou lá em cima, veja, com os equilibristas, sacudindo naquela borda ardente de loucura onde minha mente ainda funciona. Eu danço no fogo. Quando toco, levo todos os outros dançarinos aonde você, e você – o Rato apontou para as pessoas que passavam – e ele e ela não conseguem chegar sem minha ajuda. Capitão, há três anos, quando eu tinha quinze anos em Atenas, me lembro de uma manhã naquele telhado. Eu estava encostado na estrutura do caramanchão, com folhas brilhantes de parreira no rosto e as luzes da cidade se apagando ao amanhecer, e a dança havia parado, e duas das garotas estavam se beijando em um cobertor vermelho embaixo da mesa de ferro. E de repente me perguntei: "O que estou fazendo aqui?" Então perguntei de novo: "O que estou fazendo aqui?" Depois, isso grudou na minha cabeça como uma canção, tocando várias vezes. Eu estava com medo, capitão. Estava animado e feliz, e morrendo de medo, e aposto que estava com um sorrisão no rosto como agora. É assim que corro, capitão. Não tenho voz para cantar ou gritar. Mas toco minha harpa, não é? E o que estou fazendo agora? Subindo outra rua de pedra a mundos de distância, o amanhecer lá no passado, a noite agora, feliz e assustado à beça. O que estou fazendo aqui? Isso aí! O que eu estou fazendo?

– Está tagarelando, Rato. – Lorq soltou o poste no topo da escada. – Vamos voltar para Taafite.

– Ah, sim. Claro, capitão. – O Rato de repente olhou para o rosto arruinado. O capitão olhou para ele. Nas profundezas das linhas e luzes fragmentadas, o Rato viu humor e compaixão. Ele riu. – Queria estar com minha siringe agora. Eu tocaria até tirar seus olhos da cara. Viraria seu nariz do avesso pelas duas narinas, e você ficaria duas vezes mais feio do que é, capitão! – Em seguida, ele olhou para o outro lado da rua: de uma vez, o pavimento molhado e pessoas e luzes e reflexos eram um caleidoscópio por trás de lágrimas surpreendentes. – Queria estar com minha siringe – sussurrou de novo –, estar com ela... agora.

Voltaram para a estação do monotrilho.

– Comer, dormir, salários: como eu explicaria o conceito atual dessas três coisas para alguém, digamos, do século 23?

Katin estava sentado às margens da festa, observando os dançarinos, no meio deles, rindo diante de Ouro. De vez em quando, ele se inclinava sobre seu gravador.

– A forma como lidamos com esses processos estaria totalmente além da compreensão de alguém de setecentos anos atrás, mesmo que entendesse de alimentação intravenosa e concentrados nutricionais. Ainda assim, não teria nem de perto o estofo informacional para entender como todos nesta sociedade, exceto os muito, muito ricos, ou os muito, muito pobres, se alimentam diariamente. Metade do processo pareceria completamente incompreensível; a outra metade, nojenta. Estranho que a bebida tenha permanecido a mesma. No mesmo período que essas mudanças ocorreram, abençoado seja Ashton Clark, o romance mais ou menos morreu. Eu me pergunto se há uma conexão. Já que escolhi essa forma de arte arcaica, devo considerar meu público as pessoas que a lerão amanhã ou me dirigir para o ontem? Passado ou futuro: se eu deixasse esses elementos fora da narrativa, talvez isso desse mais impulso ao trabalho.

O gravador sensorial foi deixado para gravar e regravar, de modo que a sala estava cheia de vários dançarinos e fantasmas de dançarinos. Idas tocou um contraponto de sons e imagens na siringe do Rato. Conversas, reais e gravadas, enchiam o cômodo.

– Embora todos eles dancem ao meu redor agora, faço minha arte para uma audiência mitológica de um elemento. Em que outras circunstâncias posso esperar me comunicar?

Tyÿ saiu do meio de Tyÿs e Sebastians.

– Katin, a luz da porta piscando está.

Katin desligou o gravador.

– O Rato e o capitão devem ter voltado. Nem se incomode, Tyÿ. Vou abrir para eles. – Katin saiu da sala e se apressou pelo corredor.

– Ei, capitão – Katin abriu a porta – a festa está indo...
– Ele tirou a mão da maçaneta. Seu coração palpitou duas vezes, praticamente saindo pela garganta, e, em seguida, quase parou. Ele se afastou da porta.

– Suponho que você reconhece a mim e a minha irmã? Então, vou deixar as apresentações de lado. Podemos entrar?

A boca de Katin começou a se mover em busca de alguma palavra.

– Sabemos que ele não está aqui. Vamos esperar.

O portão de ferro com sua ornamentação de vidro se fechou sobre um lençol de vapor. Lorq olhou ao redor das plantas em silhueta contra o âmbar de Taafite.

– Espero que ainda estejam festejando – disse o Rato. – Andar tudo isso só para encontrá-los enrolados num canto dormindo!

– O êxtase vai acordá-los. – Enquanto Lorq subia nas rochas, tirou as mãos dos bolsos. Uma brisa empurrou as abas de seu colete, esfriando os espaços entre seus dedos. Ele pousou a mão no círculo da placa da porta. A porta se abriu. Lorq entrou. – Não parece que desmaiaram.

O Rato sorriu e saiu aos pulos em direção à sala de estar.

A festa foi gravada, regravada e de novo gravada. Múltiplas melodias agitavam uma dúzia de Tyÿs dançantes em ritmos diferentes. Gêmeos antes, eram duodécuplos agora. Sebastian, Sebastian e Sebastian, em vários estágios de embriaguez, serviam bebidas vermelhas, azuis, verdes.

Lorq seguiu o Rato.

– Lynceos, Idas! Conseguimos o seu... não sei dizer qual é qual. Parem quietos um minuto! Ele deu um tapa no interruptor de parede do gravador sensorial.

Da beirada do tanque de areia, os gêmeos olharam para cima; as mãos brancas se separaram; as negras se juntaram.

Tyÿ sentou-se aos pés de Sebastian, abraçando os joelhos; olhos cinzentos brilhavam sob as pálpebras pulsantes.

O gogó de Katin saltava no pescoço comprido.

E Prince e Ruby pararam de contemplar Ouro e se viraram.

– Parece que atrapalhamos a reunião. Ruby sugeriu que eles simplesmente continuassem e não se incomodassem com a nossa presença, mas... – Ele deu de ombros. – Estou feliz por nos encontrarmos aqui: Yorgy estava relutante em me dizer onde você estava. Ele é um bom amigo seu. Mas não tão bom amigo quanto eu como inimigo. – O colete de vinil preto estava solto em seu peito branco como osso. As costelas estriadas marcavam-no com nitidez. Calça preta, botas pretas. Em torno do braço, na parte superior da luva, pelúcia branca.

Lorq sentiu como se um punho batesse repetidamente em seu peito. Por dentro.

– Você me ameaçou um bocado, e de um jeito interessante. Como vai cumprir suas ameaças?

Uma rede de exaltação continha o medo de Lorq.

Quando Prince deu um passo à frente, uma asa do bichinho de Sebastian roçou sua panturrilha.

– Por favor... – Prince olhou para a criatura. Ele parou no tanque de areia, se curvou entre os gêmeos, enfiou a mão falsa na areia e fechou o punho com força. – Ahhh... – Sua respiração, mesmo com os lábios entreabertos, sibilava. Ele se levantou nesse momento e abriu os dedos.

Vidro fosco caiu fumegante no tapete. Idas puxou os pés para trás de uma vez. Lynceos apenas piscou mais rápido.

– Como isso responde à minha pergunta?

– Considere uma demonstração do meu amor pela força e pela beleza. Você vê? – Ele chutou os cacos de vidro quente pelo tapete. – Ora! Impurezas demais para rivalizar com Murano. Vim aqui...

– Para me matar?
– Para persuadi-lo.
– O que você trouxe além de persuasão?
– Minha mão direita. Sei que você não tem armas. Eu confio na minha. Nós dois sabemos essa música de cor, Lorq. Ashton Clark estabeleceu as regras.
– Prince, o que está tentando fazer?
– Manter as coisas como estão.
– Estagnação é a morte.
– Mas menos destrutiva que seus movimentos insanos.
– Sou um pirata, lembra?
– Está a caminho de se tornar o maior criminoso do milênio.
– Está prestes a me dizer algo que eu não saiba?
– Sinceramente, espero que não. Para nosso bem, para o bem dos mundos ao nosso redor. – Então, Prince riu. – Por toda a extensão lógica do argumento, Lorq, estou *certo* no que diz respeito a esta batalha. Já pensou nisso?

Lorq estreitou os olhos.

– Sei que você quer o ilírion – continuou Prince. – A única razão para isso é perturbar o equilíbrio do poder; caso contrário, não valeria a pena para você. Sabe o que vai acontecer?

Lorq assumiu uma expressão séria.

– Vou explicar, Prince: vai arruinar a economia das Colônias Exteriores. Haverá toda uma onda de trabalhadores para realocar. Eles chegarão em enxurradas. O império ficará tão perto da guerra quanto esteve na supressão de Vega. Quando uma empresa como a Red-shift Ltda atinge a estagnação nesta cultura, isso equivale à destruição. Isso acabaria com o trabalho para muitas pessoas em Draco, assim como a destruição de minhas empresas acabaria nas Plêiades. É um bom início para o seu argumento?

– Lorq, você é incorrigível!
– Está aliviado por eu ter pensado nisso?
– Estou estarrecido.

– Aqui está outro argumento que pode usar: você está lutando não apenas por Draco, mas também pela estabilidade econômica das Colônias Exteriores. Se eu vencer, um terço da galáxia avança e dois terços ficam para trás. Se você vencer, dois terços da galáxia mantêm seu padrão atual e um terço fica para trás.

Prince concordou com a cabeça.

– Agora, me destrua com *sua* lógica.

– Preciso sobreviver.

Prince aguardou. Franziu a testa. A carranca se desfez com uma risada perplexa.

– Isso é tudo que você vai dizer?

– Por que eu deveria me preocupar em dizer que os trabalhadores podem ser realocados apesar da dificuldade? Que não haverá guerra porque há mundos e comida suficientes para eles... se tudo for bem-distribuído, Prince? Que o aumento de ilírion criará novos projetos, o bastante para absorver essas pessoas?

As sobrancelhas pretas de Prince se arquearam.

– *Essa* quantidade de ilírion?

Lorq assentiu com a cabeça.

– Essa quantidade.

Perto da grande janela, Ruby pegou os pedaços feios de vidro. Examinou-os, parecendo ignorar a conversa. Mas Prince estendeu a mão. Imediatamente, ela os deixou na palma da mão dele. Estava acompanhando a discussão de perto.

– Eu me pergunto – disse Prince, olhando para os fragmentos – se isso vai funcionar. – Seus dedos fecharam-se. – Você insiste em retomar essa rixa entre nós?

– Você é um tolo, Prince. As forças que desencadearam antigas hostilidades estavam se movendo ao nosso redor quando éramos crianças. Por que fingir aqui que esses parâmetros marcam nosso campo?

O punho de Prince começou a tremer. Sua mão se abriu. Cristais brilhantes cintilaram com uma luz azul interna.

– Quartzo heptodino. Está familiarizado com ele? Uma leve pressão no vidro impuro geralmente o produz... eu disse "leve". Esse é o termo geológico relativo, claro.

– Você está fazendo ameaças novamente. Vá embora... agora. Ou vou ter que matá-lo.

– Você não quer que eu vá. Estamos tentando orquestrar um único combate aqui para decidir quais mundos cairão, e onde. – Prince ergueu os cristais. – Eu poderia enfiar um desses com bastante precisão no seu crânio. – Ele virou a mão; de novo os cacos caíram no chão. – Não sou um palhaço, Lorq. Sou um malabarista. Quero manter todos os nossos mundos girando ao meu redor.

Ele se curvou e deu um passo para trás. De novo, seu pé roçou a mascote de Sebastian.

O bicho de estimação puxou sua corrente. As asas partiram o ar, sacudindo o braço de seu dono para a frente e para trás...

– Para baixo! Para baixo, agora você vai.

... até a corrente se soltar da mão de Sebastian. Ergueu-se, voando de um lado para o outro perto do teto. Então, mergulhou na direção de Ruby.

Ela sacudiu os braços ao redor da cabeça. Prince esquivou-se para chegar até ela, agachado sob as asas. Ele ergueu sua mão enluvada.

O bicho guinchou e bateu as asas para se afastar. Prince chicoteou com a mão novamente na direção do corpo preto. O animal sacudiu no ar e despencou.

Tyÿ gritou, correu até o animalzinho, que se debatia fracamente de costas, e o puxou para longe. Sebastian levantou-se de seu banquinho com os punhos cerrados. Então, caiu de joelhos para cuidar de seu animal de estimação ferido.

Prince virou a mão preta. O púrpura úmido manchou o veludo.

– Essa foi a criatura que atacou você nos Esclaros, não foi?

Ruby levantou-se, ainda em silêncio, e empurrou o cabelo escuro do ombro. Seu vestido era branco, com a bainha, a gola e a manga pretas. Ela tocou seu corpete de cetim onde caíram gotas de sangue.

Prince olhou o animal gemendo entre Tyÿ e Sebastian.

– Isso praticamente acerta as contas, Ruby? – Ele esfregou as mãos: carne e plástico preto ensanguentado.

Ele franziu a testa ao olhar para os dedos manchados.

– Lorq, você me perguntou quando vou cumprir minhas ameaças. Será em algum momento dentro dos próximos sessenta segundos. Mas temos um sol a negociar entre nós. Esses rumores que você mencionou para Ruby chegaram até nossos ouvidos. O véu protetor com que a Grande Cadela Branca do Norte, sua tia Cyana, cobre a si mesma é o mais eficaz. Caiu no momento em que você saiu do gabinete dela. No entanto, outros passarinhos nos contaram, e ouvimos notícias de um sol prestes a se tornar uma nova. Ele, ou sóis como ele, aparentemente tem sido o centro de seu interesse faz algum tempo. – Seus olhos azuis ergueram-se da palma da mão manchada. – Ilírion. Não vejo a relação. Não importa. Os homens de Aaron estão trabalhando nisso.

A tensão corria como uma dor entre os quadris de Lorq e a lombar.

– Está se preparando para alguma coisa. Vamos lá! Faça.

– Tenho que descobrir como. Com minha mão, acho... não. – Suas sobrancelhas arquearam-se; ele ergueu o punho escuro. – Não, com esta. Respeito sua tentativa de se justificar para mim. Mas como se justifica para eles? – Com dedos ensanguentados, Prince apontou para a tripulação.

– Ashton Clark ficaria do seu lado, Prince. A justiça também. Não estou aqui porque quis essa situação. Só estou lutando para resolvê-la. A razão pela qual devo lutar com você é que acho que posso vencer. Só isso. Você é favorável à estagnação. Eu sou pelo movimento. As coisas se movem. Não há ética lá. – Lorq olhou para os gêmeos. – Lynceos? Idas?

O rosto negro olhou para cima; o branco, para baixo.

– Vocês sabem o que arriscam nesta competição?

Enquanto um olhava para ele, o outro olhava para longe, e ambos assentiram com a cabeça.

– Querem sair da *Roc*?
– Não, capitão, nós...
– ... digo, mesmo se tudo...
– ... mudar, em Tubman...
– ... nas Colônias Exteriores, talvez...
– ... talvez Tobias vá embora de lá...
– ... e se junte a nós aqui.

Lorq riu.

– Acho que Prince levaria vocês com ele... se vocês quisessem.

– Envergonhado e humilhado – disse Prince. – Enfraquecido e aviltado. Você viveu seus próprios mitos. Lorq, seu maldito.

Ruby deu um passo adiante.

– Vocês! – disse ela aos gêmeos. Os dois olharam para Ruby. – Vocês sabem mesmo o que acontecerá se ajudarem o capitão Von Ray e ele conseguir o que quer?

– Ele talvez ganhe... – Lynceos finalmente desviou o olhar, cílios prateados trêmulos.

Idas aproximou-se para proteger o irmão.

– ... talvez não.

– O que dizem sobre nossa solidariedade cultural? – disse Lorq. – Não é o mundo que você pensou que era, Prince.

Ruby virou-se de uma vez.

– E as evidências dizem que é o seu? – Sem esperar resposta, ela se virou para Ouro. – Olhe para isso, Lorq.

– Estou olhando. O que você vê, Ruby?

– Você... você e Prince... querem controlar as chamas internas que levam os mundos contra a noite. Lá, o fogo irrompeu. Deixou uma cicatriz neste mundo, nesta cidade, do mesmo jeito que Prince deixou em você.

– Para carregar uma cicatriz dessas – disse Prince lentamente, e Lorq sentiu a mandíbula endurecer e os músculos contraídos na têmpora e na testa –, você talvez precise ser maior do que eu.

– Para carregar essa cicatriz, tenho que te odiar.

Prince sorriu.

O Rato havia recuado até o batente da porta, com as mãos para trás. Lorq viu o movimento pelo canto do olho. Lábios flácidos haviam caído para exibir dentes brancos; o branco circundava as pupilas.

– O ódio é um hábito. Nós nos odiamos há muito tempo, Lorq. Acho melhor parar por aqui. – Os dedos de Prince se flexionaram. – Lembra como tudo começou?

– Em São Orini? Lembro que vocês eram tão mimados e malvados na época quanto...

– "Nós"? – As sobrancelhas de Prince se arquearam de novo. – "Malvados"? Ah, mas você foi descaradamente cruel. E eu nunca o perdoei por isso.

– Por tirar sarro da sua mão...

– Você fez isso? Estranho, não lembro. Raramente esqueço insultos dessa natureza. Mas não... Estou falando daquela exposição bárbara a que você nos levou na selva. Feras. E não conseguimos nem ver as que estavam no poço. Todos eles, debruçados na beirada, suando, gritando, bêbados e... bestiais. E Aaron era um deles. Lembro-me dele até hoje, a testa brilhando, o cabelo desgrenhado, o rosto contorcido em um grito horrível, sacudindo o punho. – Prince fechou os dedos aveludados. – Sim, o punho. Foi a primeira vez que vi meu pai assim. Aquilo me aterrorizou. Nós o vimos assim muitas vezes depois disso, não é, Ruby? – Ele olhou para a irmã. – Houve a fusão De Targo, quando ele saiu da sala da diretoria naquela noite... ou o escândalo da Anti-Flamina há sete anos... Aaron é um homem encantador, culto e totalmente diabólico. Você foi a primeira pessoa a me mostrar essa maldade nua e crua no rosto dele. Eu jamais poderia te perdoar por isso, Lorq. O seu plano, seja ele qual for, com esse sol ridículo: preciso pará-lo. Tenho que parar a loucura do Von Ray. – Prince deu um passo adiante. – Se a Federação das Plêiades ruir quando você ruir, é apenas para que Draco viva...

Sebastian correu na direção dele.

Foi de repente, surpreendendo a todos.

Prince se abaixou rapidamente, com um joelho no chão. Sua mão pousou sobre os pedaços de quartzo, que se despedaçaram com a chama azul. Quando Sebastian o atingiu, Prince lançou um dos fragmentos no ar: *zip*. Um deles se enterrou no braço peludo do ciborgue acoplado. Sebastian urrou, cambaleando para trás. A mão de Prince agarrou de novo os brilhantes cristais partidos.

... *zip, zip, zip*.

Sangue escorreu de dois pontos na barriga de Sebastian, um de sua coxa. Lynceos saltou da beira do tanque.

– Ei, você não pode...

– ... sim, ele pode!

Idas agarrou o irmão; os dedos brancos de Lynceos tentaram afastar o braço do irmão, mas ele não conseguiu. Sebastian caiu.

Zip.

Tyÿ gritou e caiu de lado, levando a mão ao rosto ensanguentado do companheiro e se balançando sobre ele.

... *zip, zip*.

Ele arqueou as costas, ofegante. As feridas, na coxa e no rosto, e duas no peito, tremeluziram.

Prince levantou-se.

– Agora, vou matar *você*! – Ele passou sobre os pés de Sebastian enquanto os calcanhares do ciborgue se enterravam no tapete. – Isso responde à sua pergunta?

A sensação veio de algum lugar bem abaixo do intestino de Lorq, ancorado no passado. O êxtase fez com que sua consciência de formas e contornos se tornasse precisa e luminosa. Algo dentro dele tremeu. A sensação subiu de sua pélvis até a barriga, arqueou-se em seu peito e serpenteou descontroladamente, irrompendo de seu rosto; Lorq urrou. Na aguda percepção periférica da droga, viu a siringe do Rato no palco, onde havia sido deixada. Ele a agarrou...

– Não, capitão!

... quando Prince o atacou. Lorq se abaixou, segurando o instrumento contra o peito. Girou o botão de intensidade.

A mão de Prince arrebentou o batente da porta (onde um momento antes o Rato estava inclinado). Lascas se partiram a pouco mais de um metro até a trave.

– Capitão, essa é minha...!

O Rato saltou e Lorq o acertou com a mão espalmada. Ele cambaleou para trás e caiu no tanque de areia.

Lorq desviou para o lado e se virou para encarar a porta, enquanto Prince, ainda sorrindo, se afastava.

Então, Lorq acertou o traste de afinação.

Um lampejo.

Era o reflexo do colete de Prince; o feixe foi apertado. Prince levou a mão aos olhos. Então, balançou a cabeça, piscando.

Lorq tocou a siringe de novo.

Prince estreitou os olhos, deu um passo para trás e gritou.

Os dedos de Lorq rasgaram as cordas da projeção de som. Embora o feixe fosse direcional, o eco rugiu pela sala, abafando o grito. A cabeça de Lorq sacudiu para trás com o som. Mas bateu de novo na placa de ressonância. E de novo. A cada movimento de sua mão, Prince recuava. Tropeçou nos pés de Sebastian, mas não caiu. E de novo. A cabeça de Lorq também doía. Aquela parte de sua mente ainda distante da fúria pensou: *o ouvido médio dele deve ter se rompido...* Então, a raiva escalou mais alto no cérebro. Não havia nenhuma parte dele separada dessa raiva.

E de novo.

Os braços de Prince agitaram-se ao redor da cabeça. Sua mão sem luva atingiu uma das prateleiras suspensas. Uma estatueta caiu.

Furioso, Lorq bateu na placa olfativa.

Um fedor acre queimou as narinas do capitão, ferindo o teto da cavidade nasal de modo que os olhos lacrimejaram.

Prince gritou e cambaleou; seu punho enluvado atingiu a parede de vidro, que trincou do chão ao teto.

Com olhos turvos e ardendo, Lorq o perseguiu.

Agora, Prince bateu os dois punhos contra o vidro, que se despedaçou. Fragmentos tilintaram no chão e na rocha.

– *Não!* – disse Ruby. Suas mãos escondiam o rosto.

Prince correu para fora.

O calor atingiu o rosto de Lorq. Mas ele o seguiu.

Prince ziguezagueou e cambaleou em direção ao brilho de Ouro. Lorq caminhou de lado pela encosta irregular.

E tocou a siringe.

A luz chicoteou o corpo de Prince. Ele deve ter recuperado um pouco da visão porque arranhou seus olhos de novo. Ele caiu sobre um joelho.

Lorq cambaleou. Seu ombro arranhava a rocha quente. Já estava molhado de suor. Pingava da testa, cobria as sobrancelhas, escorria pela cicatriz. Ele deu seis passos. A cada um, tirava do instrumento uma luz mais brilhante que Ouro, um som mais alto que o ruído da lava, um odor mais forte que os vapores de enxofre que arranhavam sua garganta. Sua raiva era real, e sanguínea, e mais brilhante que Ouro.

– Verme... Demônio... Imundo!

Prince caiu assim que Lorq o alcançou. A mão nua batia sobre a pedra escaldante. Ele ergueu a cabeça. Os braços e o rosto foram cortados pelo vidro que caiu. A boca se abria e fechava como a de um peixe. Os olhos cegos piscavam, se apertavam e voltavam a abrir.

Lorq tomou impulso e chutou aquele rosto ofegante.

E tudo se apagou.

Ele aspirou gás quente. Seus olhos doíam com o calor. Virou-se, os braços deslizando ao lado do corpo. O chão inclinou-se de repente. A crosta preta se abriu, e o calor o atingiu.

Ele cambaleou entre os buracos do penhasco. As luzes de Taafite estremeceram por trás de véus trêmulos. Ele balançou a cabeça. Os pensamentos giravam sobre a jaula de ossos em chamas. Estava tossindo; o som parecia um berro distante. E deixou cair a siringe.

Ela escorregou por entre as bordas irregulares.

O frescor tocou seu rosto e penetrou os pulmões. Lorq empertigou-se. Ruby o encarava. Seus lábios vibraram antes de dizer uma palavra. Lorq foi na direção dela.

Ruby ergueu a mão (achou que ela o agrediria, e não se importou) e tocou seu pescoço tenso.

A garganta dela estremeceu.

Lorq examinou seu rosto, seu cabelo, preso por um pente de prata. Na cintilação de Ouro, a pele era da cor de uma casca de noz aveludada; os olhos estavam arregalados sobre as maçãs do rosto proeminentes. Mas sua magnificência estava na leve inclinação do queixo, na expressão da boca acobreada, presa entre um sorriso aterrorizante e a resignação a algo inefavelmente triste; na curva dos dedos contra a garganta.

O rosto dela inclinou-se contra o dele. Lábios quentes tocaram os dele, umedeceram. Na nuca do capitão, ainda o calor dos dedos dela, a frieza de seu anel. A mão dela deslizou.

Então, atrás deles, Prince gritou.

Ruby afastou-se, rosnando. Suas unhas arranharam o ombro de Lorq. Ela fugiu, passando por ele e descendo a rocha.

Lorq nem mesmo a acompanhou com o olhar. A exaustão manteve-o no fluxo. Espreitou através dos fragmentos de vidro. Olhou para a tripulação.

– Vamos, desgraça! Fora daqui!

Embaixo dos tendões tensos, seus músculos se moviam como correntes. Os pelos ruivos subiam e desciam sobre a barriga brilhante a cada respiração.

– Vamos logo!

– Capitão, o que aconteceu com minha...

Mas Lorq partiu em direção à porta.

O Rato olhou, enlouquecido, do capitão para a Ouro flamejante. Correu pela sala e desviou do vidro quebrado, abaixando-se.

No jardim, Lorq estava prestes a fechar o portão quando o Rato passou por trás dos gêmeos, a siringe debaixo de um braço, a bolsa debaixo do outro.

– De volta para a *Roc* – dizia Lorq. – Vamos sair deste mundo!

Tyÿ apoiou o animal ferido em um ombro e Sebastian no outro. Katin tentou ajudar, mas Sebastian era muito baixo para Katin apoiar o ciborgue fraco e ensanguentado. Por fim, ele enfiou as mãos no cinto.

A névoa rodava sob as luzes enquanto corriam pelas ruas calçadas da Cidade da Noite Terrível.

Federação das Plêiades/Colônias Externas (*Roc* em trânsito), 3172

– Valete de Copas.

– Rainha de Copas.

– A Carruagem. Minha vez é. Nove de Paus.

– Cavaleiro de Paus.

– Ás de Paus. A vez para a mão-fantasma vai.

A decolagem foi tranquila. Agora, Lorq e Idas pilotavam a nave; o resto da tripulação estava sentada na área comum.

Da rampa, Katin observava Tyÿ e Sebastian jogarem cartas a dois.

– Parsifal, o tolo lamentável, tendo abandonado os Arcanos Menores, deve abrir caminho através das vinte e uma cartas restantes dos Maiores. Ele aparece à beira de um penhasco. Um gato branco rasga os fundilhos de sua calça. Não dá para dizer se vai cair ou voar longe. Porém, mais tarde, na série, temos uma indicação na carta chamada Eremita: um velho com um cajado e uma lanterna, parado naquele mesmo penhasco, olha tristemente para as rochas lá embaixo...

– Que merda é essa que você está falando? – perguntou o Rato. Ele continuou passando o dedo sobre um risco no jacarandá polido da siringe. – Não me diga! Essas malditas cartas de tarô...

– Estou falando de expedições, Rato. Estou começando a pensar que meu romance pode ser algum tipo de história de expedição. – Ele aproximou o gravador novamente. – Considere o arquétipo do Graal. É curiosamente inquietante que nenhum escritor que se aprofundou na lenda do Graal em sua totalidade sobreviveu para concluir a obra. Mallory, Tennyson e Wagner, responsáveis pelas versões mais populares, distorceram tanto o material básico que a estrutura mítica de suas versões é irreconhecível ou inútil... talvez a razão pela qual escaparam do azar. Mas todas as verdadeiras narrativas do Graal, *Conte del Graal*, de Chrétien de Troyes, no século 12, o ciclo do Graal, de Robert de Boron, no século 13, *Parzival*, de Wolfram von Eschenbach, ou *Faerie Queene*, de Spenser, no século 16, ficaram todas incompletas com a morte de seus autores. No final do século 19, acredito que um norte-americano, Richard Hovey, iniciou um ciclo de onze peças do Graal e morreu antes que o número cinco estivesse terminado. Da mesma forma, o amigo de Lewis Carroll, George MacDonald, deixou incompleto seu *Origins of the Legend of the Holy Grail*. E o mesmo aconteceu com o ciclo de poemas de Charles William, *Taliesin through Logres*. E um século depois...

– Cala a boca! Eu juro, Katin, se eu fizesse todos os truques cerebrais que você fez, eu enlouqueceria!

Katin suspirou e desligou o gravador.

– Ah, Rato, eu é que enlouqueceria se fizesse tão poucos quanto você.

O Rato colocou o instrumento de volta no saco, cruzou os braços em cima e apoiou o queixo nas costas das mãos.

– Ah, chega disso, Rato. Veja, eu parei de tagarelar. Não fique tristonho. Por que está tão para baixo?

– Minha siringe.
– Ora, tem um arranhão nela. Mas você já passou por isso uma dúzia de vezes e disse que não prejudica a maneira como ela soa.
– Não o instrumento. – O Rato franziu a testa. – O que o capitão fez com ela. – Ele balançou a cabeça com a lembrança.
– Ah.
– E nem é só isso. – O Rato endireitou o corpo.
– O que mais então?
De novo, o Rato balançou a cabeça.
– Quando corri através do vidro rachado para pegá-la...
Katin assentiu com a cabeça.
– O calor era incrível lá fora. Depois de três passos eu achei que não conseguiria. Aí, vi onde o capitão havia deixado cair, a meio caminho da encosta. Então apertei os olhos e continuei. Pensei que meu pé queimaria e devo ter chegado à metade do caminho saltitando. De qualquer forma, quando consegui, eu a apanhei e... Lá estavam eles.
– Prince e Ruby?
– Ela estava tentando arrastá-lo de volta para as rochas. Ela parou quando me viu. E eu fiquei com medo. – O Rato olhou para as próprias mãos. Seus dedos estavam cerrados; unhas feriam as palmas escuras. – Virei a siringe para ela, luz, som e cheiro de uma vez, com força. O capitão não sabe botar uma siringe para fazer o que ele quer. Eu sei. Ela ficou cega, Katin. E provavelmente estourei os dois tímpanos dela. O laser estava em um feixe tão concentrado que o cabelo dela pegou fogo, depois o vestido...
– Ah, *Rato*...
– Eu fiquei com medo, Katin! Depois de tudo isso com o capitão e eles. Mas, Katin... – O sussurro reunia todos os tipos de engasgos na garganta do Rato. – Não é bom ficar com tanto medo...
– Rainha de Espadas.
– Rei das Espadas.

– Os Amantes. Minha vez é. Ás de Espadas...

– Tyÿ, entre para render Idas por um tempo – ressoou a voz de Von Ray pelo alto-falante.

– Sim, senhor. Três de Espadas da mão-fantasma. A Imperatriz da minha mão. Minha vez é.

Ela fechou as cartas e saiu da mesa para sua câmara de projeção.

Sebastian espreguiçou-se.

– Ei, Rato?

CAPÍTULO 7

Colônias Externas (*Roc* em trânsito), 3172

– O quê?

Sebastian atravessou o tapete azul, esfregando o antebraço. A unidade médica da nave havia reparado seu cotovelo quebrado em quarenta e cinco segundos e demorado um pouco menos com os ferimentos menores e mais brilhantes. (Quando lhe foi apresentada a mascote preta com um pulmão ferido e três costelas quebradas, algumas luzes coloridas piscaram por um tempo. Mas Tyÿ mexeu na programação até que a unidade zumbisse de forma eficiente sobre ela.) A criatura agora balançava atrás de seu mestre, sinistra e feliz.

– Rato, por que a unidade médica da nave sua garganta você não deixa arrumar? – Ele balançou o braço. – Um bom trabalho ela faria.

– Não dá. Tentaram algumas vezes quando eu era criança. E também quando colocaram os soquetes em mim. – O Rato deu de ombros.

Sebastian franziu a testa.

– Então, muito sério não parece.

– Não é – respondeu Rato. – Não me incomoda. Só não conseguem consertar. Alguma con-não-sei-o-quê neurológica.

– O que isso é?

O Rato virou as palmas das mãos para cima em um gesto de incerteza e ficou sem expressão.

– Congruência neurológica – disse Katin. – Suas cordas vocais soltas devem ser um defeito de nascença neurologicamente congruente.

– Sim, foi o que me disseram.

– Dois tipos de defeitos congênitos – explicou Katin. – Nos dois, alguma parte do corpo, interna ou externa, está deformada, atrofiada ou simplesmente não se encaixa direito.

– Minhas cordas vocais estão todas lá.

– Mas na base do cérebro há um pequeno aglomerado de nervos que, se você olhar para ele em corte transversal, reproduz aproximadamente o modelo de um ser humano. Se esse modelo estiver completo, então o cérebro tem o equipamento nervoso para lidar com um corpo completo. Raramente o molde contém a mesma deformidade que o corpo, como no caso do Rato. Mesmo que a dificuldade física seja corrigida, não há conexões nervosas no cérebro para manipular a parte fisicamente corrigida.

– Deve ser o que há de errado com o braço do Prince – disse o Rato. – Se o tivesse perdido em um acidente ou algo assim, poderiam enxertar outro no lugar, conectar veias, nervos e tudo mais e deixá-lo como novo.

– Ah – disse Sebastian.

Lynceos desceu a rampa. Dedos brancos massageavam as protuberâncias de marfim de seus pulsos.

– A verdade é que o capitão está fazendo um voo muito extravagante...

Idas foi até a beira do lago.

– Essa estrela aonde ele está indo, onde fica...?

– ... as coordenadas a localizam na ponta do braço interno...

– ... das Colônias Exteriores...

– ... até mesmo além das Colônias Mais Distantes.

– É um voo longo – disse Sebastian. – E o próprio capitão vai pilotar por todo o caminho.

– O capitão tem muitas coisas em que pensar – mencionou Katin.

O Rato deslizou a alça por cima do ombro.
— E muitas coisas para não pensar também. Ei, Katin, que tal aquele jogo de xadrez?
— Vou te dar uma torre — disse-lhe Katin. — Jogo limpo.
Sentaram-se em frente ao tabuleiro.
Depois de três partidas, a voz de Von Ray ecoou pela sala:
— Voltem todos às cabines de projeção. Algumas contracorrentes bastante perigosas estão se aproximando.
O Rato e Katin levantaram-se das cadeiras-bolha. Katin correu em direção à pequena porta atrás da escada em espiral. O Rato correu pelo tapete, subindo os três degraus. O painel espelhado deslizou pela parede. Ele passou por cima de uma caixa de ferramentas, uma bobina de cabo, três barras de memória de bobina congelada descartadas — ao derreterem, tinham manchado os pratos com sal onde a poça havia secado — e se sentou no sofá. Sacudiu os cabos e os conectou.
Olga piscou solícita acima, ao redor, embaixo dele.

Contracorrentes: lantejoulas vermelhas e prateadas lançadas em punhados. O capitão os conduzia corrente acima.
— Você deve ter sido um grande piloto, capitão — comentou Katin. — Em que tipo de iate navegou? Na universidade havia um iate clube e três iates alugados para os alunos. A certa altura, pensei em me dedicar a isso por um semestre inteiro.
— Cale a boca e mantenha sua pá firme.
Ali, nas profundezas da espiral da galáxia, havia menos estrelas. As transições gravimétricas eram mais graduais. O voo no centro galáctico, com seu fluxo mais condensado, produzia uma dúzia de frequências conflitantes para se trabalhar. Ali um capitão tinha de pegar os rastros de trilha das inflexões iônicas.
— Para onde vamos, afinal? — perguntou o Rato.
Lorq apontava as coordenadas na matriz estática, e o Rato as lia contra a matriz em movimento.

Onde estava a estrela?

Vamos pegar conceitos como "distante", "isolada", "fraca" e atribuir a eles uma expressão matemática precisa. Assim articuladas, elas desaparecerão.

Mas, um instante antes de desaparecer, estarão lá.

– Minha estrela. – Lorq afastou as pás para que pudessem ver. – Aquele é o meu sol. É a minha nova, com uma luz de oitocentos anos. Fique esperto, Rato, e veja bem onde ela está. Se a sua condução desleixada esconder esse sol de mim por um único segundo...

– Ora, capitão!

– ... vou enfiar a marreta de Tyÿ na sua garganta, de lado. Ajeite bem.

E o Rato girou enquanto a noite inteira passava sobre sua cabeça.

– Os capitães daqui – ponderou Lorq quando as correntes se dissiparam –, quando entram na confusão curvada do eixo central, não podem navegar no fluxo em um aglomerado complicado como as Plêiades para se salvar. As naves perdem o rumo, se voltam umas contra as outras, vão de encontro a todos os tipos de dificuldade. Metade dos acidentes conhecidos foi causada por capitães excêntricos. Conversei com alguns deles. Disseram que aqui, nos confins, eram nossas naves que avançavam girando como piões. "Você sempre adormece sobre as cordas", disseram.

Ele riu.

– Está voando faz muito tempo, capitão – disse Katin. – As coisas parecem estar bem tranquilas agora. Por que não desconecta um pouco?

– Estou com vontade de mergulhar meus dedos no éter e pegar outro turno. Você e o Rato, fiquem conectados. O restante de vocês, fantoches, pode cortar as cordas.

As pás retraíram-se até que cada uma fosse um único feixe de luz. E ele se apagou.

– Ah, capitão Von Ray, uma coisa...

– ... que queríamos perguntar...
– ... antes. Tem um pouco mais...
– ... poderia nos dizer onde colocou...
– ... quero dizer, se estiver tudo bem, capitão...
– ... o êxtase?

A noite ficou cada vez mais tranquila aos seus olhos. As pás levaram-nos a toda velocidade em direção ao minúsculo buraco na máscara de veludo.

– Eles devem se divertir bastante nas minas de Tubman – comentou o Rato depois de um momento. – Estive pensando nisso, Katin. Quando o capitão e eu estávamos perambulando por Ouro em busca de êxtase, alguns sujeitos queriam nos convencer a trabalhar lá. Comecei a pensar, sabe: um plugue é um plugue, e um soquete é um soquete; se eu estiver em uma das pontas, não muda muito se houver uma pá de navegação no outro, uma rede para pescar aqualatos ou um cortador de minério. Acho que posso explorar por aí um pouco.

– Que o espírito de Ashton Clark paire sobre seu ombro direito e guarde o seu esquerdo.

– Obrigado. – E, depois de algum tempo, ele perguntou: – Katin, por que as pessoas mencionam Ashton Clark sempre que pensam em mudar de emprego? Lá em Cooper, nos disseram que o homem que inventou os acoplamentos se chama Soquete ou algo do tipo.

– Souquet – disse Katin. – Ainda assim, ele deve ter considerado uma infeliz coincidência. Ashton Clark foi um filósofo e psicólogo do século 22 cujo trabalho permitiu a Vladimir Souquet desenvolver seus plugues neurais. Acho que a explicação tem a ver com trabalho, o trabalho como a humanidade o conhecia até a chegada de Clark e Souquet era muito diferente do que é hoje, Rato. Um homem poderia ir a um escritório para utilizar um computador que analisa grande quantidade de números relacionados à venda de, digamos, botões ou algo igualmente arcaico, em certas áreas do país. O trabalho desse homem era vital para a indústria de botões: precisavam dessa informação para decidir quantos botões seriam fabricados no ano seguinte. Mas, embora esse homem tivesse um emprego essencial na indústria de botões, fosse contratado, pago ou demitido pela indústria de botões, semana após semana, talvez ele não visse nenhum botão. Recebia certa quantia em dinheiro para operar seu computador; com esse dinheiro, sua esposa comprava comida e roupas para ele e sua família. Mas não havia relação *direta* entre onde trabalhava e como comia e vivia o restante do tempo. Não era pago com botões. À medida que a agricultura, a caça e a pesca se tornaram ocupações de uma porcentagem cada vez menor da população, essa separação entre o trabalho do homem e seu modo de vida, o que comia, o que vestia, onde dormia, se tornou cada vez maior para mais e mais pessoas. Ashton Clark apontou como isso era psicologicamente prejudicial para a humanidade. Todo o senso de autocontrole e autorresponsabilidade que o homem adquiriu durante a Revolução Neolítica, quando aprendeu a plantar grãos, domesticar animais e viver em um local de sua escolha, estava seriamente ameaçado. A ameaça vinha desde a Revolução Industrial, e muitos a apontaram antes mesmo de Ashton Clark. Mas ele foi um passo além. Se a situação de uma sociedade tecnológica era tal que não podia haver relação direta entre o trabalho de um homem e seu *modus vivendi*, a não ser o dinheiro, pelo menos ele deve sentir que está mudando diretamente as coisas por meio de seu trabalho, moldando as coisas, fazendo coisas que não estavam lá antes, movendo coisas de um lugar para outro. Deve exercer energia em seu trabalho e ver essas mudanças ocorrerem com seus próprios olhos. Caso contrário, ele sentiria que sua vida era fútil. De todo modo, se tivesse vivido mais cem anos, provavelmente ninguém teria ouvido falar de Ashton Clark hoje. Mas a tecnologia chegou ao ponto em que poderia fazer algo sobre o que Clark estava dizendo. Souquet inventou seus plugues e tomadas, circuitos de resposta neural e toda a tecnologia básica pela qual uma máquina pode ser controlada, por meio de impulso nervoso direto, o mesmo tipo de impulso que faz sua mão ou seu pé se mover. E houve uma revolução no conceito de trabalho. Todo grande trabalho industrial começou a ser dividido em empregos que podiam ser usinados "diretamente" pelo homem. Havia fábricas administradas por um único homem antes, um personagem não envolvido que ligava um interruptor de manhã, dormia metade do dia, verificava alguns mostradores na hora do almoço e depois desligava tudo antes de sair, à noite. A partir de então, esse homem passou a ir à fábrica, e a ela se conectava; assim, podia empurrar as matérias-primas para dentro da fábrica com o pé esquerdo, tornear milhares e milhares de peças precisas com uma das mãos, montá-las com a outra e empurrar uma linha de produtos acabados com o pé direito, tendo inspecionado tudo com os próprios olhos. E era um trabalhador muito mais satisfeito. Devido à sua natureza, a maior parte do trabalho pode ser convertida em tarefas de plugues e executada com muito mais eficiência que antes. Nos raros casos em que a produção era um pouco menos eficiente, Clark apontou os benefícios psicológicos para a sociedade. Dizem que Ashton Clark foi o filósofo que devolveu a humanidade ao trabalhador. Sob esse sistema, grande parte da doença mental endêmica causada por sentimentos de alienação deixou a sociedade. A transformação fez com que a guerra passasse de raridade a uma impossibilidade e, após a virada inicial, estabilizou a teia econômica dos mundos nos últimos oitocentos anos. Clark tornou-se o profeta dos trabalhadores. É por isso que ainda hoje, quando uma pessoa vai mudar de emprego, você deseja que Ashton Clark ou seu espírito esteja junto com ela.

O Rato olhou para as estrelas.

– Lembro que às vezes os ciganos costumavam xingar usando seu nome. – Ele pensou por um momento. – Sem plugues, imagino que nós também xingaríamos.

– Houve facções que resistiram às ideias de Clark, especialmente na Terra, que sempre foi um pouco reacionária. Mas não duraram muito.

– Sim – disse o Rato. – Apenas oitocentos anos. Nem todos os ciganos são traidores como eu. – E ele caiu na risada.

– O sistema Ashton Clark tem apenas uma séria desvantagem. E que levou muito tempo para se materializar.

– É? Qual?

– Algo que os professores vêm dizendo a seus alunos há anos, parece. Você ouvirá isto em todas as reuniões intelectuais a que for, pelo menos uma vez: parece haver certa falta de solidez cultural hoje. Foi isso que a República Vega estava tentando resgatar em 2800. Por causa da facilidade e da satisfação com que as pessoas agora podem trabalhar, onde quiserem, houve tais movimentos sociais de um mundo para outro nas últimas doze gerações que fragmentaram a sociedade. Existe apenas uma sociedade interplanetária espalhafatosa e mesquinha que não tem nenhuma tradição real por trás dela... – Katin fez uma pausa. – Consegui um pouco do êxtase do capitão antes de ligar, e enquanto eu falava fiquei contando na minha cabeça quantas pessoas ouvi dizer isso em Harvard e Inferno[3]. E quer saber? Acho que estão erradas.

– Erradas?

– Erradas. Estão todas procurando nossas tradições sociais no lugar errado. Há tradições culturais que amadureceram ao longo dos séculos, mas que agora culminam em algo vital e exclusivo do hoje. E você sabe quem encarna essa tradição mais do que qualquer um que eu conheci?

– O capitão?

– Você, Rato.

– Hein?

– Você coletou os ornamentos que uma dúzia de sociedades nos deixaram ao longo dos tempos e os tornou seus de forma incipiente. Você é o produto daquelas tensões que se chocaram no tempo de Clark e as resolve em sua siringe com padrões eminentemente do presente...

– Ah, pare com isso, Katin.

– Tenho buscado um tema para o meu trabalho que tivesse significado histórico e humano. Você é meu tema, Rato. Meu livro seria sua biografia! Eu contaria onde você esteve, o que fez, as coisas que viu e as coisas que ensinou a outras pessoas. Aí está meu significado social, meu alcance histórico, a faísca entre os elos que ilumina a amplitude da rede...

– Katin, você é louco!

– Não, não sou. Finalmente vi o que tenho...

– Ei, pessoal, mantenham suas pás bem estendidas! – disse Lorq.

– Desculpe, capitão.

– Sim, capitão.

– Não vá tagarelar com as estrelas se vai fazer isso com os olhos fechados.

Consternados, os dois ciborgues acoplados voltaram sua atenção para a noite. O Rato ficou pensativo; Katin, beligerante.

– Uma estrela brilhante e ardente está se aproximando. É a única coisa vista no céu. Lembrem-se disso. Mantenham-na na nossa mira e não a deixem se mover nem um centímetro. Vocês terão oportunidade de tagarelar sobre a solidez cultural no seu tempo livre.

Sem horizonte, a estrela subiu.

A vinte vezes a distância da Terra do Sol (ou da Arca ao seu sol), não havia luz suficiente de uma estrela média do tipo G para defratar o dia através de uma atmosfera do tipo terrestre. A essas distâncias, o objeto mais brilhante da noite ainda pareceria uma estrela, não um sol. Uma estrela muito brilhante.

Estavam agora a uma distância de dois bilhões de milhas, ou um pouco mais de vinte distâncias solares.

Era a estrela mais brilhante.

– Uma beleza, hein?
– Não, Rato – disse Lorq. – Nada além de uma estrela.
– Como sabe...
– ... que vai entrar em estado de nova?
– Por causa do acúmulo de materiais pesados na superfície – explicou o capitão aos gêmeos. – Há um leve avermelhamento da cor absoluta, correspondendo ao menor resfriamento na temperatura da superfície. Há também uma ligeira aceleração da atividade das manchas solares.
– No entanto, da superfície de um de seus planetas, não haveria como saber.
– Exatamente. O vermelho é muito fraco para ser detectado a olho nu. Felizmente, essa estrela não tem planetas. Há alguns detritos do tamanho de luas flutuando um pouco mais perto, o que pode ter sido uma tentativa fracassada de um mundo.
– Luas?
– Luas!? – contestou Katin. – Não pode haver luas sem planetas. Planetoides, talvez, mas não luas!
Lorq riu.
– Do tamanho de luas, foi tudo o que eu disse.
– Ah.
Todas as pás foram usadas para girar a *Roc* em órbita ao redor da estrela, uma órbita de três bilhões de quilômetros de raio. Katin estava deitado em sua câmara de projeção, hesitante em liberar a visão da estrela para as luzes de sua câmara.
– E as estações de pesquisa enviadas pelo Alkane?
– Navegam tão à deriva e tão solitárias quanto nós. Teremos notícias deles quando for a hora. Mas por enquanto não precisamos deles, e eles não precisam de nós. Cyana avisou que estamos chegando. Vou colocá-los na matriz móvel. De lá, vocês podem acompanhar sua localização e seu movimento. Essa é a principal estação tripulada. Está cinquenta vezes mais longe do que nós.

– Estaremos dentro da zona de perigo quando ela explodir?

– Quando se tornar nova, essa estrela devorará o céu e tudo o que há nele ao longo de uma distância inacreditável.

– Quando começa?

– Daqui a alguns dias, foi o que Cyana previu. Mas sabemos que tais previsões erram por duas semanas em qualquer direção. Teremos alguns minutos para chegar em segurança se ela entrar em nova. Estamos agora a uma distância da luz de duas horas e meia da estrela. – Todas as suas visões não vinham da luz, mas da perturbação do éter, que lhes dava uma visão síncrona do sol. – Vamos vê-la começar exatamente no instante em que se for.

– E o ilírio? – perguntou Sebastian. – Como isso conseguimos?

– Isso é problema meu – respondeu Lorq. – Vamos pegá-lo quando chegar a hora. Vocês podem se desconectar por um tempo agora.

Mas ninguém se apressou em liberar os cabos. As pás diminuíram para meras linhas de luz, mas só depois de um tempo duas diminuíram, e duas piscaram até apagar.

Katin e o Rato demoraram mais.

– Capitão? – disse Katin depois de alguns minutos. – Estava pensando. A patrulha disse algo especial quando noticiou o acidente de Dan?

Quase um minuto se passou antes que Lorq respondesse:

– Eu não os informei.

– Ah – disse Katin. – Para dizer a verdade, não achei que informaria.

O Rato começou a dizer "mas" três vezes, e não disse nada.

– Prince tem acesso a todos os relatórios oficiais emitidos pela patrulha de Draco. Ou pelo menos assim suponho; tenho um computador que seleciona todas as emissões das Plêiades. O do Prince certamente está programado para rastrear minuciosamente qualquer coisa que esteja vagamente ligada a mim. Se rastreasse Dan, encontraria uma nova. Não quero que a encontre assim. Preferi que não soubesse que Dan estava morto. Até onde sei, as únicas pessoas que sabem estão nesta nave. Prefiro assim.

– Capitão?

– O quê, Rato?

– Algo está vindo.

– Uma nave de suprimentos para a estação? – perguntou Katin.

– Parece muito longe. Estão farejando nosso pozinho mágico.

Lorq ficou em silêncio enquanto a estranha nave se movia pela matriz de coordenadas.

– Desconectem, e nos encontraremos na sala comunal. Vou me juntar a vocês.

– Mas capitão... – disse o Rato por fim.

– É um cargueiro de sete pás como este, só que a identificação diz "Draco".

– O que está fazendo aqui?

– Para a sala comunal – insistiu Lorq.

Katin leu o nome da nave enquanto seu feixe de identificação se traduzia na parte inferior da grade:

– *Cacatua Preta*? Vamos, Rato. O capitão ordenou que nos desconectássemos.

Eles se desconectaram e se juntaram aos outros à beira do lago.

No topo dos degraus sinuosos, a porta rolou. Lorq apareceu na escada sombreada.

O Rato observou Von Ray descendo e pensou: *O capitão está cansado.*

Katin olhou para Von Ray e a imagem dele refletida nos mosaicos e pensou: *Seus movimentos denunciam cansaço, mas é o cansaço de um atleta antes de sua segunda arrancada.*

Quando Lorq estava na metade do caminho, a fantasia de luz na moldura dourada na parede oposta clareou.

Todos ficaram surpresos. O Rato até se engasgou.

– Hum – murmurou Ruby. – Quase um empate. Ou não? Você ainda está à frente. Não sabemos onde você pretende encontrar o prêmio. Esta é uma corrida de inícios e paradas. – Seus olhos azuis passaram à tripulação, demorando-se no Rato e voltando para Lorq. – Até ontem à noite, em Taafite, eu nunca tinha sentido tanta dor. Talvez tenha vivido uma vida protegida. Mas, quaisquer que sejam as regras, belo capitão – havia desprezo em sua voz agora –, nós também aprendemos a jogar.

– Ruby, quero falar com você... – A voz de Lorq falhou. – E Prince. Pessoalmente.

– Não tenho certeza se Prince quer falar com você. O tempo entre você nos deixar na beira dos penhascos de Ouro e nossa luta para conseguir um médico não é uma das minhas... das *nossas* lembranças mais agradáveis.

– Diga a Prince que estou indo para a *Cacatua Preta*. Estou cansado desta história de terror, Ruby. Há coisas sobre mim que você quer saber. E há coisas que quero contar.

A mão dela movia-se nervosamente para o cabelo que caía em seu ombro. Seu manto escuro era fechado em uma gola alta. Depois de um momento, ela disse:

– Muito bem.

E, então, se foi.

Lorq olhou para sua tripulação.

– Você ouviram. Voltem para suas pás. Tyÿ, reparei na forma como mexe as cordas. Obviamente tem mais experiência em voar que qualquer outra pessoa aqui. Pegue os soquetes de capitão. E se algo estranho acontecer, *qualquer coisa*, se eu de volta estiver ou não, a *Roc* rapidamente daqui tire.

O Rato e Katin entreolharam-se, depois olharam para Tyÿ.

Lorq atravessou o tapete e subiu a rampa. No meio do arco branco, parou e olhou para si mesmo nas águas do lago. Ele então cuspiu.

E desapareceu antes de as ondulações chegarem à margem.

Trocando olhares perplexos, eles se afastaram da piscina.

Em seu sofá, Katin ligou e sintonizou a alimentação sensorial fora da nave e descobriu que os outros já tinham feito isso.

Ele viu a *Cacatua Preta* flutuando em direção à nave para receber o transportador.

– Rato?

– Sim, Katin.

– Estou preocupado.

– Com o capitão?

– Conosco.

A *Cacatua Preta*, com as lâminas batendo no escuro, girava lentamente ao lado deles para alinhar as órbitas.

– Estávamos à deriva, Rato, você e eu, os gêmeos, Tyÿ e Sebastian, todos boas pessoas... mas sem objetivo. E então um homem obcecado por uma ideia nos pega e nos traz até aqui, à beira do nada. Quando chegamos aqui, descobrimos que a obsessão impôs ordem à nossa falta de objetivo; ou talvez um caos mais significativo. O que me preocupa é que sou muito grato a ele. Eu deveria me rebelar, tentar afirmar minha própria ordem. Mas não. Quero que ele vença essa corrida infernal. Quero que ganhe, e, até que ele ganhe ou perca, não posso querer mais nada para mim de verdade.

A *Cacatua Preta* recebeu o transportador como se fosse um tiro de canhão disparado ao contrário. Sem a necessidade de manter órbitas combinadas, se afastou delas. Katin observou as rotações escuras.

Colônias Exteriores (*Cacatua Preta* em trânsito), 3172

– Bom dia.

– Boa noite.

– É de manhã, de acordo com o horário de Greenwich, Ruby.

– E sou gentil o suficiente para cumprimentá-lo de acordo com o horário da Arca. Venha por aqui.

Ela segurou o roupão para deixá-lo passar pelo corredor escuro.

– Ruby?

– Sim? – A voz dela estava logo atrás de seu ombro esquerdo.

– Toda vez que a vejo sempre imagino a mesma coisa. Você me mostrou tantas vezes o quanto é uma pessoa magnífica. Mas brilha sob a sombra que Prince lança. Anos atrás, quando conversamos naquela festa no Sena, de repente pensei ter visto como seria desafiador amar alguém como você.

– Paris fica a mundos e mundos de distância, Lorq.

– Prince domina você. Vai parecer mesquinho da minha parte, mas é pelo que eu menos o perdoo. Você nunca tomou uma decisão por conta própria na frente dele. Exceto em Taafite, naquela vez sob o sol exausto do outro mundo. Pensou que Prince estava morto. Sei que se lembra disso. Desde então, quase não pensei em outra coisa. Você me beijou. Mas ele gritou, e você correu para ele. Ruby, ele está tentando destruir a Federação das Plêiades. São todos os mundos que circundam trezentos sóis, e bilhões de pessoas. São meus mundos. Não posso deixá-los morrer.

– Você tombaria a coluna de Draco e permitiria que a Serpente rastejasse na poeira para salvá-los? Destruiria a economia terrestre e deixaria cair os fragmentos à noite? Mergulharia os mundos de Draco em eras de caos, guerra civil e miséria? Os mundos de Draco são os mundos de Prince. Você é realmente presunçoso o suficiente para pensar que ele ama os mundos dele menos do que você ama os seus?

– O que você ama, Ruby?

– Você não é o único com segredos, Lorq. Prince e eu temos o nosso. Quando você surgiu das rochas em chamas, sim, pensei que Prince estava morto. Havia um dente oco em minha mandíbula cheio de estricnina. Queria te dar um beijo de vitória. E eu teria, se Prince não tivesse gritado.

– Prince ama Draco? – Lorq girou, agarrou os antebraços dela e puxou-a para si.

A respiração ansiosa de Ruby subiu pelo peito de Lorq. Com os olhos abertos, seus rostos se encontraram. Ele apertou a boca fina dela contra a dele até que os lábios dela relaxaram, e a língua dele explorou os dentes dela.

Os dedos de Ruby agarraram os cabelos grossos de Lorq. Ruídos desagradáveis saíram de sua boca.

Ele a segurou, assombrado, maravilhado, horrorizado com a intensidade do desejo de que tudo acabasse naquele exato momento, bem ali. Mas não acabou. Ela o empurrou, se contorceu e tentou se livrar dele.

Assim que as mãos de Lorq afrouxaram, ela se afastou, com olhos arregalados; então, as pálpebras velaram a luz azul até que a fúria os abriu novamente.

– E então? – Lorq estava respirando com dificuldade.

Ela apertou o robe em volta do corpo.

– Quando uma arma me falha uma vez – sua voz veio tão rouca quanto a do Rato –, eu a jogo fora. Caso contrário, belo pirata, você... – A rispidez diminuiu? – Você e eu estaríamos... Mas agora tenho outras armas.

A sala comum da *Cacatua* era pequena e austera. Havia dois ciborgues acoplados sentados nos bancos. Outro estava de pé nos degraus da porta da cabine do projetor.

Homens de feições fortes em uniformes brancos, eles lembravam a Lorq de outra equipe em que ele havia trabalhado. Nos ombros, usavam o emblema escarlate da Red-shift Transportes Ltda. Olharam para Lorq e Ruby. O que estava de pé voltou para sua cabine, e a porta de metal ressoou alto na sala. Os outros dois se levantaram para sair.

– Prince vai descer?

Ruby acenou com a cabeça em direção à escada de ferro.

– Ele o encontrará na cabine do capitão.

Lorq começou a subir. Suas sandálias estalavam nos degraus perfurados. Ruby o seguiu.

Ele bateu na porta com travas.

A porta abriu com tudo. Lorq entrou e uma luva de metal e plástico em um braço articulado se ergueu do teto e o atingiu no rosto, duas vezes.

Lorq cambaleou contra a porta – estava coberta de couro por dentro e guarnecida com pontas de latão – que fechou com um estrondo.

– Isso – anunciou o cadáver – é por maltratar minha irmã.

Lorq esfregou a bochecha e olhou para Ruby. Ela estava de pé junto à parede de jade. As bordas drapeadas eram do mesmo vinho profundo de sua capa.

– Acha mesmo que não fico de olho em tudo o que acontece na nave? – perguntou o cadáver. – Vocês, bárbaros das Plêiades, são tão grosseiros quanto Aaron sempre disse que eram.

Bolhas subiam no tanque, acariciavam o pé despido e desnudo, se amontoavam na virilha enrugada, envolviam as costelas marcadas entre as abas enegrecidas da pele e se espalhavam sobre a cabeça calva e queimada. A boca sem lábios se abriu com dentes quebrados. Não tinha nariz. Canos e fios serpenteavam pelos soquetes apodrecidos. Os tubos perfuravam a barriga, o quadril e o ombro. Fluidos rodopiavam no tanque, e o único braço flutuou para a frente e para trás, os dedos carbonizados e cerrados com *rigor mortis* em uma garra.

– Já lhe disseram que encarar é grosseiro? Você *está* encarando, sabe.

A voz veio de um alto-falante na parede de vidro.

– Temo ter sofrido um pouco mais de danos do que Ruby no outro mundo.

Acima do tanque, duas câmeras se moveram quando Lorq saiu de perto da porta.

– Para alguém que possui a Red-shift Transportes Ltda, sua entrada em órbita não foi muito... – O comentário trivial não escondia o espanto de Lorq.

Os cabos para o funcionamento da nave foram conectados em plugues fixados na face de vidro do tanque. O próprio vidro fazia parte da parede. Os cabos se enrolavam em ladrilhos pretos e dourados e desapareciam na grade acobreada sobre a tela do computador.

Nas paredes, no chão e no teto, em molduras suntuosas, as telas de perturbação do éter mostravam todas a mesma face da noite: na borda de cada uma estava a forma cinza da *Roc*. No centro de cada tela estava a estrela.

– Infelizmente – disse o cadáver –, nunca fui um esportista como você. No entanto, você queria falar comigo. O que tem a dizer?

Novamente Lorq olhou para Ruby.

– Já contei a maior parte para Ruby, Prince. Você ouviu.

– De alguma forma, duvido que você nos arrastaria até aqui à beira de uma catástrofe estelar só para nos dizer isso. Ilírion, Lorq Von Ray. Nem você nem eu nos esquecemos do seu propósito principal ao vir aqui. Você não partirá sem dizer aonde pretende chegar...

A estrela entrou em estado de nova.

O inevitável é o imprevisível.

No primeiro segundo, as imagens ao redor deles mudaram de pontos para torrentes de luz. E aqueles raios de luz estavam ficando mais brilhantes.

Ruby encostou-se na parede, um braço diante dos olhos.

– É muito cedo! – gritou o cadáver. – Está dias adiantado!

Lorq deu três passos pela sala, arrancou dois plugues do tanque e os prendeu nos pulsos. O terceiro plugue ele girou em seu soquete espinhal. Todas as funções da nave correram para ele. A entrada sensorial ligou. Sua visão do quarto foi sobreposta com a noite. E a noite estava pegando fogo.

Assumindo o controle dos acoplados, ele girou a *Cacatua* para apontá-la para a luz. A nave mergulhou para a frente.

Câmeras gêmeas giraram para focar Lorq.

– Lorq, o que está *fazendo*? – gritou Ruby.

– Faça ele parar! – disse a voz do cadáver. – Ele está nos levando para o sol!

Ruby pulou em Lorq, prendendo-o. Viraram-se juntos, tropeçando. A cabine e o sol lá fora fixaram-se nos olhos dele como uma dupla exposição. Ruby pegou um pedaço de cabo, jogou-o em volta do pescoço de Lorq, torceu e tentou estrangulá-lo. A carcaça do cabo cortou seu pescoço. Lorq encaixou um braço atrás dela e empurrou a outra mão contra seu rosto. Ruby gemeu, a cabeça caindo para trás (a mão de Lorq empurrando-a para o centro da luz). O cabelo de Ruby escorregou, soltou-se; a peruca caiu de seu couro cabeludo queimado. Ela só havia usado a unidade médica para recuperar a saúde. A pele de plástico com que cobria o rosto se rasgou entre os dedos de Lorq. Uma película emborrachada se desprendeu de sua bochecha manchada e descarnada. Lorq tirou a mão de repente. Enquanto o rosto arruinado de Ruby gritava através do fogo, ele tirou as mãos dela do pescoço e a empurrou para longe. Ruby deu um passo para trás, pisou em sua capa e caiu. Lorq virou-se quando a mão mecânica desceu do teto para atacá-lo.

Ele a segurou no ar.

E sua força era inferior à de um homem.

Segurou-a facilmente à distância de um braço enquanto os dedos agarravam a estrela furiosa.

– Pare! – gritou ele. Ao mesmo tempo, desligou a entrada sensorial por toda a nave.

As estrelas ficaram cinzas.

A entrada sensorial dos seis ciborgues acoplados da nave já havia sido cortada.

As chamas apagaram-se nos olhos de Lorq.

– Pelo amor de Deus, Lorq, o que pretende *fazer*?

– Mergulhar no inferno e pegar o ilírion com minhas mãos!

– Está louco! – berrou o cadáver. – Ruby, ele é louco! Ele vai nos matar, Ruby! Isso é tudo que quer fazer, nos matar!

– Sim! Vou matar vocês! – Lorq jogou a mão longe. Ruby pegou o cabo que pendia do pulso dele para puxar o plugue. Lorq pegou o braço novamente; a nave balançou.

– Pelo amor de Deus, nos tire daqui, Lorq! – implorou o cadáver. – Tire-nos daqui!

A nave estremeceu mais uma vez. A gravidade artificial deslizou o suficiente para que o líquido se espalhasse pela superfície do tanque, e então deixasse gotículas no vidro conforme a gravidade se endireitava.

– Tarde demais – sussurrou Lorq. – Estamos presos no giro da gravidade!

– Por que está fazendo isso?

– Só para te *matar*, Prince. – O rosto de Lorq se enfureceu até que o riso saiu dele. – É isso, Prince! Isso é tudo que quero fazer agora!

– Não quero morrer de novo! – berrou o cadáver. – Não quero queimar e desaparecer como um inseto!

– Desaparecer? – O rosto de Lorq se contorceu sobre a cicatriz. – Ah, não! Será lento, muito mais que antes. Dez, vinte minutos pelo menos. Já está esquentando, não é? Mas não será insuportável até daqui a uns cinco minutos. – O rosto de Lorq ficou sombrio sob o brilho dourado. A saliva salpicava seus lábios com cada consoante. – Você vai cozinhar nesse jarro como um peixe... – Então parou para coçar a barriga embaixo do colete. Ele olhou ao redor da câmara. – O que pode queimar aqui? As cortinas? Sua mesa é de madeira de verdade? E todos esses papéis?

A mão mecânica se libertou da de Lorq. O braço balançou pela cabine. Os dedos seguraram a mão de Ruby.

– Não, Ruby! Faça ele parar! Não deixe que nos mate!

– Você falou de amor, Lorq – gritou Ruby, agarrando a mão. – E é isso que esse sentimento traz para você? Minha morte, e a morte e destruição de tudo que já amei, tudo que eu poderia ter amado, até você...?

– Você está submerso em líquido, Prince, então verá tudo pegar fogo antes de ser sua vez. Ruby, os lugares onde você já está queimada não poderão transpirar. Então você vai morrer primeiro. Ele vai poder contemplar sua morte por um tempo antes de seus próprios fluidos começarem a ferver, a borracha amolecer, o plástico derreter...

– Não! – A mão se soltou da de Ruby, girou pela sala e bateu na frente do tanque. – Criminoso! Ladrão! Pirata! Assassino! Assassino! Não...!

A mão estava mais fraca que em Taafite.

Assim como o vidro.

Que estilhaçou.

Fluidos nutrientes caíram sobre Lorq enquanto ele recuava, levantando os pés. O cadáver encolheu-se no tanque, preso em tubos e fios.

As câmeras giravam loucamente fora de foco.

A mão estalou nos ladrilhos molhados.

Quando os dedos pararam, Ruby gritou, gritou, gritou de novo. Jogou-se no chão, escalou a borda irregular do vidro, pegou o cadáver, abraçou-o, beijou-o, gritou e beijou-o novamente, balançando-se para a frente e para trás. Sua capa escureceu na poça.

Então seu grito ficou engasgado. Ela largou o corpo, se jogou contra a parede do tanque e agarrou o próprio pescoço. Seu rosto corou profundamente sob as queimaduras e a maquiagem arruinada.

Deslizou lentamente pela parede. Seus olhos estavam fechados quando ela chegou ao chão.

– Ruby? – Se ela havia se machucado ou não escalando o vidro, não importava. O beijo era o que importava. Tão logo após ter sofrido queimaduras graves, apesar da eficiência das unidades médicas, deve ter entrado em estado de hiperalergia. As proteínas alienígenas no fluido nutriente de Prince entraram em seu sistema, causando uma reação alérgica maciça. Sucumbiu em segundos ao choque anafilático.

E Lorq riu alto.

Começou como um rearranjo de pedregulhos em seu peito. Então, se abriu com um som completo, ressoando nas paredes altas da câmara inundada. O triunfo era risível, atroz – e pertencia a ele.

Lorq então respirou fundo. A nave avançava na ponta dos dedos. Ainda cego, lançou a *Cacatua Preta* na direção do sol que implodia.

Em algum lugar da nave, um dos ciborgues acoplados estava chorando...

Colônias Exteriores (*Roc* em trânsito), 3172

– A estrela! – gritou o Rato. – Ela é a nova implodida!

A voz de Tyÿ atravessou o circuito geral:

– Aqui nós vamos! Agora!

– Mas o capitão...! – gritou Katin. – Vejam a *Cacatua Preta*!

– A *Cacatua*, meu Deus, está...

– ... minha nossa, está indo para...

– ... caindo para dentro...

– ... do sol!

– Tudo bem, pessoal, pás abertas. Katin, eu que abrisse suas pás ordenei!

– Minha nossa... – suspirou Katin. – Não, não...

– É brilhante demais – concluiu Tyÿ. – O sensorial desligar vamos.

A *Roc* começou a se afastar.

– Não pode ser. Eles... eles realmente estão... realmente estão caindo! É tão brilhante! Vão morrer! Vão queimar como... estão caindo. Não, não, faça ele parar! Alguém faça alguma coisa! O capitão está lá. Vocês têm que fazer alguma coisa!

– Katin! – gritou Rato. – Mas que inferno, desligue o sensorial. Está maluco?

– Eles estão caindo! Não! É como um buraco brilhante no centro de tudo! E eles estão caindo nele. Não, estão caindo. Estão caindo.

– Katin! – berrou o Rato. – Katin, não olhe!

– Está crescendo, é tão brilhante... brilhante... mais brilhante! Quase não os vejo!

– Katin!

De repente, o Rato lembrou e gritou:

– Você não se lembra de Dan? Desligue sua entrada sensorial!

– Não! Não, eu preciso ver! Agora está rugindo. Rasgando a noite em pedaços! Dá para sentir o cheiro de queimado na escuridão. Não consigo mais vê-los... não, eles estão ali!

– Katin, pare com isso! – O Rato se contorceu embaixo de Olga. – Tyÿ, corte a entrada dele!

– Não posso. Que pilotar a nave contra a gravidade tenho. Katin! Do sensorial saia! A você ordeno!

– Para baixo... para baixo... Eu os perdi de novo! Não os vejo mais! E agora toda a luz está ficando vermelha... Não posso...

O Rato sentiu a nave balançar enquanto as pás de Katin subitamente se agitavam de maneira frenética.

De repente, Katin gritou:

– Não vejo! – O grito virou um soluço. – Não vejo *nada*!

O Rato se encolheu no beliche, cobrindo os olhos com as mãos trêmulas.

– Rato! – gritou Tyÿ. – Droga, uma pá perdemos. Para baixo você vai!

Às cegas, o Rato obedeceu à ordem. Lágrimas de terror escapavam de suas pálpebras enquanto ele ouvia os soluços de Katin.

A *Roc* subiu, e a *Cacatua Preta* caiu.

Caiu dentro da nova.

Colônias Exteriores (*Cacatua Preta* em trânsito), 3172

Com origem nos piratas, cambaleando cego no fogo, sou chamado de pirata, assassino, ladrão.

Admito.

Coletarei meus prêmios em um instante e me tornarei o homem que empurrou Draco para o limite do amanhã. O fato de que foi para salvar as Plêiades não diminui a magnitude do crime. Os mais poderosos são aqueles predestinados a cometer os maiores crimes. Aqui, na *Cacatua Preta*, sou uma chama desprendida da eternidade. Eu lhe disse certa vez que nem ela nem eu éramos capazes de grandes coisas. Nem mesmo morrer com grandeza. (Há uma morte cuja única grandeza é a de ter ocorrido em defesa do caos. E eles estão mortos...) Tais vidas e mortes impedem o significado, afastam a culpa do assassino, a exaltação do herói socialmente beneficente. Como outros criminosos corroboram seus crimes? Os mundos vazios produzem filhos vazios, criados apenas para brincar ou lutar. É o suficiente para vencer? Derrubei um terço do cosmos para levantar o outro e deixar mais um cambalear, e não sinto nenhum pecado em mim. Deve significar que sou livre e perverso. Bem, estou livre, então guardo meu luto por ela com minha gargalhada. Rato, Katin, vocês que podem falar da rede, qual de vocês é o mais cego por não ter me visto vencer sob este sol? Posso sentir o fogo crepitando ao meu lado. Como você, Dan morto, vou tatear ao amanhecer e ao anoitecer, mas vencerei ao meio-dia.

Colônias Exteriores, Nova Brasília II, 3172

Trevas.
    Silêncio.
    Nada.
    Então, o pensamento estremece:
    Acho... então, eu... sou Katin Crawford? Ele lutou para se afastar. Mas o pensamento era ele; ele era o pensamento. Não havia lugar ali para ancorar.
    Um brilho.
    Um tilintar.
    O aroma de cominho.

Estava começando.

Não! Ele buscou a escuridão a todo custo. O ouvido da mente lembrou alguém gritando:

– Lembre-se de Dan...

E a lembrança trouxe a imagem do andarilho cambaleando.

Outro som, cheiro, imagem atrás das pálpebras.

Aterrorizado pela torrente, lutou para voltar à inconsciência. Mas o terror acelerou seu coração, e o pulso acelerado o levou para cima, para cima, onde a magnificência da estrela moribunda esperava por ele.

O sono morrera dentro dele.

Katin prendeu a respiração e abriu os olhos – cores pastéis peroladas diante dele. Acordes agudos tocavam suavemente uns nos outros. Depois cominho, hortelã, gergelim, anis... E, por trás das cores, uma figura.

– Rato? – sussurrou Katin, e ficou surpreso com a clareza com que ouviu a si mesmo.

O Rato tirou as mãos da siringe.

A cor, o cheiro e a música cessaram.

– Está acordado? – O Rato estava sentado no parapeito da janela, com os ombros e o lado esquerdo do rosto iluminados com a cor do cobre. Atrás dele o céu estava roxo.

Katin fechou os olhos, enterrou a cabeça de volta no travesseiro e sorriu. O sorriso ficou cada vez mais largo, dividido sobre os dentes e, de repente, beirando as lágrimas.

– Sim. – Ele relaxou e abriu os olhos de novo. – Sim. Estou acordado. – Ele se sentou. – Onde estamos? Esta é a estação tripulada do Alkane?

Mas, do outro lado da janela, havia uma paisagem.

O Rato desceu do parapeito da janela.

– A lua de um planeta chamado Nova Brasília.

Katin levantou-se da rede e foi até a janela. Além da armadilha atmosférica, acima dos poucos prédios baixos, uma paisagem de rochas pretas e cinzentas se estendia como uma tapeçaria em direção a um horizonte lunar próximo. Ele respirou fundo, o ar contaminado pelo ozônio, e olhou de volta para o amigo.

– O que aconteceu? Rato, pensei que ia acordar como...

– Dan a viu a caminho do sol. Você, quando nos afastamos. Todas as frequências estavam dopplerizadas na frequência vermelha. São os raios ultravioleta que descolam retinas e fazem coisas como o que aconteceu com Dan. Tyÿ finalmente teve um instante para desligar sua entrada sensorial dos controles principais. Você realmente *ficou* cego por um tempo, sabe? Levamos você ao médico assim que estávamos em segurança.

Katin franziu a testa.

– Então, o que estamos fazendo aqui? O que aconteceu depois?

– Ficamos nas proximidades das estações tripuladas e assistimos aos fogos de artifícios. Demorou um pouco mais de três horas para atingir o pico de intensidade máxima. Estávamos conversando com a tripulação do Alkane quando recebemos o sinal do capitão vindo da *Cacatua Preta*. Então nós corremos, o salvamos e soltamos todos os ciborgues acoplados da *Cacatua*.

– Salvaram! Quer dizer que ele *conseguiu* sair?

– Sim. Ele está em outra sala. Quer falar com você.

– Então você não estava brincando quando falou que as naves entram em uma nova e saem do outro lado?

Eles se dirigiram para a porta. Ao sair, passaram por um corredor com uma parede de vidro que dava para a lua partida. Katin havia se perdido na contemplação maravilhosa dos escombros quando o Rato disse:

– Aqui.

Eles abriram a porta.

Um fiapo de luz cruzou o rosto de Lorq.

– Quem está aí?

– Capitão? – perguntou Katin.

— O quê?

— Capitão Von Ray?

— Katin? – Seus dedos cravaram como garras nos braços da cadeira. Os olhos amarelos olhavam, pulavam; pulavam, olhavam.

— Capitão, o quê...? – O rosto de Katin se franziu. Ele lutou contra o pânico, forçou seu rosto a relaxar.

— Pedi ao Rato para trazer você para me ver quando estivesse em condições de andar. Você está... está bem. Excelente.

A angústia espalhava-se sobre carne rompida, então vacilava. E, por um momento, vinha a dor.

Katin parou de respirar.

— Você tentou olhar também. Fico feliz. Sempre pensei que você seria o único a entender.

— Você... caiu no sol, capitão?

Lorq assentiu com a cabeça.

— Mas como saiu?

Lorq pressionou a cabeça contra o encosto da cadeira. Pele escura, cabelos ruivos salpicados de amarelo, olhos distraídos, as únicas cores na sala.

— O quê? Você vai precisar falar um pouco mais alto comigo, ou eu não... Sair, você disse? – Ele soltou uma risada. – Não é mais um grande segredo agora. Como eu saí? – Um músculo estremeceu em sua mandíbula. – Um sol... – Lorq levantou a mão, os dedos curvados para apoiar uma esfera imaginária – ... ele gira, como um mundo, como algumas luas. Com algo da massa de uma estrela, a rotação significa uma força centrípeta incrível empurrando para fora do equador. Ao final do acúmulo de materiais pesados na superfície, quando a estrela realmente se renova, tudo cai em direção ao centro. – Seus dedos começaram a tremer. – Por causa da rotação, o material nos polos cai mais rápido que o material no equador. – Ele agarrou o braço da cadeira novamente. – Alguns segundos na nova e você não tem mais uma esfera, mas um...

– Um toro! Um anel!

Linhas marcavam o rosto de Lorq. Sua cabeça virou para o lado, como se tentasse evitar uma grande luz. Então os contornos cicatrizados voltaram a encará-lo.

– Você disse toro? Um toro? Sim. Aquele sol se tornou uma rosquinha com um buraco grande o suficiente para dois Júpiteres passarem, lado a lado.

– Mas o Alkane tem estudado novas de perto por quase um século! Como não sabiam?

– A matéria deslocada vai para o centro do sol. A energia sai. A mudança na gravidade afunila tudo em direção ao buraco; o deslocamento de energia mantém a temperatura tão fria dentro do buraco quanto a superfície de alguma estrela gigante vermelha... bem abaixo de quinhentos graus.

Embora a sala estivesse fria, Katin viu o suor começar a escorrer pelas linhas da testa de Lorq.

– A extensão topológica de um toro dessa dimensão... a coroa é tudo o que as estações do Alkane podem ver... é quase idêntica a uma esfera. Por maior que seja o buraco, comparado ao tamanho da bola de energia, seria muito difícil encontrá-lo, a menos que você soubesse onde estava... ou caísse nele por acidente. – Os dedos de repente se esticaram, tremeram no braço da cadeira. – O ilírion...

– Você... você conseguiu o ilírion, capitão?

Novamente Lorq ergueu a mão diante do rosto, desta vez em punho. Tentou se concentrar nele. Com a outra mão, ele a agarrou; só conseguiu pela metade, tentou de novo, falhou de novo, depois mais uma vez; dedos abertos agarravam os fechados. O punho duplo tremeu como se estivesse paralisado.

– Sete toneladas! As únicas substâncias densas o suficiente para se acumular no buraco são os elementos que estão além de trezentos. Ilírion! Ele flutua livre ali, para quem quiser entrar na nova e arrebatá-lo. Leve sua nave até lá, então olhe ao redor para ver onde está e pegue-o com as pás de feixe. Acumula-se nos nódulos dos projetores. Ilírion... quase livre de impurezas. – As mãos de Lorq se separaram. – Mas... mas vá com seu alimentador sensorial e olhe ao redor para ver onde está. – Ele inclinou a cabeça. – Lá estava ela deitada, seu rosto... o rosto uma ruína surpreendente no centro do inferno. E passei meus sete braços ao longo do dia ofuscante para pegar os pedaços do inferno que flutuavam... – Ele levantou a cabeça novamente. – Há uma mina de Ilírion em Nova Brasília.

Do lado de fora da janela, um planeta manchado pairava enorme no céu.

– Eles têm equipamentos aqui para lidar com carregamentos de ilírion. Mas você devia ter visto o rosto deles quando trouxemos nossas sete toneladas. Não é, Rato? – Ele riu alto de novo. – Não é mesmo, Rato? Você me disse como eles eram, não é? Rato?

– É verdade, capitão.

Lorq assentiu, respirou fundo.

– Katin, Rato, sua tarefa está cumprida. Seus certificados estão prontos. As naves saem daqui com frequência. Não terão dificuldade para embarcar em outra.

– Capitão – arriscou Katin –, o que você vai fazer?

– Em Nova Brasília, há uma casa onde passei um período muito agradável quando era menino. Voltarei para lá... para esperar.

– Não há algo que você possa fazer, capitão? Eu olhei e...

– O quê? Fale mais alto.

– Eu disse que estou bem e olhei...! – A voz de Katin falhou.

– Você observou enquanto se afastava. Eu observei procurando o centro. A distorção neural agora atinge todo o cérebro. Neurocongruência. – Ele balançou a cabeça. – Rato, Katin, vão com Ashton Clark.

– Mas capitão...

– Ashton Clark.

Katin olhou para Rato, depois de volta para o capitão. O Rato mexeu na alça da bolsa. Então ergueu os olhos. Depois de um momento, eles se viraram e deixaram o quarto escuro.

Do lado de fora, mais uma vez contemplaram a paisagem lunar.

– Bem – refletiu Katin. – Von Ray tem ilírio; Prince e Ruby não.

– Eles estão mortos – disse o Rato. – O capitão disse que os matou.

– Ah. – Katin olhou para a paisagem lunar. Depois de um tempo, falou: – Sete toneladas de ilírion, e o equilíbrio começa a mudar. Draco está se pondo enquanto as Plêiades estão raiando. As Colônias Exteriores vão passar por algumas mudanças. Abençoado seja Ashton Clark para que a realocação de mão de obra não seja muito difícil hoje. Ainda assim, haverá problemas. Onde estão Lynceos e Idas?

– Já foram embora. Receberam um astrograma do irmão e foram vê-lo, já que estavam aqui nas Colônias Exteriores.

– Tobias?

– Esse mesmo.

– Pobres gêmeos. Pobres trigêmeos. Quando esse ilírion chegar ao mercado e as mudanças começarem... – Katin estalou os dedos. – Chega de êxtase. – Ele olhou para o céu, quase sem estrelas. – Estamos em um momento histórico, Rato.

O Rato raspou a cera da orelha com a unha do mindinho. Seu brinco brilhava.

– Sim. Estava mesmo pensando nisso.

– O que vai fazer agora?

Ele deu de ombros.

– Realmente não sei. Por isso pedi a Tyÿ que jogasse tarô para mim.

Katin ergueu as sobrancelhas.

– Ela e Sebastian estão lá embaixo agora. Seus animais de estimação se soltaram ao redor do bar. Assustaram todo mundo e quase destruíram o lugar. – Ele riu com a voz rouca. – Você deveria ter visto. Assim que conseguirem acalmar o dono do estabelecimento, vão subir para jogar as cartas. Provavelmente encontrarei outro trabalho de acoplamento. Não há muitas razões para pensar nas minas agora. – Seus dedos se fecharam na bolsa de couro debaixo do braço. – Ainda há muito para ver, tenho muito para tocar. Talvez você e eu possamos ficar juntos por um tempo, entrar na mesma nave. Às vezes, você é muito engraçado. Mas não desgosto de você metade do que desgosto de muitas outras pessoas. Quais são seus planos?

– Realmente não tive tempo para pensar neles.

Ele deslizou as mãos sob o cinto e inclinou a cabeça.

– O que está fazendo?

– Pensando.

– No quê?

– Que aqui estou em uma lua perfeitamente boa. Acabei de terminar uma missão, então não terei nenhuma preocupação por um tempo. Por que não fazer uma pausa, me sentar e trabalhar seriamente em meu romance? – Ele levantou a cabeça. – Mas quer saber de uma coisa, Rato? Não sei se ainda quero escrever mais um livro.

– Hein?

– Quando eu estava olhando para aquela nova... não, depois disso, pouco antes de acordar e pensar que ia ter que passar o resto da minha vida com viseiras, tampões para os ouvidos e nariz, enquanto enlouqueceria ruidosamente... percebi o quanto eu não tinha olhado, o quanto não tinha ouvido, cheirado, provado... o quanto eu sabia pouco sobre os fundamentos da vida que você tem literalmente na ponta dos dedos. E, então, o capitão...

– Que inferno – disse o Rato. Com o pé descalço, raspou a poeira da bota. – Você não vai escrever, depois de todo o trabalho que já fez?

– Rato, eu gostaria. Mas ainda não encontrei um tema. E só agora estou pronto para procurar um. No momento, sou apenas um homem lúcido com muito a dizer, mas nada para dizer sobre isso.

– Que sacanagem – resmungou o Rato. – E o capitão? E a *Roc*? Você disse que queria escrever sobre mim. Bem, faça isso. E escreva sobre você. Escreva sobre os gêmeos. Realmente acha que iriam processá-lo? Os dois ficariam orgulhosos. *Eu* quero que você escreva, Katin. Talvez eu não consiga ler, mas garanto que o ouviria se o lesse para mim.

– Você leria?

– Claro. Depois de tudo que você investiu até aqui, se parasse agora, não ficaria feliz.

– Rato, você me tenta. Durante anos não quis fazer outra coisa. – Katin riu. – Não, Rato. Ainda há muito do pensador em mim. Esta última viagem da *Roc*? Vejo os modelos arquetípicos com muita clareza. Posso me ver agora, transformando isso em alguma busca alegórica do Graal. Só assim poderia desenvolvê-la, escondendo nele todo tipo de símbolos místicos. Lembra-se de todos aqueles escritores que morreram antes de terminar suas narrativas do Graal?

– Ah, Katin, isso é pura bobagem. Você *precisa* escrever!

– Bobagem como o tarô? Não, Rato. Eu temeria pela minha vida se embarcasse em tal empreendimento. – Mais uma vez ele olhou para a paisagem. A lua, tão conhecida por ele, por um momento o colocou em paz com todo o desconhecido além dela. – Quero fazer isso. De verdade. Mas você teria que lutar contra uma dúzia de malogros desde o início, Rato. Talvez eu pudesse. Mas não acho que possa. A única maneira de me proteger do azar, creio, seria abandoná-lo antes de terminar o último...

– Atenas, junho de 1966
– Nova York, maio de 1967

AGRADECIMENTOS

O autor agradece a ajuda inestimável de Helen Adam e Russell FitzGerald com questões sobre o Graal e o tarô. Sem a ajuda deles, *Nova* lançaria uma luz muito mais fraca.

SOBRE O AUTOR

Samuel R. Delany nasceu em 1942, em Nova York. Autor e crítico literário, aos 27 anos, já havia recebido quatro Prêmios Nebula e um Prêmio Hugo. Foi incluído no Hall da Fama da Ficção Científica em 2002, e nomeado Grande Mestre pela Science Fiction and Fantasy Writers of America. Entre seus trabalhos mais celebrados estão *Nova*, *Dhalgren* e os vencedores do Prêmio Nebula *Babel-17* e *The Einstein Intersection*. Foi professor de Literatura e Escrita Criativa na Universidade de Massachussetts e na Temple University, aposentando-se em 2015 depois de quase trinta anos de magistério. Mora na Filadélfia com seu parceiro, Dennis Rickett.

TIPOGRAFIA: Media 77 - texto
Phlegm - entretítulos
PAPEL: Pólen Natural 70 g/m² - miolo
Couché Fosco 150 g/m² - capa
Off set 150g/m² - guardas

IMPRESSÃO: Ipsis Gráfica
Maio/2023